W0059812

«Das Aufbrechen des Fremden, des rätselhaft Anderen gestaltet Paul Bowles in seinen Stories aus Marokko und Mexiko... Bowles verfügt über beachtliche erzählerische Qualitäten. Bei ihm erreicht das Phantastische größere Tiefen als in der einfachen Horrorgeschichte... In der Titelgeschichte vollzieht sich eine besondere Art von Identitätswechsel. ‹Allal› ist der Name eines verachteten Araberjungen, der einem Schlangenfänger eine faszinierende rötlich-goldene Schlange stiehlt. Er macht sich mit ihr vertraut, und während eines Kif-Rauschs gelingt es ihm, in die Schlange ‹hineinzuschlüpfen›. Aufgebrachte Dorfbewohner töten das Tier – ‹und Allal hatte noch das Vergnügen, zweien von ihnen seine Giftzähne ins Fleisch zu bohren, bevor ein dritter ihm mit seiner Axt den Kopf abschlug›. Die Schockerfahrung intensiviert die sinnliche Wahrnehmung bis zu halluzinatorischer Schärfe, macht empfindlich für die Abstufung von Geräuschen, Licht, Gerüchen, macht auch empfänglich für das Lächeln einer Frau, ihre Arme und ihren Duft.» (Bayerischer Rundfunk)

Paul Frederic Bowles, geboren am 30. Dezember 1910 in New York, studierte Musik in Berlin und Paris sowie an der Universität von Virginia, war als Musikkritiker und Komponist tätig (so schrieb er eine Oper nach dem Text von García Lorcas «Yerma») und stellte für die amerikanische Kongreßbibliothek eine der größten Sammlungen nordafrikanischer Musik zusammen. Bereits 1929 begann er literarische Texte zu veröffentlichen. Er gilt als einer der bedeutendsten Vertreter des literarischen Existentialismus im zeitgenössischen Roman, besonders mit seinem Hauptwerk «Himmel über der Wüste» (rororo Nr. 5789), das Tennessee Williams den «erstklassigen Abenteuerroman eines wirklich erstklassigen Schriftstellers» nannte. Nach langjährigen Aufenthalten in Nordafrika, auf Ceylon und in Lateinamerika lebt er seit vielen Jahren wieder in Marokko.

PAUL BOWLES

ALLAL

STORIES AUS MAROKKO

Herausgegeben und übersetzt
von Pociao

ROWOHLT

Veröffentlicht im Rowohlt Taschenbuch Verlag GmbH,
Reinbek bei Hamburg, April 1988
Copyright © 1983 by Expanded Media Editions Bonn,
und MaroVerlag, Augsburg
Copyright © 1987 by Rowohlt Taschenbuch Verlag GmbH,
Reinbek bei Hamburg
«Allal» ist eine Auswahl aus der amerikanischen
Originalausgabe «Collected Stories 1939–1976»
Copyright © 1979 by Paul Bowles
Umschlaggestaltung Rotraut Susanne Berner
Satz Bembo (Linotron 202)
Gesamtherstellung Clausen & Bosse, Leck
Printed in Germany
780-ISBN 3 499 15957 0

INHALT

DER SKORPION

Es war einmal eine alte Frau, die hauste in der Nähe einer Quelle in einer Höhle, die ihr ihre Söhne in ein Felsenriff geschlagen hatten, ehe sie fortzogen in die Stadt, wo viele Menschen lebten. Sie war mit ihrem Los weder zufrieden noch unzufrieden, denn sie ahnte, daß ihr Ende nahe war und daß ihre Söhne wahrscheinlich nicht mehr zurückkommen würden, egal, zu welcher Jahreszeit. In der Stadt gab es immer viele wichtige Dinge zu erledigen, und sie würden sie erledigen, ohne sich die Mühe zu machen, an die Zeit zurückzudenken, als sie noch in den Bergen lebten und für die alte Frau sorgten.

In bestimmten Zeiten des Jahres versperrte ein Vorhang von winzigen Wassertröpfchen den Eingang zur Höhle, durch den die alte Frau hindurch mußte, wenn sie hinein wollte. Das Wasser strömte den pflanzenüberwucherten Abhang des Berges oberhalb ihrer Höhle herunter und tropfte vor dem Eingang auf den Lehmboden. So gewöhnte sich die alte Frau daran, lange Zeit zusammengekauert in ihrer Höhle zu hocken, um so trocken wie nur möglich zu bleiben. Hinter dem sanft hin und her pendelnden Wasservorhang erkannte sie die bloße Erde im Licht eines grauen Himmels, und manchmal flogen ein paar große trockene Blätter vorbei, die der Wind aus den höhergelegenen Teilen des Landes herbeiwehte. Im Innern der Höhle herrschte ein angenehmes, warmes rosa Licht, wie der viele Lehm, der sie hier überall umgab.

Ab und zu kamen Leute auf dem Pfad vorbei, der nicht weit

von der Höhle entfernt vorbeiführte, und weil eine Quelle in der Nähe war, verirrten sich manchmal auch Reisende, die von ihrer Existenz wußten, nicht aber, wo sie genau war, in diese Umgebung, bis sie merkten, daß die Quelle gar nicht hier war. Die alte Frau sprach sie niemals an. Sie saß einfach nur da und schaute zu, wie sie näherkamen und sie plötzlich entdeckten. Und sie beobachtete sie noch, wenn sie sich schon umdrehten und in die andere Richtung weitergingen, auf der Suche nach Trinkwasser.

Es gab viele Umstände an dieser Lebensweise, die die alte Frau schätzte. Sie war nicht länger gezwungen, mit ihren Söhnen zu streiten und darum zu bitten, daß sie ihr Holz für den Ofen brachten. Es stand ihr frei, des Nachts herumzustreifen und sich etwas zu essen zu suchen. Sie konnte alles aufessen, was sie fand, ohne teilen zu müssen, und sie schuldete niemand Dank für die Dinge, die sie in diesem Leben hatte.

Manchmal kam ein alter Mann aus dem Dorf auf seinem Weg ins Tal hinunter vorbei und setzte sich auf einen Felsvorsprung, gerade so weit vom Eingang der Höhle entfernt, daß sie ihn noch erkennen konnte. Sie war sich klar darüber, daß er ihre Anwesenheit in der Höhle bemerkt hatte. Und obwohl es ihr wahrscheinlich nicht bewußt war, mochte sie ihn nicht, weil er nie ein Zeichen dafür gab, daß er ihr Versteck kannte. Es kam ihr vor, als hätte er ihr gegenüber einen unfairen Vorteil und nutzte ihn schamlos aus. Sie dachte sich ein paar Möglichkeiten aus, um ihn zu ärgern, falls er je nah genug herankam, aber er ging immer in einiger Entfernung vorbei, hielt dann an, setzte sich eine Weile auf den Felsvorsprung und starrte nicht selten direkt auf den Eingang ihrer Höhle. Dann setzte er langsam seinen Weg fort, und es kam der alten Frau immer ein wenig so vor, als ginge er nach seiner Rast schwerfälliger als vorher.

Das ganze Jahr über gab es Skorpione in der Höhle, vor allem aber in der Zeit, ehe das Wasser durch die Pflanzen oberhalb der Höhle sickerte. Die alte Frau hatte ein großes Bündel von alten Lumpen. Damit wischte sie sie von der Decke und den Wänden und trat dann mit bloßem Absatz schnell auf ihren

Panzer. Gelegentlich verirrte sich ein kleiner wilder Vogel oder ein Tier in die Höhle, aber sie war nicht schnell genug, um sie zu fangen und hatte mittlerweile aufgegeben, es zu versuchen.

Eines trüben Tages schaute sie auf und sah einen ihrer Söhne am Eingang stehen. Sie konnte sich nicht erinnern, welcher es war, aber sie glaubte, daß es der war, der mit seinem Pferd das ausgetrocknete Flußbett heruntergestürzt und dabei beinahe umgekommen war. Sie betrachtete seine Hand, um zu sehen, ob sie verformt war. Es war nicht dieser Sohn.

Er fing an zu sprechen: «Bist du es?»

«Ja.»

«Geht es dir gut?»

«Ja.»

«Ist alles in Ordnung?»

«Alles.»

«Du bist also hiergeblieben?»

«Wie du siehst.»

«Ja.»

Ein langes Schweigen breitete sich aus. Die alte Frau schaute sich in der Höhle um und war ärgerlich, daß dieser Mann im Eingang praktisch alles hier drinnen verdunkelte. Sie beschäftigte sich mit dem Versuch, verschiedene Dinge zu unterscheiden, ihren Stock, ihr Trinkgefäß, ihre Blechdose, ein Stück Seil. Sie runzelte vor Anstrengung die Stirn.

Der Mann fing wieder an zu sprechen.

«Soll ich hereinkommen?»

Sie gab keine Antwort.

Er zog sich aus dem Eingang zurück und schüttelte die Wassertropfen von seinen Kleidern. Gleich wird er bestimmt irgendwas Lächerliches sagen, dachte die alte Frau. Sie wußte zwar nicht mehr, welcher von ihren Söhnen es war, aber sie erinnerte sich, wie er war.

Sie entschied sich, zu reden.

«Was?» sagte sie.

Er beugte sich durch den Wasservorhang und wiederholte seine Frage.

«Soll ich hereinkommen?»

«Nein.»

«Was ist los mit dir?»

«Nichts.»

Dann setzte sie hinzu: «Es ist nicht genug Platz da.»

Er zog sich wieder zurück und strich sich über den Kopf. Die alte Frau dachte, daß er wahrscheinlich wieder gehen würde und fragte sich, ob sie das wirklich wollte. Es gab aber nichts, was er hätte tun können, glaubte sie. Dann hörte sie, wie er sich draußen vor der Höhle hinsetzte und roch Tabakqualm. Sonst war alles still, bis auf das Tröpfeln des Wassers auf dem Lehmboden.

Nach einer Weile hörte sie, wie er aufstand. Er kam wieder zum Eingang.

«Ich komme herein», sagte er.

Er bückte sich und kroch herein. Die Höhle war zu klein, als daß er aufrecht hätte stehen können. Er schaute sich um und spuckte auf den Boden.

«Komm mit», sagte er.

«Wohin?»

«Mit mir.»

«Warum?»

«Weil du mußt.»

Sie wartete ein Weilchen und fragte dann mißtrauisch:

«Wo gehst du hin?»

Er deutete unbestimmt in Richtung Tal und sagte:

«Da hinunter.»

«In die Stadt?»

«Weiter.»

«Ich komme nicht mit.»

«Du mußt.»

«Nein.»

Er nahm ihren Stock und hielt ihn ihr entgegen.

«Morgen», sagte sie.

«Jetzt.»

«Ich muß schlafen», sagte sie und legte sich auf dem Bündel mit alten Lumpen zurück.

«Gut. Ich warte draußen», antwortete er und ging hinaus.

Die alte Frau schlief sofort ein. Sie träumte von der großen

10

Stadt. Die Stadt hörte gar nicht mehr auf, und ihre Straßen wimmelten von Leuten in neuen Kleidern. Die Kirche hatte einen hohen Turm mit mehreren Glocken, die ständig läuteten. Sie lief den ganzen Tag durch die Straßen; viele Menschen begegneten ihr. Sie war sich nicht sicher, ob das alles ihre Söhne waren oder nicht. Ein paar von ihnen fragte sie:

«Seid ihr meine Söhne?» Sie konnten nicht antworten, aber wenn sie gekonnt hätten, hätten sie ja gesagt, glaubte sie. Als es Abend wurde, fand sie ein Haus, dessen Tür offenstand. Im Innern brannte Licht, und in einer Ecke des Zimmers saßen ein paar Frauen zusammen. Als sie eintrat, erhoben sie sich und sagten:

«Hier ist dein Zimmer.» Sie wollte es nicht sehen, aber die Frauen schoben sie vorwärts, bis sie drin war und schlossen die Tür. Sie war ein kleines Mädchen und fing an zu weinen. Die Kirchenglocken draußen waren sehr laut, daß sie sich vorstellte, sie bedeckten den ganzen Himmel. In der Mauer hoch über sich entdeckte sie einen Schlitz, durch den sie die Sterne sehen konnte. Sie leuchteten bis ins Zimmer hinein. Durch das Schilfrohr, das das Dach bildete, kam ein Skorpion gekrochen. Er kam langsam die Wand herunter und auf sie zu. Sie hörte auf zu weinen und beobachtete ihn. Sein Schwanz schnellte bogenförmig über den Rücken und schwankte leicht hin und her, wenn er sich bewegte. Die alte Frau schaute sich flüchtig nach irgendeinem Gegenstand um, mit dem sie ihn von der Wand fegen konnte. Als sich im Zimmer nichts fand, nahm sie die Hand. Doch ihre Bewegungen waren zu langsam; der Skorpion verbiß sich mit seinen Zangen in ihrem Finger und klammerte sich so fest, daß sie ihn nicht abschütteln konnte. Plötzlich merkte sie, daß er sie gar nicht stechen wollte. Ein großes Glücksgefühl durchströmte die alte Frau. Sie hob die Hand zum Mund, um ihn zu küssen. Draußen verstummten die Glocken. Ein unermeßlicher Friede breitete sich aus, als der Skorpion langsam in ihren Mund hereinkroch. Sie spürte, wie der harte Panzer und die kleinen festen Beine über ihre Lippen und die Zunge glitten. Langsam schob er sich die Kehle herunter und gehörte nun ganz ihr. Sie wachte auf und stieß einen Schrei aus.

Ihr Sohn rief: «Was ist los?»

«Ich bin bereit.»

«So schnell?»

Er stand draußen, als sie, auf ihren Stock gestützt, durch den Wasservorhang kam. Dann ging er ein paar Schritte voran auf den Pfad zu.

«Es wird regnen», sagte ihr Sohn.

«Ist es weit?»

«Drei Tage», sagte er und betrachtete ihre alten Beine.

Sie nickte. Dann bemerkte sie den alten Mann, der auf dem Felsvorsprung saß. Ein Ausdruck großer Überraschung lag auf seinem Gesicht, als wenn sich soeben ein Wunder vollzogen hätte. Mit offenem Mund starrte er die alte Frau an. Als sie genau vor seinem Felsen waren, schaute er ihr so eindringlich wie noch nie zuvor ins Gesicht. Sie tat, als ob sie ihn gar nicht bemerkte. Als sie sich vorsichtig den abschüssigen felsigen Pfad entlangtasteten, hörten sie die dünne Stimme des alten Mannes, die ihnen der Wind hinterherwehte.

«Auf Wiedersehen.»

«Wer ist das?» fragte der Sohn.

«Ich weiß nicht.»

Ihr Sohn sah sie plötzlich finster an.

«Du lügst», sagte er.

New York
1944

EINE FERNE EPISODE

Die Sonnenuntergänge des Septembers waren so rot wie noch nie, als der Professor beschloß, Aim Tadouirt zu besuchen, einen Ort, der im warmen Land liegt. Er kam mit dem Abendbus aus der flachen, hohen Region an, in der Hand zwei kleine Koffer voller Landkarten, Sonnenöl und Medizin. Vor zehn Jahren hatte er einmal drei Tage in diesem Dorf verbracht, und das war lange genug, um eine einigermaßen feste Freundschaft mit dem Café-Besitzer zu schließen, der ihm im ersten Jahr nach seinem Besuch einige Male geschrieben hatte, danach jedoch nicht mehr. «Hassan Ramani», sagte der Professor wieder und wieder vor sich hin, während der Bus durch immer wärmere Luftschichten abwärts rumpelte. Mal dem flammenden Himmel im Westen, mal dem zerklüfteten Gebirge entgegen, folgte der Bus der staubigen Spur durch die Schluchten hinab in eine Atmosphäre, die allmählich nach anderen Dingen zu riechen begann als dem ewigen Ozon der Höhe: Orangenblüten, Paprika, in der Sonne getrocknete Exkremente, angebranntes Olivenöl, verfaulte Früchte. Glücklich schloß er die Augen und überließ sich einen Moment lang völlig der Welt der Gerüche, die ihn umgab. Eine ferne Vergangenheit tat sich wieder vor ihm auf, welche jedoch, hätte er nicht sagen können.

Der Chauffeur, mit dem der Professor seinen Sitz teilte, sprach ihn an, ohne die Augen von der Straße zu nehmen.

«*Vous êtes géologue?*»

«Geologe? Aber nein! Ich bin Linguist.»

«Hier gibt es keine Sprachen. Nur Dialekte.»

«Genau. Ich will einen Aufsatz über die Variationen des Maghrebi schreiben.»

Der Chauffeur lächelte hämisch.

«Fahren Sie immer weiter nach Süden», sagte er. «Dort werden Sie ein paar Sprachen finden, von denen Sie noch nie im Leben gehört haben.»

Als sie durch das Stadttor fuhren, sprang der übliche Kinderschwarm aus dem Staub und rannte kreischend neben dem Bus her. Der Professor klappte seine Sonnenbrille zusammen, steckte sie in die Tasche, sprang, sobald das altertümliche Vehikel zum Stehen gekommen war, hinaus und bahnte sich einen Weg durch die aufdringlichen Jungen, die vergeblich versuchten, sein Gepäck zu erhaschen. Schnell ging er zum Hotel Saharien. Zwei der acht Zimmer standen noch leer, eins mit Blick auf den Marktplatz und das andere, das kleiner und daher auch billiger war und auf einen kleinen Hof voller Abfälle und alter Fässer führte, in dem zwei Gazellen herumspazierten. Er nahm das kleinere Zimmer, goß das ganze Wasser aus dem Waschkrug in das Zinnbecken und begann, sich den Staub von Gesicht und Händen zu waschen. Mittlerweile hatte das Abendrot seine Kraft verloren und war einem sanften Rosa gewichen, das alle Gegenstände erfüllte und sich verlor, während der Professor es noch betrachtete. Er zündete die Karbidlampe an und fuhr bei ihrem Geruch zurück.

Nach dem Abendessen wanderte der Professor langsam durch die Straßen zu Hassan Ramanis Café, dessen Hinterzimmer halsbrecherisch über den Fluß ragte. Der Eingang war so niedrig, daß er ein wenig den Kopf einziehen mußte, als er eintrat. Ein Mann hockte vor dem Feuer und kümmerte sich darum, daß es brannte. Ein einzelner Gast schlürfte seinen Tee. Der *qaouaji* versuchte ihn dazu zu bewegen, an einem der Tische im vorderen Zimmer Platz zu nehmen, aber der Professor marschierte, ohne sich darum zu kümmern, ins Hinterzimmer und setzte sich. Durch das Geflecht des Schilfrohrs schien der Mond ins Zimmer hinein. Draußen war nichts zu hören, bis auf das gelegentliche ferne Bellen eines Hundes. Er wechselte den

Tisch, so daß er auf den Fluß hinausschauen konnte. Im Moment war er ausgetrocknet, aber es gab einige Tümpel hier und da, die den hellen Nachthimmel widerspiegelten. Der *qaouaji* kam und wischte den Tisch sauber.

«Gehört dieses Café noch immer Hassan Ramani?» fragte er ihn in Moghrebi. Er hatte vier Jahre gebraucht, um es zu lernen.

Der Mann antwortete in schlechtem Französisch:

«Der ist verschieden.»

«Verschieden?» wiederholte der Professor, ohne die Absurdität des Wortes zu beachten. «Wirklich? Wann denn?»

«Weiß ich nicht», sagte der *qaouaji*. «Einen Tee?»

«Ja. Aber ich verstehe nicht…»

Schon war der Mann verschwunden und fächelte im anderen Zimmer das Feuer. Der Professor saß still, fühlte sich einsam und verfluchte sich selbst; schließlich war das geradezu lächerlich. Nach kurzer Zeit kam der *qaouaji* mit dem Tee zurück. Er zahlte und gab ihm ein großzügiges Trinkgeld, das mit einer ernsten Verbeugung belohnt wurde.

«Sagen Sie mir», sagte er schnell, als der andere sich zum Gehen wandte, «kann man hier noch diese kleinen Futterale aus Kameleutern bekommen?»

Der Mann sah ärgerlich auf ihn herunter.

«Es kommt vor, daß die Reguibat solche Dinge hierher bringen. Aber wir kaufen sie nicht.» Dann setzte er unverschämt auf arabisch hinzu:

«Und wozu überhaupt ein Futteral aus Kameleuter?»

«Weil ich sie mag», erwiderte der Professor. Und weil er mittlerweile leicht aufgekratzt war, sagte er noch: «Ich mag sie so sehr, daß ich eine Sammlung davon anlegen will. Ich bezahle dir zehn Francs für jedes, das du mir beschaffen kannst.»

«*Khamstache*», sagte der *qaouaji*. Er öffnete und schloß seine linke Hand in rascher Folge dreimal hintereinander.

«Niemals. Zehn.»

«Unmöglich. Aber warten Sie bis später und kommen Sie mit mir. Sie können mir bezahlen, was Sie wollen, und Sie werden Ihre Kameleuterfutterale kriegen, falls es überhaupt noch welche gibt.»

Er ging ins Vorderzimmer und ließ den Professor allein, der seinen Tee trank und dabei dem anschwellenden Chor von Hunden lauschte, die immer lauter bellten und heulten, während der Mond am Himmel emporstieg. Eine Gruppe von Gästen kam ins Vorderzimmer und blieb etwa eine Stunde in eine Unterhaltung vertieft dort sitzen. Als sie dann aufbrachen, löschte der *qaouaji* das Feuer und hüllte sich im Eingang in seinen Burnus.

«Kommen Sie», sagte er.

Draußen auf der Straße war nicht mehr viel los. Die Buden waren jetzt alle geschlossen, und das einzige Licht kam vom Mond. Ab und zu kam ein Fußgänger vorbei, der dem *qaouaji* einen knappen Gruß zugrunzte.

«Jeder scheint dich zu kennen», sagte der Professor, um das Schweigen zu brechen.

«Ja.»

«Ich wünschte, mich würde auch jeder kennen», sagte der Professor, ehe ihm auffiel, wie kindisch eine solche Bemerkung klingen mußte.

«*Niemand* kennt Sie», antwortete sein Gefährte schroff. Sie waren am anderen Ende der Stadt angelangt, standen auf einem Vorsprung über der Wüste und durch einen Spalt in der Mauer erkannte der Professor die weiße Endlosigkeit, die nur im Vordergrund durch ein paar dunkle Flecken, die Oasen, unterbrochen wurde. Sie traten durch die Öffnung und folgten einem gewundenen Pfad zwischen den Felsen hinunter auf den nächsten Palmenhain zu. Der Professor dachte: «Er könnte mir die Kehle aufschlitzen. Aber sein Café – man würde ihn sicher entdecken.»

«Ist es weit?» fragte er beiläufig.

«Sind Sie müde?» konterte der *qaouaji*.

«Man erwartet mich im Hotel Saharien», log er.

«Man kann eben nicht gleichzeitig hier und woanders sein», sagte der *qaouaji*.

Der Professor lachte. Er fragte sich, ob dem anderen die Unsicherheit darin auffiel.

«Hast du Ramanis Café schon lange?»

«Ich arbeite dort nur für einen Freund.» Diese Antwort machte den Professor bedrückter, als er befürchtet hatte.

«Ah so. Wirst du morgen dort arbeiten?»

«Das ist unmöglich zu sagen.»

Der Professor stolperte über einen Stein, fiel und schrammte sich dabei die Hand auf. Der *qaouaji* sagte:

«Seien Sie vorsichtig.»

Plötzlich hing ein süßliches schwarzes Aroma von fauligem Fleisch in der Luft.

«Agh!» sagte der Professor und würgte. «Was ist denn das?»

Der *qaouaji* verhüllte sein Gesicht mit dem Burnus und gab keine Antwort. Bald hatten sie den Gestank hinter sich gelassen. Sie befanden sich jetzt auf ebener Erde. Der Pfad vor ihnen war zu beiden Seiten von hohen Mauern aus Lehm eingefaßt. Kein Lüftchen regte sich, und die Palmen standen unbeweglich, aber hinter den Mauern war das Rauschen fließenden Wassers zu hören. Und auch der Geruch von menschlichen Exkrementen dauerte an, als sie zwischen den Mauern entlanggingen.

Der Professor wartete noch eine Weile, bis er es langsam gerechtfertigt fand, einigermaßen ärgerlich zu fragen:

«Aber wohin gehen wir denn eigentlich?»

«Bald», antwortete sein Führer und bückte sich, um ein paar Steine vom Straßenrand zu sammeln.

«Suchen Sie sich lieber auch ein paar», riet er dem Professor. «Hier gibt es böse Hunde.»

«Wo?» fragte der Professor, aber dann bückte er sich und hob drei große Steine mit scharfen Kanten auf.

Leise setzten sie ihren Weg fort. Schließlich hörten die Mauern auf und die helle Wüste lag vor ihnen. In der Nähe lag ein verfallener Marabout, seine kleine Kuppel stand nur noch zur Hälfte, und die vordere Fassade war völlig zerstört. Dahinter standen Gruppen von verkümmerten Palmen. Ein verrückter Hund kam auf drei Beinen humpelnd auf sie zugerannt. Erst als er schon ziemlich nahe war, hörte der Professor sein anhaltendes Knurren. Der *qaouaji* warf einen Stein nach ihm, der ihn anscheinend auf der Schnauze traf. Zuerst hörte man ein seltsames Schnappen der Kiefer, und dann rannte der Hund seitwärts in eine andere Richtung, prallte blindlings gegen Felsbrocken und taumelte hilflos um sich schlagend wie ein verletztes Insekt davon.

Jetzt bogen sie vom Weg ab und gingen über die mit scharfen Steinchen bedeckte Erde an der Ruine vorbei, durch den Palmenhain hindurch, bis sie zu einer Stelle kamen, wo der Boden vor ihnen abrupt abbrach.

«Sieht aus wie ein Steinbruch», sagte der Professor und nahm für das Wort «Steinbruch» Zuflucht beim Französischen, weil er sich im Moment nicht auf den arabischen Begriff besinnen konnte. Der *qaouaji* gab keine Antwort. Statt dessen blieb er stehen und drehte den Kopf, als ob er auf etwas lauschte. Und tatsächlich, von irgendwo unterhalb, aber sehr weit weg, kam der schwache Klang einer Flöte. Der *qaouaji* nickte ein paarmal mit dem Kopf. Dann sagte er:

«Hier beginnt der Pfad. Sie können ihn die ganze Zeit gut erkennen. Die Klippen sind weiß und der Mond scheint hell heute nacht. Also können Sie gut sehen. Ich gehe jetzt zurück und lege mich schlafen. Es ist spät. Sie können mir geben, was Sie wollen.» Als er so am Rande des Abgrunds stand, der mit jedem Augenblick steiler aussah, das dunkle Gesicht des *qaouaji* eingerahmt vom mondhellen Burnus unmittelbar vor sich, fragte sich der Professor, was er jetzt fühlte. Entrüstung, Neugier, Furcht, vielleicht – aber vor allem Erleichterung und die Hoffnung, daß dies kein Trick war, die Hoffnung, daß der *qaouaji* ihn wirklich hier zurücklassen und ohne ihn zurückkehren würde.

Er trat ein paar Schritte vom Abgrund zurück und tastete nach einer losen Banknote, denn seine Brieftasche wollte er lieber nicht zeigen. Glücklicherweise hatte er noch einen 50-Franc-Schein in der Tasche, den er dem Mann reichte. Er wußte, daß der *qaouaji* zufrieden war, und so achtete er nicht weiter darauf, als er jetzt sagte:

«Es ist nicht genug. Ich habe einen weiten Weg nach Hause, und da sind die Hunde…»

«Danke und gute Nacht», sagte der Professor, setzte sich mit gekreuzten Beinen hin und zündete sich eine Zigarette an. Er war beinahe glücklich.

«Geben Sie mir nur eine Zigarette», bettelte der Mann.

«Selbstverständlich», antwortete er ein bißchen barsch und hielt ihm das Päckchen hin.

Der *qaouaji* hockte sich dicht neben ihn. Er sah nicht gerade freundlich drein. «Was ist?» dachte der Professor aufs neue erschreckt und hielt ihm seine brennende Zigarette hin.

Die Augen des anderen waren fast geschlossen. In seinem Gesicht spiegelte sich der offensichtlichste Ausdruck konzentrierten Abwägens, den der Professor je gesehen hatte. Als die Zigarette brannte, riskierte er, den immer noch neben ihm hockenden Araber zu fragen:

«Woran denkst du?»

Der andere zog bedächtig an seiner Zigarette und schien etwas sagen zu wollen. Doch dann erschien ein Ausdruck von Befriedigung auf seinem Gesicht und er antwortete nicht. Eine kühle Brise strich durch die Luft und der Professor fröstelte. Aus den Tiefen hörte man dann und wann den Klang der Flöte, manchmal vom Geräusch der Palmwedel übertönt, die sich hinter ihnen aneinanderrieben. «Diese Leute sind keine Primitiven», schoß es dem Professor durch den Kopf.

«Gut», sagte der *qaouaji* und stand langsam auf. «Behalten Sie Ihr Geld. Fünfzig Francs sind genug. Es war mir eine Ehre.» Dann verfiel er wieder ins Französische. *«Ti n'as qu'à discendre, to'droit.»* Er spuckte aus, lachte in sich hinein (oder war der Professor hysterisch?) und ging eilig davon.

Der Professor war ziemlich erledigt. Er zündete sich eine zweite Zigarette an und merkte, wie seine Lippen sich mechanisch bewegten. Sie sagten: «Ist das hier nun eine Situation oder ein Dilemma? Ist ja lächerlich!» Mehrere Minuten saß er regungslos und wartete, daß er seinen Sinn für die Realität zurückgewann. Er streckte sich auf dem kalten harten Boden aus und schaute hinauf zum Mond. Es war fast genauso, als wenn er direkt in die Sonne gestarrt hätte. Wenn er die Augen ein bißchen zusammenkniff, konnte er quer über den ganzen Himmel eine Reihe von schwächeren Monden ausmachen. «Unglaublich!» flüsterte er. Dann richtete er sich hastig auf und schaute sich um. Es gab keine Garantie dafür, daß der *qaouaji* auch wirklich in die Stadt zurückgegangen war. Er sprang auf die Füße und beugte sich über den Rand des Abgrundes. Die Talsohle schien im Mondschein meilenweit entfernt zu sein, und da war nichts, an dem man sie hätte messen können, kein Baum, kein Haus, kein Mensch. Er horchte auf die Flöte, aber er hörte nur den Wind, der an seinen Ohren vorbeiwehte. Plötzlich packte ihn ein gewaltiges Verlangen, auf die Straße zurückzulaufen. Er drehte sich um und schaute in die Richtung, die der *qaouaji* genommen hatte. Gleichzeitig tastete er verstohlen nach seiner Brieftasche. Dann spuckte er über den Rand der Klippe. Er ließ Wasser, vor dem Abgrund stehend und lauschte, aufmerksam wie ein Kind. Das gab endlich den Ausschlag und er betrat den Pfad in die Schlucht hinunter. Merkwürdigerweise spürte er keinen Schwindel. Trotzdem wagte er nicht, nach rechts über den Abgrund zu spähen. Es war ein stetiger, steiler Abstieg. Die Monotonie des Kletterns versetzte ihn in einen Zustand, der ihn an den nach der Busreise erinnerte. Wieder murmelte er: «Hassan Ramani», wiederholte die Worte immer wieder rhythmisch. Doch dann hörte er plötzlich auf – die finsteren Assoziationen, die dieser Name nun in ihm auslöste, machten ihn ärgerlich. Der Ausflug hatte ihn erschöpft. «Und das Laufen», setzte er hinzu.

Er hatte die Ebene nun fast erreicht, doch der Mond, der direkt über ihm stand, spendete mehr Licht als zuvor. Nur der Wind hatte sich gelegt, war oben zurückgeblieben, um zwischen den Bäumen entlangzurauschen, die staubigen Straßen von Aim Tadouirt entlang, in die Halle des Grand Hotel *Saharien* und unter der Tür in sein kleines Zimmer hinein.

Irgendwann fiel ihm ein, daß er sich eigentlich Rechenschaft darüber ablegen sollte, warum er etwas so Irrationales tat, aber andererseits war er intelligent genug, um zu wissen, daß, da er es tat, es wohl im Moment nicht so wichtig war, nach Erklärungen zu suchen.

Plötzlich war die Erde unter seinen Füßen flach. Er hatte den Fuß des Abhangs schneller erreicht, als er erwartet hatte. Immer noch mißtrauisch machte er ein paar Schritte vorwärts, als ob er einen weiteren verborgenen Abhang fürchtete. In diesem gleichförmigen schwachen Licht war alles so schwer zu erkennen. Ehe er sich versah, war der Hund über ihm, eine schwere Masse Fell, die versuchte, ihn rückwärts zu stoßen, ein scharfer

Nagel, der ihm die Brust herunterfuhr, das Gefühl angespannter Muskeln, die danach trachteten, ihm die Zähne in die Kehle zu schlagen. Der Professor dachte: «Ich weigere mich, auf diese Art zu sterben.» Der Hund ließ von ihm ab, er sah aus wie ein Eskimohund. Als er sich wieder auf ihn stürzte, rief er laut, so laut er konnte «Ay!». Er prallte auf ihn, es war ein Chaos von Empfindungen und irgendwo ein Schmerz. Außerdem erkannte er irgendwo ganz nah das Gemurmel von Stimmen, konnte aber nicht verstehen, was sie sagten. Etwas Kaltes, Metallisches bohrte sich brutal in seinen Rücken, während noch der Hund in einer Masse von Kleidern und vielleicht auch Fleisch in ihm festgekrallt war. Der Professor wußte, es war ein Gewehr; er hob die Hände und rief in Moghrebi:

«Nehmt den Hund weg.» Aber das Gewehr stieß ihn einfach vorwärts. Der Hund hatte von ihm abgelassen und machte keine Anstalten, sich wieder auf ihn zu stürzen, also tat er einen Schritt vorwärts. Das Gewehr stieß ihn weiter, er machte einen Schritt nach dem anderen. Wieder hörte er Stimmen, aber die Figur hinter ihm gab keine Antwort. Es kam ihm vor, als liefen überall Leute herum, jedenfalls klang es so. Denn seine Augen, das merkte er jetzt, waren aus Furcht vor den Attacken des Hundes noch immer fest zusammengekniffen. Er öffnete sie. Ein Häuflein Männer kam auf ihn zu. Sie trugen die schwarze Stammeskleidung der Reguibat. «Der Reguiba ist wie eine Wolke auf dem Antlitz der Sonne.» «Sobald ein Reguiba auftaucht, wendet der Gerechte sich ab.» Wie oft hatte er diese Sprüche in Läden und auf Marktplätzen scherzhaft unter Freunden gehört? Nie in Gegenwart eines Reguiba, das stand fest, denn diese Männer kommen nicht oft in die Stadt. Sie schicken Abgesandte in Verkleidung, die mit den finsteren Elementen der Stadt über den Verkauf ihrer erbeuteten Waren verhandeln. «Eine Gelegenheit», dachte er schnell, «die Richtigkeit solcher Sprichwörter zu überprüfen.» Er zweifelte keinen Augenblick, daß dieses Abenteuer sich letztlich als nichts weiter als eine Warnung gegen seine Dummheit entpuppen würde – eine Warnung, die im nachhinein teils düster, teils lächerlich erscheinen würde.

Zwei knurrende Hunde tauchten hinter den herankommenden Männern auf und warfen sich gegen seine Beine. Er war schockiert, daß niemand sich um diesen Verstoß gegen die Etikette zu kümmern schien. Das Gewehr stieß härter zu, als er jetzt versuchte, den wütenden Angriff der Tiere abzuschütteln. Wieder rief er:

«Die Hunde! Nehmt die Hunde weg!» Das Gewehr stieß ihn mit einem wuchtigen Schlag vorwärts. Er fiel, fast genau vor die Füße der Männer, die ihn betrachteten. Die Hunde zerrten an seinen Armen und Händen. Ein Stiefel fegte sie beiseite – sie jaulten auf – und trat dem Professor dann mit wachsender Brutalität in die Hüfte. Dann folgte eine ganze Salve von Tritten aus allen Richtungen. Man stieß ihn eine Zeitlang rücksichtslos über die Erde. Während der ganzen Zeit war er sich bewußt, daß Hände in seine Taschen griffen und alles herausholten. Er versuchte zu sagen: «Ihr habt mein ganzes Geld, jetzt hört endlich auf, mich zu mißhandeln.» Aber seine angegriffenen Gesichtsmuskeln gehorchten nicht mehr; er fühlte, wie sich die Lippen bewegten, und das war alles. Dann versetzte ihm jemand einen schweren Schlag auf den Kopf und er dachte: «Jetzt verliere ich wenigstens das Bewußtsein – dem Himmel sei Dank.» Aber die gutturalen Stimmen wollten nicht weichen, auch wenn er sie nicht verstand. Er spürte, wie man ihm Hände und Füße fesselte. Dann war da nur noch ein schwarzes Schweigen, das sich von Zeit zu Zeit öffnete wie eine Wunde, um die sanften, tiefen Klänge der Flöte einzulassen, die immer wieder die gleiche Tonfolge spielte. Plötzlich spürte er überall stechende Schmerzen, Schmerz und Kälte. «Dann war ich also doch ohnmächtig», dachte er. Trotzdem erschien ihm die Gegenwart nur wie eine direkte Fortsetzung dessen, was vorher passiert war.

Es dämmerte schwach. Irgendwo ganz in der Nähe mußten Kamele sein, er konnte sie grunzen und röcheln hören. Er brachte es nicht fertig, die Augen zu öffnen, aus Angst, daß es sich als unmöglich erweisen könnte. Als er jedoch merkte, daß sich Schritte näherten, entdeckte er, daß ihm das Sehen keine Schwierigkeiten machte.

Im grauen Licht des Morgens betrachtete ihn der Mann teilnahmslos. Dann kniff er dem Professor mit einer Hand die Nasenlöcher zusammen. Als der Professor den Mund aufmachte, um nach Luft zu schnappen, ergriff der Mann geschickt seine Zunge und zog aus voller Kraft. Der Professor würgte und hielt den Atem an; er sah nicht mehr, was jetzt passierte. Der Schmerz des brutalen Zupackens ließ sich nicht mehr von dem eines scharfen Messers unterscheiden. Dann ging alles in ein endloses Röcheln und Spucken über, das sich mechanisch fortsetzte, als ob er gar nichts mehr damit zu tun hätte. Immer wieder ging ihm das Wort «Operation» durch den Kopf; es beruhigte seine Furcht ein wenig, und dann versank er wieder in der Dunkelheit.

Irgendwann am Vormittag brach die Karawane auf. Der Professor war nicht ohnmächtig, befand sich aber in einem Zustand äußerster Erstarrung, er würgte und spuckte Blut. Man hatte ihm die Arme mit den Beinen zusammengefesselt und ihn dann in einen Sack gesteckt und auf ein Kamel gebunden. Das gegenüberliegende Ende des großen Amphitheaters enthielt eine natürliche Öffnung zwischen den Felsen. Die Kamele, schnelle *mehara*, waren nur leicht beladen. Sie passierten eins nach dem anderen die Öffnung und stiegen dann langsam den sanften Abhang hinauf, der in die Wüste mündete. Bei einer Rast hinter ein paar flachen Hügeln hoben ihn die Männer am Abend aus dem Sack. Immer noch ließ sein Zustand keinen klaren Gedanken zu. Jetzt schmückten sie die verstaubten Fetzen, die von seinen Kleidern übriggeblieben waren, mit einer Reihe von merkwürdigen Gürteln, die aus aneinandergereihten Deckeln von Blechdosen bestanden. Sie hakten einen nach dem anderen dieser leuchtenden Gurte um seinen Rumpf, um Arme und Beine, ja sogar über sein Gesicht, bis er ganz und gar in einem Panzer aus runden Metallscheiben zu stecken schien. Anscheinend hatten die Männer viel Spaß dabei. Ein Mann brachte seine Flöte zum Vorschein, und einer seiner jüngeren Gefährten gab eine anmutige Karrikatur des Ouled Nail zum besten, der einen Rohrtanz aufführt.

Der Professor hatte längst wieder das Bewußtsein verloren, eigentlich existierte er nur noch in den Bewegungen der anderen. Als sie endlich fertig waren und ihn so ausstaffiert hatten, wie sie wollten, stopften sie ein wenig Nahrung unter die Blechscheiben, die vor seinem Gesicht pendelten. Obwohl er mechanisch kaute, fiel das meiste doch zu Boden. Am Ende steckten sie ihn wieder in den Sack und ließen ihn über Nacht so liegen.

Nach zwei Tagen erreichten sie ihre Lagerplätze. Dort gab es Frauen und Kinder und Zelte, und die Männer mußten die knurrenden Hunde vertreiben, die sie zu ihrer Bewachung zurückgelassen hatten. Als sie den Professor aus dem Sack kippten, erschollen furchtsame Schreie. Es dauerte Stunden, bis sich auch die letzte Frau davon überzeugt hatte, daß er harmlos war, wenn es auch von Anfang an keinen Zweifel geben konnte, daß er eine wertvolle Beute war. Nach ein paar Tagen zogen sie mit ihrer ganzen Habe weiter. Sie reisten nur während der Nacht, das Terrain wurde immer heißer.

Auch als alle Wunden geheilt waren und er keinen Schmerz mehr fühlte, fing der Professor nicht wieder an zu denken; er aß und er schied aus, er tanzte, wenn man es von ihm verlangte – ein sinnloses Auf- und Abhüpfen, das vor allem die Kinder begeisterte, denn es machte einen wundervollen schrillen Lärm. Und während der größten Hitze des Tages schlief er gewöhnlich bei den Kamelen.

Die Karawane schlängelte sich in Richtung Südost und vermied dabei jeden Kontakt zu seßhaften Zivilisationserscheinungen. Nach ein paar Wochen erreichte sie ein neues Plateau mit spärlicher Vegetation, das völlig verwildert war. Hier schlugen die Männer die Zelte auf und hier blieben sie, nachdem sie die *mehara* zum Grasen hinausgetrieben hatten. Hier fühlte sich jeder gut, das Klima war kühler, und nur wenige Stunden entfernt gab es eine Quelle am Rande einer nur selten benutzten Reiseroute. Hier kamen sie auf die Idee, den Professor nach Fogara zu bringen und ihn an die Tuareg zu verkaufen.

Aber es dauerte ein volles Jahr, ehe sie ihren Plan in die Tat umsetzten. Mittlerweile war der Professor auch viel besser ausgebildet. Er konnte einen Handstand machen und eine Reihe von furchterregenden Lauten ausstoßen, die gleichzeitig ein gewisses Maß an Humor enthielten, und als die Reguibat die Blechdeckel vor seinem Gesicht entfernten, entdeckten sie, daß er auch noch die erstaunlichsten Grimassen schneiden konnte, wenn er tanzte. Sie brachten ihm ein paar fundamentale obszöne Gesten bei, die den Frauen stets entzückte Schreie entlockten. Inzwischen wurde er nur noch nach besonders reichen Festmahlen vorgeführt, wenn es Musik und Tanz gab. Es fiel ihm nicht schwer, sich ihrem Gefühl für Ritual anzupassen, und so entwickelte er ein elementares «Programm», das er stets präsentierte, wenn man ihn rief: Tanzen, sich auf dem Boden wälzen, bestimmte Tiere nachahmen und sich schließlich in gespieltem Zorn auf eine Gruppe stürzen, die erschreckt und ausgelassen zurückwich.

Als drei der Männer mit ihm nach Fogara aufbrachen, nahmen sie vier *meharas* mit – eins für ihn. Es wurden keine Vorsichtsmaßnahmen getroffen, um ihn zu bewachen, aber es spielte sich schnell ein, daß er immer bei ihnen blieb und ein Mann stets am Schluß der Gesellschaft ritt. Im Morgengrauen kamen sie in Sichtweite der Stadt und verbrachten den Tag wartend in den Bergen. Bei Sonnenuntergang brach der jüngste auf und kehrte drei Stunden später mit einem Freund zurück, der einen kräftigen Stock bei sich hatte. Sie versuchten, ihm gleich auf der Stelle das Programm des Professors vorzuführen, aber der Mann aus Fogara hatte es eilig zurückzukommen, und so brachen sie alle zusammen auf ihren *meharas* auf.

In der Stadt ritten sie auf direktem Weg zum Haus des Mannes, wo sie im Hof, auf den Kamelen sitzend, Kaffee tranken. Hier präsentierte dann der Professor auch sein Programm, was mit großer Belustigung und Händereiben quittiert wurde. Man traf eine Vereinbarung, eine Geldsumme wechselte den Besitzer, und dann zogen sich die Reguibat zurück und ließen den Professor im Haus des Mannes mit dem Stock zurück, der keine Zeit verlor und ihn in ein kleines Gehege im Hof sperrte.

Der nächste Tag war ein wichtiger Tag im Leben des Professors, denn an diesem Tag spürte er zum erstenmal seit langer Zeit wieder den Schmerz. Eine Gruppe von Männern kam zum Haus des Fremden, unter ihnen ein ehrwürdiger Herr, der besser gekleidet war als die anderen, die offenbar nichts anderes zu tun hatten, als ihm zu schmeicheln und glühende Küsse auf seine Hände oder den Saum seines Gewandes zu drücken. Diese hohe

Persönlichkeit achtete darauf, ab und zu in klassisches Arabisch zu verfallen, um die anderen zu beeindrucken, die kein Wort aus dem Koran auswendig wußten. Und so nahm die Konversation folgenden Gang:

«Vielleicht in In Sallah. Die Franzosen dort sind dumm. Himmlische Vergeltung ist nahe. Wir wollen nichts überstürzen. Lobt den Herrn und richtet einen Bannstrahl gegen die Götzen. Mit Farbe auf dem Gesicht. Falls die Polizei genauer hinschauen will.» Die anderen lauschten und stimmten ihm zu, nickten langsam und feierlich mit dem Kopf. Und der Professor, der in seinem Stall neben ihnen saß, lauschte ebenfalls. Das heißt, er war sich des Klanges des Arabischen, das der Alte sprach, bewußt. Zum erstenmal seit vielen Monaten erreichten ihn die Worte. Geräusche, dann: «Himmlische Vergeltung ist nahe.» Und: «Es ist mir eine Ehre. Fünfzig Francs sind genug. Behalte dein Geld. Gut.» Und der *qaouaji*, der neben ihm am Rand des Abgrunds hockte. Dann «Bannstrahl gegen die Götzen», und mehr Geschwätz. Er wälzte sich auf die andere Seite, keuchte in den Sand und vergaß es wieder. Aber der Schmerz hatte begonnen. Er wirkte wie in einem Delirium, aber er war wieder in sein Bewußtsein zurückgekehrt. Als der Mann die Tür aufmachte und ihn mit dem Stock schubste, stieß er einen Wutschrei aus, und alle lachten.

Sie stellten ihn auf die Beine, aber er tanzte nicht. Er stand vor ihnen, starrte zu Boden und weigerte sich hartnäckig, auch nur eine Bewegung zu machen. Der Besitzer war wütend und ärgerte sich so sehr über das Gespött der anderen, daß er sich genötigt sah, sie wegzuschicken. Er entschuldigte sich und sagte, er würde lieber eine günstigere Zeit abwarten, um ihnen seine neue Erwerbung vorzuführen, denn er wagte es nicht, seinen Ärger vor dem Alten offen zu zeigen. Als sie jedoch gegangen waren, versetzte er dem Professor mit dem Stock einen heftigen Schlag auf die Schulter, verfluchte ihn mit obszönen Schimpfworten und trat hinaus auf die Straße, nachdem er die Hoftore hinter sich zugeworfen hatte. Er ging geradewegs zur Straße der Ouled Nail, denn er war sicher, daß die Reguibat dort bei den Mädchen finden würde, wo sie normalerweise ihr Geld verpraßten.

Und tatsächlich fand er in einem der Zelte den einen noch im Bett, während eine Ouled Nail die Teegläser spülte. Er stürzte hinein und hieb dem Mann auf einen Schlag beinah den Kopf vom Rumpf, noch ehe der Zeit hatte, sich auch nur aufzurichten. Dann warf er sein Rasiermesser auf das Bett und rannte hinaus.

Die Ouled Nail sah das Blut, lief aus ihrem Zelt hinaus ins nächste und tauchte gleich danach mit vier Mädchen wieder auf, die alle zusammen ins Kaffeehaus liefen und dem *qaouaji* erzählten, wer den Reguiba getötet hatte. Es dauerte weniger als eine Stunde, ehe die französische Militärpolizei ihn im Haus eines Freundes gefangennahm und auf die Wache schleppte. An diesem Abend bekam der Professor nichts zu essen. Während sich sein Bewußtsein langsam aber sicher wieder einstellte, was durch den wachsenden Hunger noch verstärkt wurde, wanderte er ziellos im Hof und den angrenzenden Zimmern des Fremden umher. Es war niemand da. In einem Zimmer hing ein Kalender an der Wand. Der Professor betrachtete ihn nervös, wie ein Hund, der eine Fliege vor seiner Nase verfolgt. Auf dem weißen Papier sah er schwarze Objekte, die Töne in seinem Kopf erzeugten. Er konnte sie sogar hören: «*Grande Épicerie du Sahel. Juin. Lundi, Mardi, Mercredi...*»

Die kleinen Tintenspuren, aus denen eine Symphonie besteht, sind zwar vor langer Zeit erfunden worden, aber erst, wenn sie im Klang vollendet werden, sind sie drohend und mächtig. Im Kopf des Professors erklang jetzt eine Art Gefühlsmusik, die immer lauter wurde, während er auf die Lehmwand starrte, und plötzlich hatte er das Gefühl, daß er etwas ausführte, was vor langer Zeit geschrieben worden war. Er wollte weinen, er wollte durch das kleine Haus toben und die wenigen zerbrechlichen Objekte in tausend Stücke schlagen. Er brüllte auf, so laut er konnte und zerschmetterte alles, was ihm zwischen die Finger kam. Dann stürzte er sich auf das Tor, das auf die Straße führte. Es widerstand eine Weile und gab dann nach. Nachdem er ein paar Bretter herausgebrochen hatte, kletterte er durch den schmalen Spalt und galoppierte schreiend und mit den Armen rudernd durch die stille Straße auf das Stadttor zu. Ein paar Leute blieben stehen und sahen ihm neugierig nach. Als er an der

Garage vorbeikam, dem letzten Gebäude vor der mit kleinen Rundbögen und Türmchen verzierten Stadtmauer, hinter der die Wüste begann, erblickte ihn ein französischer Soldat. «*Tiens*», sagte er sich, «ein heiliger Verrückter.»

Wieder ging die Sonne unter. Der Professor rannte durch das kuppelförmige Tor, wandte sein Gesicht dem roten Himmel zu und trottete die Piste d'In Salah entlang, geradewegs in den Sonnenuntergang hinein. Der Soldat hinter ihm feuerte, denn er hatte mal irgendwo gehört, daß das Glück bringen soll. Die Kugel zischte haarscharf am Kopf des Professors vorbei, und sein Kreischen ging in ein entrüstetes Jammern über, während er mit hochgerissenen Armen zu Tode erschreckt ein paar wilde Sätze machte.

Eine Weile schaute ihm der Soldat nach und lächelte. Die umherspringende Figur wurde in der schnell hereinbrechenden Dämmerung des Abends immer kleiner, und das Scheppern der Blechdeckel um seinen Hals verlöschte im großen Schweigen dort draußen jenseits des Tores. Er lehnte sich gegen die Mauer. Noch spendete sie ein wenig Wärme von der Hitze des Nachmittags, aber schon kroch die mondliche Kühle der Nacht auf ihn zu.

New York
1945

DAS RUNDE TAL

Das verlassene Kloster stand auf einem sanften Hügel in der Mitte einer großen Lichtung. Auf allen Seiten ging der Abhang allmählich in den verwilderten struppigen Dschungel über, der das runde Tal bedeckte und von steilen schwarzen Felsen umringt wurde. In einigen der Höfe waren Bäume gewachsen, die die Vögel als Treffpunkt benutzten, wenn sie zwischen den Zimmern und Gängen hin und her flitzten, in denen sie ihre Nester gebaut hatten. Schon vor langer Zeit hatten Banditen alles weggeschleppt, was in dem alten Gemäuer nicht niet- und nagelfest war. Später hatten es Soldaten als Hauptquartier benutzt und wie die Banditen auch in den großen zugigen Räumen Feuer gemacht, so daß sie schließlich aussahen, wie altertümliche Küchen. Und nun, da aus dem Innern des Klosters alles verschwunden war, schien es, als würde niemals wieder jemand in die Nähe des Klosters kommen. Die Vegetation hatte einen schützenden Wall gebildet; schon war der unterste Teil ganz verdeckt, und kleine Bäume warfen Schlingpflanzen um die Mauerbrüstungen der Fenster. Durch die Wiesen, die feucht und üppig ringsum wuchsen, führte schon lange kein Pfad mehr.

Vom höheren Ende des runden Tales fiel dampfend und donnernd ein Fluß von den Klippen in den tiefergelegenen großen Talkessel hinunter, dann rauschte er am Fuß der Klippen entlang, bis er am gegenüberliegenden Ende des Tals eine Bresche fand, wo er verstohlen und ohne Wasserfälle oder Kaskaden hindurchschlüpfte wie ein großes, dickes, schwarzes Tau aus Wasser, das sich zwischen den blankpolierten Flanken der Schlucht entlangschlängelte. Unterhalb dieser Bresche öffnete sich das Land und wurde freundlicher, gleich neben ihr hatte sich ein Dorf in den Abhang eingenistet. In den Tagen des Klosters hatten die Brüder von hier ihre Lebensmittel bezogen, denn die Indios wollten das runde Tal nicht betreten. Vor vielen Jahrhunderten, als das Gemäuer errichtet worden war, hatte die Kirche Arbeiter aus anderen Teilen des Landes hierherschicken müssen. Diese waren von jeher Feinde der hier ansässigen Stämme gewesen und hatten eine andere Sprache; es bestand also keine Gefahr, daß die Einwohner ihnen irgend etwas erzählten, solange sie daran arbeiteten, die mächtigen Wälle zu errichten. Tatsächlich hatte der Bau so lange gedauert, daß die Arbeiter einer nach dem anderen gestorben waren, noch ehe der Ostflügel fertiggestellt war. Und so mußten die Brüder selbst das Ende des Flügels mit unverputzten Mauern abschließen. Sie hatten es so gelassen, unfertig und irgendwie blind, am anderen Ende der schwarzen Felsen.

Generation für Generation kamen die Brüder hierher, Jungen mit frischen rosigen Wangen, die allmählich dünn und grau wurden und schließlich starben, um unterhalb des Hofes, wo der Brunnen stand, im Garten beerdigt zu werden. Eines Tages, vor nicht allzu langer Zeit, hatten sie alle das Kloster verlassen; niemand wußte, wohin sie gegangen waren, und niemand dachte daran, sie zu fragen. Kurz darauf waren dann zuerst die Banditen und später die Soldaten gekommen. Und da sich die Indios nie ändern, ging auch jetzt niemand aus dem Dorf hinauf, um durch die Bresche das Tal zu betreten und das alte Kloster zu besuchen. Das Atlájala lebte hier; die Brüder hatten es nicht fertiggebracht, es zu töten, hatten schließlich aufgegeben und waren weggegangen. Das überraschte niemanden, im Gegenteil, das Atlájala gewann dadurch nur noch mehr an Ansehen. Während der vielen Jahrhunderte, in denen die Brüder hier im Kloster gelebt hatten, hatten sich die Indios sowieso schon gewundert, warum es ihnen gestattet hatte, zu bleiben. Nun hatte es sie also endlich vertrieben. Es hatte immer hier gelebt, sagten sie, und würde auch weiter hier leben, denn das Tal war sein Zuhause, und es würde es nie verlassen.

Frühmorgens bewegte sich das ruhelose Atlájala durch die Hallen des Klosters. Die dunklen Räume flogen an ihm vorbei, einer nach dem anderen. In einem kleinen Patio, wo eifrige junge Bäume die Pflastersteine durchbrochen hatten, um ans Tageslicht zu kommen, hielt es an. Die Umgebung war voller kleiner Geräusche: das Flattern von Schmetterlingen, Blätter und Blumen, die raschelnd zur Erde fielen, die Luft selbst fegte Myriaden von Zügen um die Ecken hinterher, und die Ameisen gingen ihren endlosen Arbeiten im heißen Staub nach. Das Atlájala wartete in der Sonne und verfolgte jede Abstufung von Geräuschen, Licht oder Gerüchen. Es lebte im Bewußtsein des langsamen, ständigen Zerfalls, der den Morgen anfiel und ihn in den Nachmittag verwandelte. Wenn der Abend kam, schlüpfte es oft auf das Dach des Klosters und beobachtete, wie sich der Himmel verdunkelte, während weit in der Ferne der Wasserfall rauschte. Im Lauf der vielen Jahre hatte es Nacht für Nacht hier oben über dem Tal gehockt und war gelegentlich hinabgeschossen, um für ein paar Minuten oder Stunden zu einer Fledermaus, einem Leoparden oder auch einer Motte zu werden. Dann kehrte es zurück und ruhte sich reglos aus, im Mittelpunkt des Raumes, der von den schwarzen Felsen begrenzt wurde. Als das Kloster errichtet wurde, hatte es angefangen, die Räume der Brüder zu besuchen und hier zum erstenmal die bedeutungslosen Gesten des menschlichen Lebens beobachtet.

Und dann war es eines Abends ziellos einer der jungen Mönche geworden. Das war eine neue Erfahrung, seltsam reich und komplex und gleichzeitig unerträglich bedrückend, so, als ob jede andere Möglichkeit als die, für immer in diese windige isolierte Welt eingeschlossen zu sein, auf einmal verschlossen wäre. Wie der Mönch war es aufgestanden und zum Fenster gegangen. Als es zum Himmel emporschaute, sah es zum erstenmal nicht die Sterne, sondern den Raum zwischen und jenseits von ihnen. Selbst in diesem Moment hatte es den Drang verspürt, diese kleine Schale von Qual und Schmerz zu verlassen, in der es sich im Moment aufhielt, aber eine schwache Neugier hatte es gedrängt, zu bleiben und ein wenig an dieser neuen Empfindung teilzuhaben. Es hielt aus. Der Mönch hob die Arme mit einer beschwörenden Geste zum Himmel. Zum erstenmal spürte das Atlájala Widerstand, die Erregung eines Kampfes. Es war erschütternd zu spüren, wie sehr der junge Mann sich von seiner Gegenwart befreien wollte, und es war unbeschreiblich süß, trotzdem zu bleiben. Dann war der Mönch plötzlich mit einem Aufschrei zum anderen Ende des Zimmers gestürzt und hatte eine schwere Lederpeitsche von der Wand gezerrt. Er hatte sich die Kleider vom Leib gerissen und sich gegeißelt, als wäre der Teufel in ihn gefahren. Beim ersten Peitschenschlag war das Atlájala nahe daran gewesen, loszulassen, aber dann merkte es, daß die Intensität der inneren Qual durch die Wucht der Schläge nur noch verstärkt wurde, und so blieb es fasziniert und spürte, wie der junge Mann schließlich unter seinen Schlägen schwach wurde. Als er fertig war und ein Gebet gesprochen hatte, kroch er zu seinem Strohsack und schlief unter Tränen ein, während das Atlájala unbemerkt aus seinem Körper glitt und in den eines Vogels schlüpfte, der die Nacht auf einem großen Baum am Rande des Dschungels verbrachte, angestrengt den Geräuschen der Nacht lauschte und von Zeit zu Zeit einen Schrei ausstieß.

Danach war es für das Atlájala unmöglich, dem Verlangen zu widerstehen, in die Körper der Mönche zu schlüpfen. So besuchte es einen nach dem anderen und stieß im Verlauf dieses Prozesses auf eine erstaunliche Vielfalt von Empfindungen. In jedem entdeckte es eine eigene kleine Welt, eine neue Erfahrung, und jeder reagierte anders, wenn er sich der fremden Präsenz bewußt wurde. Einer setzte sich hin und las oder betete, ein anderer machte einen langen traurigen Spaziergang durch die Wiesen, immer im Kreis um das Klostergemäuer herum, wieder ein anderer suchte sich einen Kameraden und fing einen absurden, bitteren Streit mit ihm an, und es gab sogar welche, die sich selber geißelten oder einen Freund aufsuchten, der die Peitsche für sie schwang. Immer konnte das Atlájala eine Fülle von Wahrnehmungen spüren, so daß es allmählich aufhörte, die Körper von Insekten, Vögeln oder Pelztieren heimzusuchen. Es verließ nicht einmal mehr das Kloster, um sich in die Lüfte zu erheben. Einmal kam es beinahe in Schwierigkeiten, als ein alter Mann, in den es geschlüpft war, plötzlich tot umfiel. Das war ein Risiko, das es bei Menschen häufig einging: sie schienen nicht zu wissen, wann sie zum Tode verurteilt waren oder wenn sie es wußten, dann gaben sie sich mit aller Macht den Anschein, es nicht zu wissen, was dann letztlich aufs gleiche hinauskam. Die anderen Lebewesen, die es kannte, wußten es immer schon im voraus, es sei denn, sie wurden unvorbereitet überfallen und verschlungen. Und das konnte das Atlájala verhindern: ein Vogel, in dem es sich aufhielt, wurde von Geiern und Adlern stets gemieden.

Als die Brüder das Kloster verließen und den Befehlen der Regierung gehorchend, ihre Mönchskutten ablegten, sich zerstreuten und Arbeiter wurden, wußte das Atlájala plötzlich nicht mehr, wie es die Tage und Nächte verbringen sollte. Jetzt war alles wieder genauso wie es vor ihrem Kommen gewesen war: es war niemand mehr da, außer den Kreaturen, die schon von altersher im runden Tal gelebt hatten. Es versuchte eine Riesenschlange, ein Reh, eine Biene: nichts hatte den Geschmack, den es so sehr lieben gelernt hatte. Alles war genau wie vorher, nur nicht für das Atlájala. Es hatte die Existenz des Menschen gekannt, und nun gab es keine Menschen mehr im Tal – nur das verlassene Gemäuer mit den leeren Räumen, die es die Abwesenheit der Menschen nur um so deutlicher spüren ließ.

Und dann tauchten eines Nachmittags die Banditen auf, mehrere Hundert an einem einzigen stürmischen Tag. Entzückt probierte es einen nach dem anderen, während sie herumsaßen, ihre Gewehre reinigten und fluchten, und dabei entdeckte es wieder neue Facetten der Erfahrung: den Haß, den sie der Welt entgegenbrachten, die Furcht, die sie vor den Soldaten hegten, die sie verfolgten, die eigenartigen Stöße von Begierde, die sie durchströmten, wenn sie betrunken zusammen am Feuer lagen, das auf dem Fußboden schwelte und die unerträgliche Qual der Eifersucht, die ihre nächtlichen Orgien in einigen zu entfachen schienen. Aber die Banditen blieben nicht lange. Als sie weg waren, folgten die Soldaten in ihrem Kielwasser. Ein Soldat zu sein, fühlte sich genauso an wie ein Bandit. Es fehlte nur die große Angst und der Haß, aber sonst war es beinahe dasselbe. Weder die Banditen noch die Soldaten schienen sich seiner Anwesenheit bewußt zu werden, es konnte von einem in den nächsten gleiten, ohne daß das irgendeine Änderung ihres Verhaltens zur Folge gehabt hätte. Das war erstaunlich, da seine Wirkung auf die Mönche so eindeutig gewesen war, aber das Atlájala spürte doch eine gewisse Erleichterung, daß sie von seiner Existenz nichts bemerkten.

Trotzdem genoß es sowohl die Banditen als auch die Soldaten unermeßlich und war noch verzweifelter als vorher, als man es wieder allein ließ. Es verwandelte sich in eine der Schwalben, die ihre Nester in den Felsen und Vorsprüngen am Wasserfall bauten. Im flimmernden Sonnenlicht stürzte es sich immer wieder in den feuchten Dunstvorhang, der von weit unten emporstieg. Manchmal stieß es einen triumphierenden Schrei aus. Es verbrachte den Tag in einer Blattlaus und kroch langsam auf der Unterseite von Blüten entlang, lebte ruhig in der riesigen grünen Welt dort unten, die für immer vom Himmel verborgen ist. Oder es schlüpfte des Nachts in den samtigen Körper eines Panthers und erlebte die Erregung des Tötens. Einmal lebte es ein ganzes Jahr in einem Aal auf dem Grunde des Tümpels unter dem Wasserfall und spürte, wie der Schlamm langsam unter ihm nachgab, wenn es ihn mit seiner flachen Nase aufwühlte. Das war eine friedliche Abwechslung, aber danach war das Verlangen, das geheimnisvolle Leben der Menschen noch einmal zu erleben, nur noch stärker geworden – zu einer Besessenheit geworden, von der es sinnlos war, sie abstreifen zu wollen. Und nun bewegte es sich wieder ruhelos durch die zerfallenen Ruinen, eine stumme Gegenwart, allein und voller Sehnsucht, wieder Gestalt anzunehmen, aber menschliche Gestalt. Und mit dem Bau von Landstraßen, die die Regierung im ganzen Land angeordnet hatte, konnte es nicht ausbleiben, daß eines Tages wieder Menschen das Tal betreten würden.

Ein Mann und eine Frau kamen mit dem Auto in das Dorf im unteren Tal, und als sie von der Klosterruine und dem Wasserfall hörten, der sich durch die Felsen in eine Art riesiges Amphitheater ergoß, beschlossen sie, diese Dinge zu besichtigen. Sie ritten auf *burros* bis zum Dorf, das neben der Bresche im Felsen lag, aber dort weigerten sich die Indios, die sie als Führer angeheuert hatten, weiter mitzukommen, und so ritten sie allein weiter, hinauf, durch die Schlucht und in das Reich des Atlájala hinein.

Es war Mittag, als sie das Tal betraten; die schwarzen Vorsprünge der Felsen glitzerten wie Glas in der stechenden Sonne, die auf sie herunterbrannte. Sie hielten die *burros* an einer Felsengruppe am Rand einer sanft geschwungenen Wiese an. Der Mann saß zuerst ab und half dann der Frau. Sie beugte sich vor und legte ihm die Hände auf das Gesicht. Einen langen Moment küßten sie sich. Dann hob er sie zur Erde, und sie kletterten Hand in Hand über die Felsen. Das Atlájala flatterte in ihrer Nähe herum und schaute sich die Frau genau an: sie war das erste weibliche Wesen, das je ins Tal gekommen war. Die beiden setzten sich unter einen kleinen Baum ins Gras und schauten sich lächelnd in die Augen. Aus Gewohnheit heraus fuhr das Atlájala zuerst in den Mann. Plötzlich war es sich nur noch der Schönheit der Frau und der von ihr ausgehenden schrecklichen Gefahr bewußt, statt inmitten einer sonnendurchfluteten Landschaft, Vogelschreien und Pflanzendüften zu existieren. Der Wasserfall, die Erde und der Himmel selbst wichen zurück, fielen zurück ins Leere und alles, was zählte, war das Lächeln der Frau, ihre Arme und der Duft, der von ihr ausging. Es war eine erstickendere und schmerzlichere Welt als alles, was das Atlájala je für möglich gehalten hätte. Trotzdem blieb es, als der Mann jetzt sprach und die Frau antwortete.

«Verlasse ihn doch. Er liebt dich nicht.»

«Er würde mich umbringen.»

«Aber ich liebe dich. Ich brauche dich in meiner Nähe.»

«Ich kann nicht. Ich habe Angst vor ihm.»

Der Mann beugte sich vor und zog die Frau an sich; sie zuckte leicht zurück, aber ihre Augen weiteten sich.

«Wir haben nur heute», murmelte sie und wandte ihr Gesicht dem gelben Gemäuer des Klosters zu.

Der Mann umarmte sie leidenschaftlich, preßte sie an sich, als könne er damit sein Leben retten.

«Nein, nein, nein! So kann es einfach nicht weitergehen», sagte er. «Nein!»

Der Schmerz seiner Qual wurde so stark, daß das Atlájala sacht den Körper des Mannes verließ und in den der Frau glitt. Und jetzt hätte es glauben können, im Nichts zu schweben, in seinem eigenen raumlosen Selbst, so heftig war es sich des wandernden Windes, des leisen Raschelns der Blätter und des hellen Lichtes bewußt, von dem es umgeben war. Und doch gab es einen Unterschied: jedes Element war an Intensität vervielfacht, die ganze Sphäre des Seins war unermeßlich, grenzenlos. Nun verstand es, was der Mann in der Frau suchte, und es wußte, wie sehr er litt, denn dieses Gefühl der Vollkommenheit, der Vollendung, das er in ihr ahnte, würde er nie erreichen. Nur das Atlájala, eins mit dieser Frau, hatte es erreicht, und es zitterte vor Entzücken, als es sich dieses Zustandes gewahr wurde. Die Frau schauderte und ihre Lippen vereinigten sich mit denen des Mannes. Dort im Gras, im Schatten des Baums, erreichte ihre Erregung neue Höhen, während das Atlájala, das jetzt beide kannte, eine Verbindung zwischen den geheimen Quellen ihres Verlangens bildete. Es blieb in der Frau und überlegte, auf welche Weise es sie am besten hier zurückhalten könnte, wenn schon nicht im Tal selbst, dann doch wenigstens in der Nähe, damit sie wiederkommen konnte.

Am Nachmittag bewegten sie sich wie im Traum auf die *burros* zu und saßen auf. Dann ritten sie durch das tiefe Wiesengras hinauf zum Kloster. Im Innenhof hielten sie die Tiere an und schauten zögernd zu den altertümlichen Bogenfenstern hinauf, durch die das Sonnenlicht hereinflutete, und blinzelten in die Dunkelheit hinter den Toreingängen.

«Sollen wir hineingehen?» fragte die Frau.

«Wir müssen zurück.»

«Ich möchte aber hinein», sagte sie. (Das Atlájala jubelte.) Eine dünne graue Schlange glitt über den Boden ins Gebüsch. Sie bemerkte sie nicht.

Der Mann schaute sie verblüfft an.

«Es ist aber schon spät», sagte er.

Trotzdem sprang sie ohne seine Hilfe von ihrem *burro* und betrat den langen Gang unter dem hohen Torbogen. (Noch nie waren dem Atlájala die Räume so wirklich vorgekommen wie in diesem Moment, als es sie durch ihre Augen sah.)

Sie erforschten alle Zimmer. Dann wollte die Frau auch noch den Turm besteigen, aber der Mann war entschieden dagegen.

«Wir müssen jetzt zurück», sagte er fest und legte ihr die Hand auf die Schulter.

«Das ist unser einziger gemeinsamer Tag, und du denkst an nichts anderes als an die Rückkehr», sagte sie.

«Aber die Zeit...»

«Der Mond scheint. Wir werden schon nicht vom Weg abkommen...»

Er beharrte auf seinem Standpunkt. «Nein.»

«Wie du willst», sagte sie, «ich gehe hinauf. Du kannst ja alleine zurückreiten, wenn du unbedingt willst.»

Der Mann lachte unsicher.

«Du bist ja verrückt!» Er versuchte sie zu küssen. Sie drehte sich um und schwieg einen Moment lang. Dann sagte sie:

«Du willst, daß ich deinetwegen meinen Mann verlasse. Du forderst alles von mir, aber was tust du für mich? Du weigerst dich sogar, einen kleinen Turm mit mir zu besteigen und die Aussicht zu betrachten. Geh allein zurück. Geh!»

Sie schluchzte auf und stürzte die schmale Wendeltreppe hinauf. Er rief ihr etwas nach und lief dann hinterher, stolperte und fiel. Sie bewegte sich leichtfüßig, rasch und sicher, so, als wäre sie die vielen Steinstufen schon Tausende von Malen hinaufgeeilt. So stieg sie, immer im Kreis, durch die Dunkelheit hinauf.

Schließlich war sie oben angekommen und spähte durch die schmalen Schlitze in den rissigen Mauern. Die Seile, an denen die Glocke gehangen hatte, waren verfault und zerfallen, und die schwere Glocke selbst lag wie ein totes Tier umgekippt im Schutt. Der Wasserfall klang hier oben viel näher, und das Tal hatte sich mittlerweile fast ganz in graue Schatten gehüllt. Von unten hörte sie den Mann mehrmals nach ihr rufen. Sie gab keine Antwort. Während sie da stand und hinausstarrte, krochen die Schatten allmählich auch in die entferntesten Winkel des Tales und kletterten die nackten Felsen im Osten empor. Langsam nahm eine Idee Gestalt an. Es war keine Idee, die sie von sich selber je erwartet hätte, aber sie war da und wurde immer stärker, ja unausweichlich. Sie wandte sich um und schritt leichtfüßig die Treppe hinunter. Der Mann saß im Dunkeln am Fuß der steinernen Wendeltreppe und stöhnte leicht.

«Was ist los?» fragte sie.

«Ich hab mir den Fuß verstaucht. Bist du nun soweit oder nicht?»

«Ja», sagte sie einfach. «Es tut mir leid, daß du gefallen bist.»

Ohne zu antworten stand er auf und humpelte hinter ihr in den Hof hinaus, wo die *burros* warteten. Allmählich hatte die kalte Bergluft von den Gipfeln ringsum das Tal erreicht. Als sie durchs Gras ritten, überlegte sie, wie sie das Thema anschneiden sollte. (Es mußte geschehen, ehe sie die Bresche im Fels erreichten. Das Atlájala zitterte.)

«Verzeihst du mir?» fragte sie.

«Natürlich», lachte er.

«Liebst du mich?»

«Mehr als alles auf der Welt.»

«Ist das auch wahr?»

Er warf ihr im verdämmernden letzten Licht des Tages einen Blick zu. Sie saß hoch aufgerichtet auf dem Tier.

«Das weißt du doch», sagte er sanft.

Sie zögerte.

«Dann gibt es nur eine Lösung», sagte sie schließlich.

«Welche?»

«Ich habe Angst vor ihm. Ich werde nicht mehr zu ihm zurückkehren. Du fährst zurück und ich bleibe hier im Dorf.» (Wenn sie so nahe war, würde sie jeden Tag zum Kloster kommen.) «Wenn alles vorbei ist, kommst du her und holst mich. Dann können wir irgendwo anders hingehen. Keiner wird uns je finden.»

Die Stimme des Mannes klang fremd.

«Ich verstehe nicht, was du meinst.»

«Du verstehst sehr gut. Und es ist die einzige Lösung. Entweder du machst es oder du machst es nicht, ganz wie du willst. Jedenfalls ist es die einzige Lösung.»

Eine Weile trabten sie stumm nebeneinander her. Vor ihnen erhob sich, schwarz vor dem Abendhimmel, die Schlucht.

Dann sagte der Mann deutlich. «Niemals.»

Einen Moment später führte sie der Weg auf ein offenes Plateau hoch über dem rauschenden Wasser. Das hohle Tosen des Flusses erreichte sie wie aus weiter Ferne. Das Tageslicht war fast verschwunden und in der Dämmerung hatte die Landschaft falsche Konturen angenommen. Alles war grau – die Felsen, die Büsche, der Pfad, und nichts hatte Distanz oder Weite. Sie verlangsamten ihre Gangart.

Seine Worte hallten noch immer in ihren Ohren nach.

«Ich gehe nicht zu ihm zurück», rief sie mit plötzlicher Vehemenz. «Du kannst ja zurückgehen und Karten mit ihm spielen wie immer. Sein bester Freund sein, als wenn nie etwas gewesen wäre. Ich bleibe hier. Ich kann nicht mehr, wenn ihr beide in der Stadt seid.» Der Plan funktionierte nicht; das Atlájala sah ein, daß es sie verloren hatte, aber vielleicht konnte es ihr wenigstens helfen.

«Du bist müde», sagte er sanft.

Er hatte recht. Kaum hatte er es ausgesprochen, da schien die ungewohnte Leichtigkeit und Erregung, die sie seit mittags gespürt hatte, zu verblassen. Erschöpft ließ sie den Kopf sinken und sagte:

«Ja, das ist wahr.»

Im gleichen Augenblick stieß der Mann einen hohen schrecklichen Schrei aus; sie schaute gerade noch rechtzeitig auf, um zu sehen, wie sein *burro* vom Rand des Pfades ins graue Nichts hinabstürzte. Dann war alles still, nur weit unten das Geräusch herunterpolternder Steine. Sie konnte sich weder rühren, noch ihren *burro* zügeln; sie saß wie betäubt und ließ sich davontragen wie ein unbewegliches Gewicht.

Als sie den Paß erreichte, der die Grenze zu seinem Reich bildete, zuckte das Atlájala noch ein letztes Mal in ihr auf. Sie hob den Kopf, erschauerte unter einem winzigen Gefühl des Triumphs, ließ dann den Kopf wieder vornüber fallen.

Das Atlájala schwebte über dem Pfad in der grauen Dämmerung und beobachtete, wie ihre undeutliche Gestalt in der einbrechenden Nacht verschwand. (Wenn es sie auch nicht hatte zurückhalten können, so hatte es ihr doch wenigstens geholfen.)

Einen Moment später war es oben im Turm und lauschte den

Spinnen, die ihre Netze ausbesserten, die sie am Nachmittag beschädigt hatte. Es würde lange dauern, bis es den Mut haben würde, je wieder in das Bewußtsein eines anderen Wesens einzudringen. Lange, sehr lange, vielleicht nie wieder.

Fez
1948

DU BIST NICHT ICH

Du bist nicht ich. Niemand außer mir könnte so sein. Das weiß ich und ich weiß auch, wo ich gewesen bin und was ich getan habe, seit ich gestern nach dem Eisenbahnunglück zum Haupttor hinausgegangen bin. Alle waren so aufgeregt, daß keiner mich bemerkt hat. Sobald man es mit verunglückten Menschen und zerschmetterten entgleisten Eisenbahnwaggons zu tun hatte, die unten auf den Schienen lagen, wurde ich zu einer unbedeutenden Nebensache. Als wir den Krach hörten, liefen wir Mädels zum Damm hinunter und prallten gegen den Zaun, der zum Schutz vor Wirbelstürmen diente, wie eine Horde Affen. Mrs. Werth kaute auf ihrem Kruzifix herum und weinte sich die Augen aus. Ich nehme an, sie hatte sich den Mund verletzt. Oder vielleicht dachte sie auch, daß eine von ihren Töchtern in dem Zug da unten sein könnte. Es war wirklich ein schlimmes Unglück, das konnte jeder sehen. Der Frühlingsregen hatte die Erde gelockert, die die Schwellen trug, deshalb hatten sich die Schienen ein wenig verbreitert, und der Zug war einfach in den Graben gekippt. Aber wie alle Welt sich dermaßen aufregen konnte, verstehe ich trotzdem nicht.

Ich habe Züge schon immer gehaßt. Ich haßte es, sie da unten vorbeifahren zu sehen, und ich haßte es, sie weiter hinten im Tal in Richtung Stadt verschwinden zu sehen. Es machte mich wütend, an all die Leute zu denken, die von einer Stadt in die andere fuhren, ohne ein Recht dazu zu haben. Wer sagte ihnen: «Los, geh und kauf dir ein Ticket und fahr heut morgen nach Reading.

Du wirst an dreiundzwanzig Stationen haltmachen, über vierzig Brücken und durch drei Tunnel fahren und immer noch weiterfahren, sogar wenn du Reading schon passiert hast»? Keiner. Ich weiß es. Ich weiß, es gibt keinen Boss, der den Leuten so was sagt. Aber es macht das Ganze ein wenig erträglicher, wenn man sich eine solche Person vorstellen kann. Vielleicht wäre es ja auch nur eine gräßliche Stimme, die durch Lautsprecheranlagen in alle größeren Straßen übertragen wird.

Als ich den Zug da unten hilflos auf der Seite liegen sah wie einen alten Wurm, der von einem Blatt gefegt worden war, fing ich an zu lachen. Aber als dann die ersten Leute blutüberströmt aus den Fenstern der Waggons kletterten, klammerte ich mich fest an den Zaun.

Ich war oben im Hof, und da flog ein Fetzen Einwickelpapier von einer Schachtel Cheese Tid Bits durch die Luft. Dann stand ich am Haupttor, und es war offen. Draußen auf dem Bürgersteig parkte ein schwarzer Wagen. Am Steuer saß ein Mann und rauchte. Ich dachte daran, ihn anzusprechen und ihn zu fragen, ob er wußte, wer ich war, entschied mich aber dann doch lieber dagegen. Es war ein sonniger Morgen, die Luft duftete, die Vögel sangen, und ich folgte der Straße um den Hügel herum und zu den Gleisen hinunter. Ich lief aufgeregt die Schienen entlang. Der Speisewagen sah ziemlich komisch aus, sämtliche Fenster zersplittert, und manche von den Jalousien waren noch heruntergezogen. In dem Baum über mir saß ein Rotkehlchen und pfiff vor sich hin. «Natürlich», sagte ich mir, «das passiert ja nur in der Menschenwelt. Wenn wirklich etwas passieren würde, würde es aufhören zu pfeifen.» Ich ging auf dem Schotter neben den Schienen auf und ab und schaute mir die Leute an, die im Gebüsch lagen. Die Männer fingen jetzt an, sie ans vordere Ende des Zuges zu tragen, wo die Straße die Gleise kreuzt. Dort stand eine Frau in einer weißen Uniform. Ich hütete mich, ihr allzu nahe zu kommen.

Ich beschloß, den breiten Weg hinunterzugehen, der durch die Brombeerhecken führte und in eine kleine Lichtung mündete, wo ich auf einem Müllhaufen einen alten Herd mit jeder Menge schmutziger Verbände und Taschentücher fand. Unten drunter lagen mehrere Häufchen von Steinen. Ich entdeckte ein paar, die rund waren, und ein paar andere. Die Erde war weich und feucht. Als ich zum Zug zurückkam, schienen noch mehr Leute als vorher dort herumzulaufen. Ich ging hinüber zu den Körpern, die Seite an Seite auf dem Schotter lagen, und schaute mir ihre Gesichter an. Eins war ein Mädchen, und ihr Mund stand offen. Ich ließ einen von meinen Steinen hineinfallen und ging weiter, zu einem dicken Mann, dem ebenfalls der Mund aufstand. Ich legte einen spitzen Stein hinein, der aussah wie ein Stück Kohle. Dann fiel mir ein, daß ich vielleicht nicht genug Steine für alle hatte, und der Schotter war zu klein. Ich begegnete einer alten Frau, die unruhig auf und ab lief und sich immer wieder hastig die Hände am Rock abwischte. Sie trug ein langes schwarzes Seidenkleid, das über und über mit einem Muster von blauen Mündern bedruckt war. Vielleicht sollten es Blätter sein, aber sie sahen aus wie Münder. Ich fand, sie machte einen ziemlich verrückten Eindruck, und ging ihr lieber aus dem Weg. Plötzlich entdeckte ich eine Hand mit lauter Ringen an den Fingern, die unter einem Haufen von verbogenen Metallteilen herauslugte. Ich zerrte an den Metallteilen und legte ihr Gesicht frei. Es war eine Frau, und ihr Mund war geschlossen. Ich versuchte, ihn aufzustoßen, damit ich einen Stein hineinlegen konnte. Da packte mich ein Mann an der Schulter und schüttelte mich. Er sah böse aus:

«Was machst du denn da?» schrie er. «Bist du verrückt geworden?» Ich fing an zu weinen und sagte, sie wäre meine Schwester. Sie sah ihr tatsächlich ein bißchen ähnlich, und ich schluchzte und sagte immer wieder: «Sie ist tot. Sie ist tot.» Der Mann sah nicht mehr so böse aus und schob mich vor sich her zum Anfang des Zuges, wobei er mich an einem Arm festhielt. Ich versuchte, mich loszureißen. Gleichzeitig beschloß ich, nichts mehr zu sagen als «Sie ist tot». «Ist ja schon gut», sagte der Mann. Als wir das vordere Ende des Zuges erreicht hatten, sagte er, ich sollte mich auf die Grasböschung setzen, wo schon eine Menge anderer Leute wartete. Ein paar weinten; ich blieb stehen und schaute sie mir an.

Es kam mir so vor, als wäre das Leben hier draußen genauso wie das da drinnen. Immer gab es irgend jemand, der die Leute davon abhielt, das zu tun, was sie eigentlich wollten. Ich lächelte, als mir klar wurde, daß es genau das Gegenteil war von dem, was ich mir vorgestellt hatte, als ich noch drin war. Vielleicht ist das, was wir machen wollen, verkehrt, aber warum sollen immer nur die anderen entscheiden? Darüber dachte ich nach, als ich da hockte und die zarten jungen Grashälmchen aus der Erde rupfte. Ich dachte, daß ein einziges Mal ich selber entscheiden würde, was nötig war und es auch tun würde.

Nach kurzer Zeit tauchten die ersten Krankenwagen auf. Sie waren für uns bestimmt, die Schlange von Leuten, die auf der Böschung saß, und für die, die auf den Bahren und Mänteln herumlagen. Ich weiß nicht warum, denn diese Leute hatten gar keine Schmerzen. Oder vielleicht doch. Wenn viele Leute gleichzeitig verletzt werden, machen sie nicht so viel Aufhebens davon, wahrscheinlich, weil sowieso keiner darauf achten würde. Natürlich hatte ich keine Schmerzen. Ich hätte das auch jedem gesagt, wenn mich einer gefragt hätte. Aber keiner fragte. Sie fragten mich nur nach meiner Adresse, und ich gab ihnen die von meiner Schwester, denn sie wohnte ja nur eine halbe Stunde entfernt. Außerdem hatte ich auch lange dort gewohnt, ehe ich wegging, aber das war schon Jahre her, glaube ich. Dann transportierten sie uns alle zusammen ab. Manche legten sich im Inneren der Krankenwagen hin, und der Rest verteilte sich auf den unbequemen Bänken in einem Wagen ohne Bett. Die Frau neben mir muß eine Fremde gewesen sein, sie stöhnte die ganze Zeit nur wie ein kleines Kind vor sich hin, und dabei konnte ich keinen Tropfen Blut an ihr erkennen. Ich schaute sie mir unterwegs ganz genau an, aber anscheinend mochte sie das nicht, denn sie drehte ihr Gesicht zur Seite und schluchzte. Als wir am Krankenhaus ankamen, brachten sie uns hinein und untersuchten uns. Als ich an der Reihe war, sagten sie nur «Schock» und fragten mich noch einmal, wo ich wohnte. Ich gab ihnen die gleiche Adresse wie vorher, und etwas später brachten sie mich raus und setzten mich auf den Beifahrersitz eines Kombiwagens, zwischen den Fahrer und einen anderen Mann, einen Krankenwärter, nehme ich an. Sie redeten mit mir über das Wetter, aber ich wußte Bescheid und hatte keine Lust, mich überrumpeln zu lassen. Ich weiß nämlich, daß das harmloseste Thema sich plötzlich verdrehen und sich einem wie eine Schlinge um den Hals legen kann, wenn man sich schon in Sicherheit wiegt.

«Sie ist tot», sagte ich einmal, als wir etwa die Hälfte des Weges zurückgelegt hatten.

«Vielleicht, vielleicht auch nicht», sagte der Fahrer, als wenn er es mit einem kleinen Kind zu tun hätte. Die meiste Zeit saß ich einfach mit gesenktem Kopf da, aber trotzdem schaffte ich es, unterwegs alle Tankstellen zu zählen.

Als wir am Haus meiner Schwester angekommen waren, stieg der Fahrer aus und klingelte. Ich hatte ganz vergessen, wie häßlich die Straße war. Die Häuser standen eins neben dem anderen, alle sahen gleich aus, und nur ein schmaler zementierter Durchgang trennte sie voneinander. Jedes lag ein paar Zentimeter tiefer als das nächste, so daß die ganze lange Reihe aussah wie ein enormes Treppenhaus. Offensichtlich durften die Kinder in allen Vorgärten herumtoben; nirgendwo war Gras zu sehen, überall nur Matsch.

Meine Schwester kam zur Tür. Der Fahrer und sie wechselten ein paar Worte, und ich beobachtete, wie sie plötzlich sehr besorgt aussah. Sie kam zum Auto und beugte sich hinein. Sie hatte eine neue Brille auf, mit dickeren Gläsern als die alte. Es schien, als ob sie mich gar nicht ansah. Statt dessen fragte sie den Fahrer:

«Sind Sie auch ganz *sicher*, daß sie in Ordnung ist?»

«Absolut», antwortete er. «Ich würde es nicht sagen, wenn es nicht so wäre. Sie wurde eben im Krankenhaus genauestens untersucht. Es ist nur ein Schock. Ein bißchen Ruhe und sie ist wieder völlig okay.» Der Krankenwärter stieg aus, um mir heraus- und die Stufen hinaufzuhelfen, obwohl ich ganz gut allein gehen konnte. Ich merkte, wie meine Schwester mich aus den Augenwinkeln beobachtete, genau wie früher. Auf der Veranda hörte ich, wie sie dem Krankenwärter zuflüsterte:

«Sie sieht mir aber gar nicht gut aus.» Er tätschelte ihren Arm und sagte:

«Sie ist ganz okay. Sorgen Sie nur dafür, daß sie sich nicht aufregt.»

«Das haben sie schon immer gesagt», jammerte sie, «aber sie tut es nun mal.»

Der Krankenwärter stieg wieder ins Auto.

«Jedenfalls ist sie nicht verletzt, Lady.» Er warf die Tür zu.

«Verletzt!» rief meine Schwester, als sie dem Auto nachschaute. Es fuhr los, und sie verfolgte es mit den Augen, bis es den Gipfel des Hügels erreicht hatte und abbog. Ich starrte immer noch auf den Boden der Veranda, denn ich war nicht ganz sicher, was jetzt passieren würde. Es kommt oft vor, daß ich schon im voraus weiß, daß irgendwas passieren wird, und dann verhalte ich mich jedesmal ganz still und lasse den Dingen einfach ihren Lauf. Es hat keinen Zweck, sich darüber aufzuregen oder zu versuchen, sie zu verhindern. Jetzt hatte ich eigentlich nicht das Gefühl, daß irgend etwas Besonderes herauskommen würde, aber ich merkte, daß es wahrscheinlich besser war, in Ruhe abzuwarten und meine Schwester zuerst reden zu lassen. Sie blieb in ihrer Schürze wie angewurzelt stehen und brach die Spitze der Kätzchenzweige ab, die aus dem Busch neben ihr wuchsen. Sie brachte es immer noch nicht über sich, mich anzuschauen. Schließlich grunzte sie:

«Können genausogut reingehen. Ist viel zu kalt hier draußen.»

Ich machte die Tür auf und ging hinein.

Ich sah auf den ersten Blick, daß sie das Ganze umgestellt hatte, alles war seitenverkehrt. Da war immer ein Flur und ein Wohnzimmer gewesen, aber der Flur lag früher auf der linken Seite des Wohnzimmers, und jetzt war er rechts. Ich überlegte, warum ich nicht gemerkt hatte, daß die Eingangstür jetzt auch auf der rechten Seite der Veranda war. Sie hatte sogar die Anordnung von Treppe und Kamin vertauscht. Die Möbel waren zwar noch dieselben, aber jedes Stück stand genau gegenüber von der Stelle, an der es vorher gestanden hatte. Ich beschloß, nichts zu sagen und ihr die Erklärung zu überlassen, wenn sie Lust dazu hatte. Das Ganze mußte sie jeden Cent gekostet haben, den sie auf der Bank hatte, und trotzdem sah es genauso aus wie vorher. Ich hielt den Mund, aber ich konnte nicht anders als mich ziemlich neugierig umzugucken, um herauszufinden, ob sie auch wirklich keine Kleinigkeit vergessen hatte.

Ich ging ins Wohnzimmer. Die drei großen Stühle, die um den Tisch in der Mitte standen, waren wie immer mit alten Laken abgedeckt, und die Flurlampe am Pianola hatte noch immer den gleichen zerrissenen Zellophanschirm. Alles sah auf diese Art so komisch aus, daß ich anfing zu lachen. Ich merkte, wie sie sich an den Fransen des Vorhangs festklammerte und mich anstarrte. Ich lachte weiter.

Im Radio nebenan kamen ein paar Orgelstücke. Plötzlich sagte meine Schwester:

«Setz dich, Ethel. Ich habe etwas zu erledigen. Ich bin gleich wieder da.» Sie ging durch den Flur in die Küche, und dann hörte ich, wie sie die Hintertür aufmachte.

Ich wußte schon, wohin sie ging. Sie hatte Angst vor mir und wollte Mrs. Jelinek holen. Und es war genau, wie ich vermutet hatte: zwei Minuten später kamen sie zusammen zurück, und diesmal kam meine Schwester sofort ins Wohnzimmer. Sie sah jetzt böse aus, aber sie sagte nichts. Mrs. Jelinek ist dick und schmuddelig. Sie schüttelte mir die Hand und sagte: «Tja, tja, altes Haus.» Ich beschloß, ihr ebenfalls keine Antwort zu geben, denn ich traute ihr nicht. Ich wandte mich ab und öffnete den Deckel des Pianolas. Ich versuchte, ein paar Töne anzuschlagen, aber das Schnappschloß war eingerastet, so daß die Tasten steif blieben und sich nicht bewegen ließen. Ich schloß den Deckel wieder und ging zum Fenster, um hinauszusehen. Ein kleines Mädchen wanderte den Bürgersteig entlang, der den Hügel hinunterführte, und schob dabei einen Puppenwagen vor sich her. Es schaute sich immer wieder nach den Spuren um, die die Räder machten, wenn sie durch eine Pfütze gefahren waren und auf dem trockenen Pflaster weiterrollten. Ich war entschlossen, Mrs. Jelinek keine Chance zu geben, deshalb blieb ich ruhig. Ich setzte mich auf den Schaukelstuhl neben dem Fenster und fing an, leise vor mich hinzusummen.

Es dauerte nicht lange, und die beiden tuschelten miteinander, aber natürlich verstand ich trotzdem jedes Wort. Mrs. Jelinek sagte:

«Ich dachte, sie würden sie behalten.» Und meine Schwester meinte:

«Ich weiß nicht. Das dachte ich auch. Aber der Mann sagte immer wieder, daß sie in Ordnung ist. Huh! Sie ist genau dieselbe wie früher.»

«Ja sicher», sagte Mrs. Jelinek, und dann waren sie wieder ein paar Minuten still.

«Na ja, jedenfalls lasse ich mir das nicht bieten!» sagte meine Schwester plötzlich. «Ich werde Dr. Dunn sagen, was ich von ihm halte.»

«Ruf doch das Heim an», drängelte Mrs. Jelinek.

«Genau das mache ich», sagte meine Schwester. «Du bleibst hier. Ich schau mal nach, ob Kate zu Hause ist.» Sie meinte Mrs. Schultz, die auf der anderen Straßenseite wohnt und ein Telefon hat. Ich schaute nicht mal auf, als sie das Zimmer verließ. Ich hatte eine große Entscheidung getroffen und zwar, hier im Hause zu bleiben, und mich unter keinen Umständen wieder zurückbringen zu lassen. Ich wußte, daß das nicht leicht sein würde, aber ich hatte einen Plan, und ich war sicher, daß er klappen würde, wenn ich nur meine ganze Willenskraft dafür einsetzte. Und ich habe einen ziemlich starken Willen.

Am wichtigsten war es, auch weiter ruhig zu bleiben, kein Wort zu sagen, das den Zauber, mit dem ich jetzt anfing, hätte brechen können. Ich wußte, daß ich mich stark konzentrieren mußte, aber das fiel mir nicht besonders schwer. Es würde einen Kampf zwischen meiner Schwester und mir geben, aber ich hatte keinen Zweifel, daß ich mit meinem starken Charakter und der besseren Erziehung bestens für eine solche Machtprobe ausgestattet war und daß ich gewinnen konnte. Ich mußte mich nur stark genug darauf konzentrieren, und dann würde alles genauso verlaufen, wie ich wollte. Ich machte mir das wieder und wieder klar, als ich vor mich hinschaukelte. Mrs. Jelinek stand mit übereinandergeschlagenen Armen im Eingang zum Flur und schaute fast die ganze Zeit zur Vordertür hinaus. Mittlerweile erschien mir das Leben viel klarer und sinnvoller als vor langer langer Zeit. Auf diese Weise würde ich genau das kriegen, was ich wollte. «Niemand kann dich aufhalten», dachte ich.

Es dauerte eine Viertelstunde, bis meine Schwester wiederkam. Sie hatte Mrs. Schultz und Mrs. Schultz' Bruder mitgebracht, und alle drei sahen ein bißchen verängstigt aus. Ich wußte, was passiert war, noch ehe sie es Mrs. Jelinek erzählt hatten. Sie hatte das Heim angerufen und sich bei Dr. Dunn beschwert, daß man mich entlassen hatte, und er war sehr aufgeregt gewesen und hatte ihr gesagt, daß sie mich mit allen Mitteln festhalten solle, denn ich war überhaupt nicht entlassen worden, sondern irgendwie *abgehauen*. Ich war ein bißchen schockiert, daß er es so ausdrückte, aber wenn ich so darüber nachdachte, mußte ich zugeben, daß es schon irgendwie stimmte.

Als Mrs. Schultz' Bruder hereinkam, stand ich auf und schaute ihm fest in die Augen.

«Immer mit der Ruhe, Miss Ethel», sagte er und seine Stimme wirkte nervös. Ich verbeugte mich leicht vor ihm... wenigstens war er höflich.

«Paß auf, Steve», sagte Mrs. Jelinek.

Ich beobachtete jede Bewegung im Zimmer. Eher wäre ich gestorben, als daß ich zugelassen hätte, daß sie meinen Zauber gebrochen hätten. Ich merkte, daß ich ihn nur mit größter Anstrengung aufrechterhalten konnte. Mrs. Schultz' Bruder rieb sich mit einer Hand die Nase, die andere zuckte in seiner Hosentasche. Mrs. Schultz und Mrs. Jelinek würden nicht weitergehen, als meine Schwester es zuließ. Und sie selbst hatte schreckliche Angst vor mir, obgleich ich ihr nie etwas getan hatte, war sie schon immer fest davon überzeugt gewesen, daß es eines Tages soweit war. Vielleicht ahnte sie schon, was ich ihr antun würde, aber andererseits glaube ich es auch wieder nicht, denn sonst wäre sie wahrscheinlich Hals über Kopf weggelaufen.

«Wann kommen sie?» fragte Mrs. Jelinek.

«Sobald wie möglich», sagte Mrs. Schultz.

Sie standen alle in der Tür.

«Übrigens hieß es gestern abend im Radio, daß man die Überschwemmungsopfer geborgen hat, habt ihr's gehört?» sagte Mrs. Schultz' Bruder. Er zündete sich eine Zigarette an und lehnte sich gegen das Treppengeländer.

Das Haus war eigentlich nicht richtig häßlich, aber ich

machte schon Pläne, wie ich es verändern würde. Ich habe einen ausgezeichneten Geschmack was Innenarchitektur angeht. Aber ich versuchte jetzt nicht an so was zu denken und sagte mir immer wieder leise: «Du mußt es schaffen.»

Schließlich setzte Mrs. Jelinek sich auf die Couch neben der Tür, zog den Rock über die Knie und hustete. Sie hatte immer noch ein rotes Gesicht und sah sehr ernst aus. Ich hätte laut herausplatzen können, wenn ich daran dachte, worauf sie in Wirklichkeit warteten, wenn sie es nur gewußt hätten.

Jetzt hörte man, wie draußen eine Wagentür zuklappte. Ich schaute hinaus. Zwei Männer vom Heim kamen durch den Vorgarten gestapft. Ein dritter blieb am Steuer sitzen und wartete. Meine Schwester lief hastig zur Tür und machte sie auf. Einer von den beiden Männern sagte:

«Wo ist sie?» Sie kamen herein und standen ein paar Sekunden grinsend vor mir.

«Soso, hal-lo!» sagte der eine. Der andere drehte sich zu meiner Schwester und sagte:

«Keine Schwierigkeiten?» Sie schüttelte den Kopf.

«Ich frage mich nur, wieso sie nicht besser aufpassen konnten», schimpfte sie böse. «Wenn sie so leicht herauskommen, was wissen *Sie* denn, was sie alles anstellen können?»

Der Mann grunzte und kam zu mir.

«Willst du jetzt mitkommen? Ich weiß jemand, der schon auf dich wartet.»

Ich stand auf und ging langsam quer durchs Zimmer, die Augen zu Boden gerichtet und an jeder Seite einen der beiden Männer. Als ich an meiner Schwester vorbeikam, die im Türeingang stand, nahm ich die Hand aus der Manteltasche und schaute sie fest an. Ich hielt einen von meinen Steinen in der Hand. Es war ganz leicht. Ehe einer von ihnen es verhindern konnte, holte ich aus und stopfte ihr den Stein in den Mund. Sie schrie schon, noch ehe ich sie berührte. Dann bluteten ihre Lippen. Aber das Ganze dauerte doch ziemlich lange. Alle standen wie angewurzelt. Als nächstes packten mich die beiden Männer am Arm, und ich schaute im Zimmer umher, auf die Wände. Ich merkte, daß meine Schneidezähne gebrochen waren, ich schmeckte Blut auf den Lippen. Ich fürchtete, jeden Moment in Ohnmacht zu fallen. Ich wollte mit der Hand zum Mund, aber sie hielten mir den Arm fest. «Das ist die Wende», schoß es mir durch den Kopf.

Ich schloß ganz fest die Augen. Als ich sie wieder aufmachte, war alles anders, und ich wußte, daß ich gewonnen hatte. Einen Moment lang war alles noch ein bißchen verschwommen – ich sah mich selbst auf der Couch sitzen, die Hände vor dem Mund. Als ich wieder klar sehen konnte, entdeckte ich, daß die beiden Männer meine Schwester an den Armen festhielten und daß sie sich wie eine Wilde gegen sie zur Wehr setzte. Ich begrub mein Gesicht in den Händen und schaute nicht wieder hin. Während sie sie zur Haustür hinausschafften, warfen sie den Schirmständer um, der dabei kaputtging. Er verletzte sie am Fuß, und sie trat noch ein paar Porzellanscherben in den Hausflur zurück. Ich war entzückt. Sie schleppten sie durch den Vorgarten zum Wagen und setzten sie zwischen sich auf den Rücksitz. Sie brüllte, schrie und fletschte die Zähne, aber als sie aus der Stadt hinausfuhren, fing sie an zu weinen. Trotzdem zählte sie heimlich die Tankstellen auf dem Weg zurück zum Heim und entdeckte, daß es eine mehr war, als sie geglaubt hatte. Als sie zum Bahnübergang in der Nähe der Stelle kamen, wo das Eisenbahnunglück passiert war, schaute sie hinaus, aber der Wagen war schon über die Schienen gerollt, ehe sie mitkriegte, daß sie zur falschen Seite hinausguckte.

Erst als sie durchs Tor fuhren, brach sie richtig zusammen. Sie versprachen ihr Eis zum Abendessen, aber sie wußte es besser und glaubte ihnen kein Wort. Als sie zwischen den beiden Männern durchs Hauptportal ging, blieb sie auf der Schwelle plötzlich stehen, nahm einen Stein aus ihrer Tasche und steckte sich ihn in den Mund. Sie versuchte, ihn hinunterzuschlucken, aber er blieb ihr im Hals stecken. Sie führten sie schnell den Gang entlang zu dem kleinen Wartezimmer und sorgten dafür, daß sie aufgab. Jetzt, wo ich darüber nachdenke, finde ich es doch reichlich merkwürdig, daß keiner merkte, daß sie nicht ich war.

Sie brachten sie zu Bett. Am nächsten Morgen konnte sie nicht mal mehr weinen, so erschöpft war sie.

Es ist jetzt Nachmittag und es gießt in Strömen. Sie sitzt auf ihrem Bett (dem gleichen, das ich früher hatte) und schreibt all das auf ein Stück Papier. Nie im Leben hätte sie daran gedacht, je so etwas zu tun, bis gestern, aber jetzt glaubt sie, daß sie ich geworden ist und tut alles, was sonst ich immer tat.

Das Haus ist totenstill. Ich sitze im Wohnzimmer auf der Couch. Ich könnte hinaufgehen und in ihr Schlafzimmer gukken, wenn ich wollte. Aber es ist schon so lange her, daß ich da oben war, und ich weiß nicht mehr, in welcher Reihenfolge die Räume liegen. So bleibe ich lieber hier unten. Wenn ich aufschaue, sehe ich das viereckige Buntglasfenster über der Treppe. Dunkelrot und orange, ein Stundenglas-Design, nur kommt nie Licht herein, weil das nächste Haus so nahe dran steht. Und außerdem gießt es hier wirklich in Strömen.

New York
1948

DIE LEICHTE BEUTE

Es waren einmal drei Filala, die verkauften in Tabelbala Lederwaren – zwei Brüder und der junge Sohn ihrer Schwester. Die zwei älteren Kaufleute waren ernsthafte, bärtige Männer, die sich in ihrem *hanoute* beim Marktplatz gern in komplizierte theologische Diskussionen vertieften, während draußen langsam die heißesten Stunden des Tages verstrichen; der Junge dagegen widmete sich fast ausschließlich den schwarzhäutigen Mädchen im kleinen *quartier réservé* der Stadt. Da gab es eine, die erschien ihm begehrenswerter als alle anderen, und so war es ganz natürlich, daß er ein wenig traurig wurde, als ihm die beiden älteren Männer ankündigten, daß sie in Kürze zusammen nach Tessalit aufbrechen würden. Doch fast jede Stadt hat ihr *quartier*, und Driss war einigermaßen sicher, auch die liebreizendste Bewohnerin eines *quartiers* erobern zu können – egal, wie es um ihre gegenwärtigen emotionalen Beziehungen stand. So war sein Kummer, als er von der bevorstehenden Abreise hörte, nur von kurzer Dauer.

Die drei Filala warteten kühleres Wetter ab, ehe sie nach Tessalit aufbrachen. Weil sie möglichst rasch dorthin gelangen wollten, wählten sie die westlichste Reiseroute, also jene, die durch die abgelegensten Gegenden führt und das Gebiet der plündernden Reguibatstämme begrenzt. Es war schon lange her, seit die unheimlichen Gebirgsbewohner das letzte Mal aus der *hammada* auf eine Karawane hinuntergestoßen waren. Die meisten Leute glaubten, daß sie seit dem Krieg der Sarrho den größten Teil ihrer Waffen und Munition, und, was noch wichtiger war, ihres Geistes aufgegeben hatten. Zudem würde eine kleine Gruppe von drei Männern mit ihren Kamelen schwerlich den Neid der Reguibat erwecken, die wegen ihrer großen Beute aus Rio de Oro und Mauretanien seit altersher wohlhabende Leute waren.

In Tabelbala begleiteten ihre Freunde, fast alle auch Lederhändler vom Stamm der Filala, sie traurig zum Stadtrand, wo sie ihnen einen Abschiedsgruß entboten und zuschauten, wie die drei ihre Kamele bestiegen und langsam auf den hellen Horizont zuritten.

«Wenn ihr auf die Reguibat stoßt, treibt sie vor euch her!» riefen sie ihnen noch nach.

Die Gefahr ging hauptsächlich von einem Gebiet aus, das sie erst nach drei oder vier Tagesreisen erreichen würden, und nach einer Woche würde die Gegend, in denen die Reguibat herrschten, schon gänzlich hinter ihnen liegen. Außer um die Mittagszeit war das Wetter angenehm kühl. Des Nachts wechselten sie sich mit den Wachen ab, und wenn Driss an der Reihe war, kramte er eine kleine Flöte hervor, über deren schrille Töne die älteren Onkel ärgerlich die Stirn runzelten. Sie sagten ihm, er solle sich ein Stück entfernt von ihren Matten hinsetzen und dort Wache halten. Dann saß er die ganze Nacht da und spielte alle traurigen Lieder, an die er sich erinnern konnte – die lustigeren gehörten für ihn ins *quartier*, wo man nie einsam war.

Wenn die Onkel Wache hielten, saßen sie ruhig da und starrten vor sich in die Nacht hinaus. Es gab nur sie drei.

Und dann erschien eines Tages eine einsame Gestalt am Horizont, die sich auf der leblosen Ebene aus Richtung Westen auf sie zu bewegte. Ein Mann auf einem Kamel, kein Zeichen von irgendwelchen Gefährten, obgleich sie die Wüste in allen Himmelsrichtungen absuchten. Als sie für eine Weile anhielten, änderte er unmerklich seinen Kurs. Sie ritten weiter, er änderte ihn wieder. Es gab keinen Zweifel, er wollte zu ihnen stoßen.

«Lassen wir ihn herankommen», brummte der ältere Onkel und überflog noch einmal den leeren Horizont. «Jeder von uns hat ein Gewehr.»

Driss lachte. Es erschien ihm absurd, die Möglichkeit einer Gefahr von einem einzelnen Mann auch nur in Betracht zu ziehen.

Als die Gestalt in Rufweite war, grüßte sie im Tonfall eines Muezzins: *«S'l'm aleikoum!»* Sie zügelten ihre Kamele, stiegen aber nicht ab, sondern warteten, daß der Mann näher kam. Bald rief er ihnen zum zweitenmal einen Gruß zu, diesmal antwortete der ältere Onkel, aber noch war der Abstand zu groß, als daß seine Stimme ihn hätte überbrücken können, und der Mann hörte ihn nicht. Und urplötzlich war er so nah, daß sie erkennen konnten, daß er nicht die Kleidung der Reguibat trug. Sie murmelten sich zu: «Er kommt aus dem Norden, nicht aus dem Westen.» Und fühlten sich erleichtert. Trotzdem blieben sie auf ihren Kamelen sitzen, bis er auf gleicher Höhe mit ihnen war. Sie verbeugten sich feierlich vom Rücken der Kamele herab und suchten dabei nach irgendeiner falschen Note in diesem neuen Gesicht oder in den Falten seiner Kleidung, die die mögliche Wahrheit verraten könnte – daß dieser Mann ein Späher der Reguibat war, die nur ein paar Stunden entfernt oben in der *hammada* warteten, sich vielleicht sogar parallel zu ihrer Route bewegten und nicht in Sichtweite kamen, bis die Dämmerung hereingebrochen war.

Mit Sicherheit war der Fremde selbst kein Reguibat, er war lebhaft und vergnügt, mit heller Haut und spärlichem Bartwuchs. Driss merkte plötzlich, daß er diese kleinen flinken Augen nicht mochte – sie schienen alles in sich aufzunehmen, aber nichts zu verraten, doch dann schrieb er dieses vorübergehende Gefühl dem allgemeinen anfänglichen Mißtrauen zu, das gänzlich verflog, als sie hörten, daß der Mann ein Moungari war. In diesem Teil der Welt ist Moungar ein heiliger Ort, und seine wenigen Bewohner werden von den Pilgern, die den verfallenen Schrein vor der Stadt besuchen, mit größtem Respekt behandelt.

Der Neuankömmling gab sich keine Mühe, die Furcht, allein zu reisen oder die Freude, nun mit drei anderen Männern weiterzureiten, zu verbergen. Sie saßen ab und kochten Tee, um ihre Freundschaft zu besiegeln; der Moungari steuerte die Kohle bei.

Nachdem sie ihre Gläser zum drittenmal geleert hatten, fragte der Fremde, ob er sich ihnen bis Taoudeni anschließen könne, da er mehr oder weniger in dieselbe Richtung reise wie sie. Dabei schossen seine flinken schwarzen Äuglein von einem Filali zum anderen, und er erklärte, daß er ein ausgezeichneter Schütze sei und ganz sicher war, daß er ihnen unterwegs ein gutes Stück Gazellenfleisch oder doch wenigstens ein *aoudad* besorgen könne. Nachdem die Filala sich beraten hatten, sagte der Älteste: «Einverstanden.» Selbst, wenn sich herausstellen sollte, daß es um die Jagdkünste des Moungari nicht so gut bestellt war, wie er von sich behauptet hatte, wären sie von nun an zu viert statt zu dritt unterwegs.

Zwei Tage später deutete der Moungari im mächtigen Schweigen der aufgehenden Sonne auf die flachen Hügel, die östlich von ihnen lagen.

«*Trimma*. Ich kenne diese Gegend. Wartet hier. Wenn ihr mich schießen hört, dann kommt, denn das bedeutet, daß Gazellen in der Nähe sind.»

Der Moungari ging zu Fuß los, kletterte zwischen den Felsbrocken aufwärts und verschwand hinter einem Vorsprung.

«Er vertraut uns», dachten die Filala. «Er hat sein *mehari* zurückgelassen und auch seine Decken und sonstigen Habseligkeiten.» Sie sagten nichts, aber jeder wußte, daß die anderen das gleiche dachten wie er selber, und alle empfanden Wärme für den Fremden. Wartend saßen sie in der Kühle des frühen Morgens, während hinter ihnen die Kamele grunzten.

Es schien unwahrscheinlich, daß es in dieser Gegend tatsächlich Gazellen gab, aber wenn es doch welche geben sollte und der Moungari wirklich ein so guter Schütze war, wie er gesagt hatte, dann standen die Chancen für ein Gazellen-*mechoui* zum Abendessen nicht schlecht, und das war eine angenehme Aussicht.

Langsam stieg die Sonne am tiefblauen Himmel empor. Eins der Kamele rappelte sich mühsam auf und schleppte sich ein paar Schritte weiter in der Hoffnung auf eine verdorrte Distel oder ein Gebüsch zwischen den Felsen, irgend etwas, was vom vergangenen Jahr übriggeblieben sein mochte, als es vielleicht hier einmal geregnet hatte. Als es in den Felsen verschwand, stand Driss auf und trieb es mit lauten *«Hut!»*-Rufen zu den anderen zurück.

Er setzte sich wieder hin. Plötzlich fiel ein Schuß und nach einem langen, stillen Abstand ein zweiter. Sie schienen von ziemlich weit her zu kommen, waren aber in der vollkommenen Stille deutlich zu hören. Der ältere Bruder sagte:

«Ich gehe. Wer weiß, vielleicht gibt es dort wirklich Gazellen.»

Er kletterte mit seinem Gewehr in der Hand zwischen den Felsblöcken empor und verschwand.

Wieder warteten sie. Als dann Schüsse fielen, kamen sie von zwei Gewehren.

«Vielleicht haben sie eine erlegt!» rief Driss.

«*Yemkin*. Mit Allahs Hilfe», erwiderte sein Onkel, stand auf und griff nach seinem Gewehr.

«Ich will auch mein Glück versuchen.»

Driss war enttäuscht. Eigentlich hatte er gehofft, selber gehen zu können. Wenn er nur einen Moment eher aufgesprungen wäre, dann hätte er vielleicht eine Chance gehabt, aber selbst dann hätte sein Onkel ihn wahrscheinlich hiergelassen, um auf die *mehara* aufzupassen. Auf jeden Fall war es jetzt zu spät, sein Onkel hatte gesprochen.

«Gut.»

Als sein Onkel sich auf den Weg machte, sang er ein Lied aus Tafilalet, das von Dattelpalmen und einem versteckten Lächeln handelte. Ein paar Minuten lang drangen noch Fetzen des Liedes an Driss' Ohr, während die Melodie die höheren Noten erreichte. Dann verloren auch sie sich in der allumfassenden Stille.

Er wartete. Allmählich brannte die Sonne immer heißer. Er bedeckte seinen Kopf mit dem Burnus. Die Kamele starrten sich blöde an, verrenkten die Hälse und entblößten gelbe und braune Zähne. Er dachte daran, seine Flöte zu holen, aber irgendwie erschien ihm das nicht der richtige Moment dafür: er war zu unruhig, zu begierig, selber mit seinem Gewehr dort oben zu sein, hinter den Felsen zu lauern und sich an die leichte Beute heranzupirschen. Er dachte an Tessalit und fragte sich, wie es dort wohl sein würde. Voller Schwarzer und Tuareg, und vermutlich belebter als Tabelbala, weil eine Straße durch die Stadt führte. Da fiel ein Schuß. Er wartete auf den nächsten, aber diesmal fielen keine weiteren. Wieder stellte er sich vor, zwischen den Felsen zu hocken und auf die fliehende Gazelle zu zielen. Er drückte ab, das Tier stolperte und fiel. Andere tauchten auf, er kriegte sie alle. In der Dunkelheit saßen die Reisenden um das Feuer und stopften sich mit frischem, geröstetem Fleisch voll, ihre Gesichter glänzten vor Fett. Alle waren glücklich und selbst der Moungari mußte zugeben, daß der junge Filali der beste Schütze unter ihnen war.

In der zunehmenden Hitze döste er ein, sein Geist spielte über eine Landschaft von weichen Schenkeln und kleinen festen Brüsten, die sich wie Sanddünen unter ihm erhoben; Fetzen von Liedern segelten vorbei wie Wolken am Himmel und die Luft war schwer vom Duft fetten Gazellenfleisches.

Plötzlich schnellte er auf und schaute sich hastig um. Die Kamele lagen mit ausgestreckten Hälsen am Boden. Nichts hatte sich verändert. Er stand auf, überflog unbehaglich die steinige Landschaft. Während er schlief, hatte sich eine feindliche Gegenwart in sein Bewußtsein geschlichen. Als er in Gedanken übersetzte, was er schon vorher gespürt hatte, stieß er einen Schrei aus. Seit er zum erstenmal diese kleinen flinken Äuglein gesehen hatte, mißtraute er ihrem Besitzer. Die Tatsache, daß sein Onkel ihn akzeptiert hatte, hatte jedoch seinen Verdacht in die Dunkelheit des Unterbewußtseins verstoßen. Doch vom Schlummer befreit, war er jetzt von neuem aufgebrochen. Er wandte sich dem heißen Berghang zu und starrte angestrengt zwischen die Felsbrocken, in die schwarzen Schatten. Im Geiste hörte er wieder die Schüsse in den Felsen und plötzlich ging ihm auf, was sie zu bedeuten hatten. Schluchzend holte er tief Luft und rannte los, um auf sein *mehari* zu springen. Er zwang es aufzustehen und war schon ein paar hundert Schritte weit geritten, als er sich bewußt wurde, was er da tat. Er hielt das Tier an und saß einen Moment lang reglos da. Dann schaute er ängstlich und unentschlossen zum Lager zurück. Wenn seine Onkel wirklich tot waren, konnte er nichts anderes tun, als so schnell wie möglich aus der offenen Wüste verschwinden, weg von den Felsen, die dem Moungari Schutz gewähren könnten, während er auf ihn zielte.

Ohne zu wissen, welcher Weg nach Tessalit führte und ohne

ausreichende Nahrung und Wasser, brach er auf. Er hob nur ab und zu die Hand, um sich die Tränen abzuwischen.

Zwei oder drei Stunden setzte er seinen Weg fort, ohne viel darauf zu achten, wohin das *mehari* lief. Plötzlich richtete er sich gerade auf, stieß einen Fluch gegen sich selber aus und zwang das Tier in einem Anfall von Wut, umzukehren. In diesem Moment saßen seine Onkel vielleicht mit dem Moungari am Feuer, bereiteten das *mechoui*, schürten das Feuer und fragten sich traurig, warum ihr Neffe sie verlassen hatte. Oder vielleicht war auch schon einer von ihnen aufgebrochen, um ihn zu suchen. Es gäbe keine plausible Erklärung für sein Verhalten; es war einfach das Resultat eines absurden Grauens. Als er so darüber nachdachte, nahm der Ärger gegen sich selbst zu: er hatte sich unverzeihlich verhalten. Der Mittag war vorbei, die Sonne stand im Westen. Es würde spät werden, ehe er wieder zurück war. Bei der Aussicht auf das spöttische Gelächter und die unvermeidlichen Vorwürfe, die ihn zur Begrüßung erwarteten, wurde sein Gesicht heiß vor Scham und er trat dem *mehari* grimmig in die Flanken.

Lange, ehe er das Lager erreichte, hörte er den Gesang. Das überraschte ihn. Er hielt an und lauschte: die Stimme war noch zu weit entfernt, als daß er sie hätte identifizieren können, aber Driss war sicher, daß es die des Moungari war. Er setzte seinen Weg am Rand des Gebirges fort, bis er an eine Stelle kam, von wo aus er einen guten Blick auf die Kamele hatte. Der Gesang hörte auf, Schweigen breitete sich aus. Einige der Bündel waren – wohl in Vorbereitung des bevorstehenden Aufbruchs – den Tieren wieder aufgeladen worden. Die Sonne stand schon tief und die Schatten der Felsblöcke fielen lang über den Sand. Es sah nicht so aus, als ob sie irgendwelches Wild erlegt hätten. Er stieß einen Schrei aus, bereit abzusteigen. Fast im gleichen Augenblick fiel aus nächster Nähe ein Schuß und er hörte den leise sirrenden Laut der Kugel, die an seinem Kopf vorbeizischte. Er griff nach seinem Gewehr. Der zweite Schuß, ein stechender Schmerz in seinem Arm und das Gewehr fiel ihm aus der Hand.

Für eine Sekunde saß er benommen da und hielt sich den Arm. Dann sprang er mit einem Satz von seinem Kamel, kauerte sich zwischen die Felsen und griff mit seinem unverletzten Arm nach dem Gewehr. Als er es berührte, fiel der dritte Schuß und das Gewehr bewegte sich in einer kleinen Staubwolke ein paar Zentimeter auf ihn zu. Er zog die Hand zurück und betrachtete sie: sie war dunkel, Blut tropfte herunter. Im selben Moment stürzte sich der Moungari mit einem Satz über das offene Feld zwischen ihnen. Ehe Driss eine Bewegung machen konnte, war der Mann über ihm und hatte ihn mit dem Lauf des Gewehrs zu Boden gedrückt. Über ihnen wölbte sich ein ungetrübter Himmel, der Moungari schaute trotzig hinauf. Er setzte sich rittlings auf den auf dem Rücken liegenden Jungen, stieß ihm das Gewehr unter dem Kinn in den Hals und flüsterte: «Filali-Hund!»

Driss starrte mit einer gewissen Neugier zu ihm empor. Der Moungari war im Vorteil, Driss konnte nur abwarten. Er betrachtete dieses Gesicht im Schein der untergehenden Sonne und entdeckte eine eigenartige Entschlossenheit darin. Er kannte diesen Ausdruck, er kommt vom Haschisch. Wenn man sich von seinem heißen Rauch davontragen läßt, kann man der Welt der Bedeutung sehr weit entfliehen. Um das heimtückische Gesicht nicht länger anschauen zu müssen, verdrehte er die Augen. Über ihm nichts als der verblassende Himmel. Das Gewehr drückte ihm ein wenig auf die Kehle. Er flüsterte: «Wo sind meine Onkel?»

Der Moungari rammte ihm das Gewehr fester in den Hals, beugte sich leicht nach vorn und riß ihm mit einer Hand die *serouelles* vom Leib, so daß er jetzt von der Hüfte abwärts nackt dalag. Er krümmte sich, als er die kalten Steine unter sich spürte.

Dann holte der Moungari einen Strick und fesselte ihm die Füße. Er ging zwei Schritte bis zu Driss' Kopf, drehte sich abrupt um und stieß ihm das Gewehr in den Nabel. Immer noch mit einer Hand zog er dem Jungen die restlichen Kleider über den Kopf und schnürte seine Handgelenke zusammen. Mit einem alten Rasiermesser kappte er das überschüssige Stück Strick. In der ganzen Zeit rief Driss laut die Namen seiner Onkel, zuerst den einen, dann den anderen.

Der Mann stand auf und betrachtete den jungen Körper zwischen den Steinen. Er fuhr mit dem Finger über die scharfe Klinge, eine erwartungsvolle Erregung schien ihn zu packen. Er trat näher, schaute auf ihn herab und betrachtete das Geschlecht, das aus dem untersten Teil des Bauches emporsproß. Ohne sich völlig bewußt zu sein, was er tat, nahm er es in eine Hand und schwang den anderen Arm mit der Bewegung eines Schnitters, der seine Sichel schwingt, darüber hinweg. Es war auf der Stelle abgetrennt. Ein rundes, dunkles Loch blieb übrig, rotgefärbte Hautfetzen, er starrte einen Moment geistesabwesend darauf. Driss schrie. Alle Muskeln seines Körpers empörten sich, spannten sich.

Langsam fing der Moungari an zu lächeln, fletschte die Zähne. Er legte seine Hand über den verkrampften Bauch und strich über die Haut. Dann machte er einen vertikalen Einschnitt und stopfte das lose Organ sorgfältig mit beiden Händen hinein, bis er verschwand.

Als er seine Hände im Sand abwischte, stieß eins der Kamele plötzlich einen grunzenden gurgelnden Schrei aus. Der Moungari sprang auf und wirbelte mit erhobener Klinge in der Hand ungestüm herum. Dann, beschämt über seine Nervosität und mit dem Gefühl, daß Driss ihn beobachtete und sich über ihn lustig machte (dabei waren die Augen des Jungen blind vor Schmerz –) wälzte er ihn mit dem Fuß auf den Bauch, wo er zuckend liegenblieb. Als der Moungari seine Bewegungen betrachtete, kam ihm eine neue Idee. Es wäre nicht übel, dem jungen Filali eine letzte, entscheidende Demütigung zu verpassen. Er stürzte sich auf ihn, diesmal genoß er es, laut und ohne Hast. Am Ende schlief er ein.

Bei Anbruch der Dämmerung erwachte er und griff nach seinem Rasiermesser, das neben ihm auf der Erde lag. Driss stöhnte schwach. Der Moungari rollte ihn auf den Rücken und stieß die Klinge wie eine Säge durch seinen Hals, bis er sicher war, daß er die Luftröhre durchgetrennt hatte. Dann stand er auf, ging weg und belud die Kamele mit den letzten Lasten, die er am Abend vorher vergessen hatte. Als er damit fertig war, verbrachte er geraume Zeit damit, den Körper zum Fuß des Berges zu schleppen, wo er ihn zwischen den Felsbrocken versteckte.

Wenn er die Waren der Filala nach Tessalit transportieren wollte (denn in Taoudeni würde er keine Käufer finden), mußte

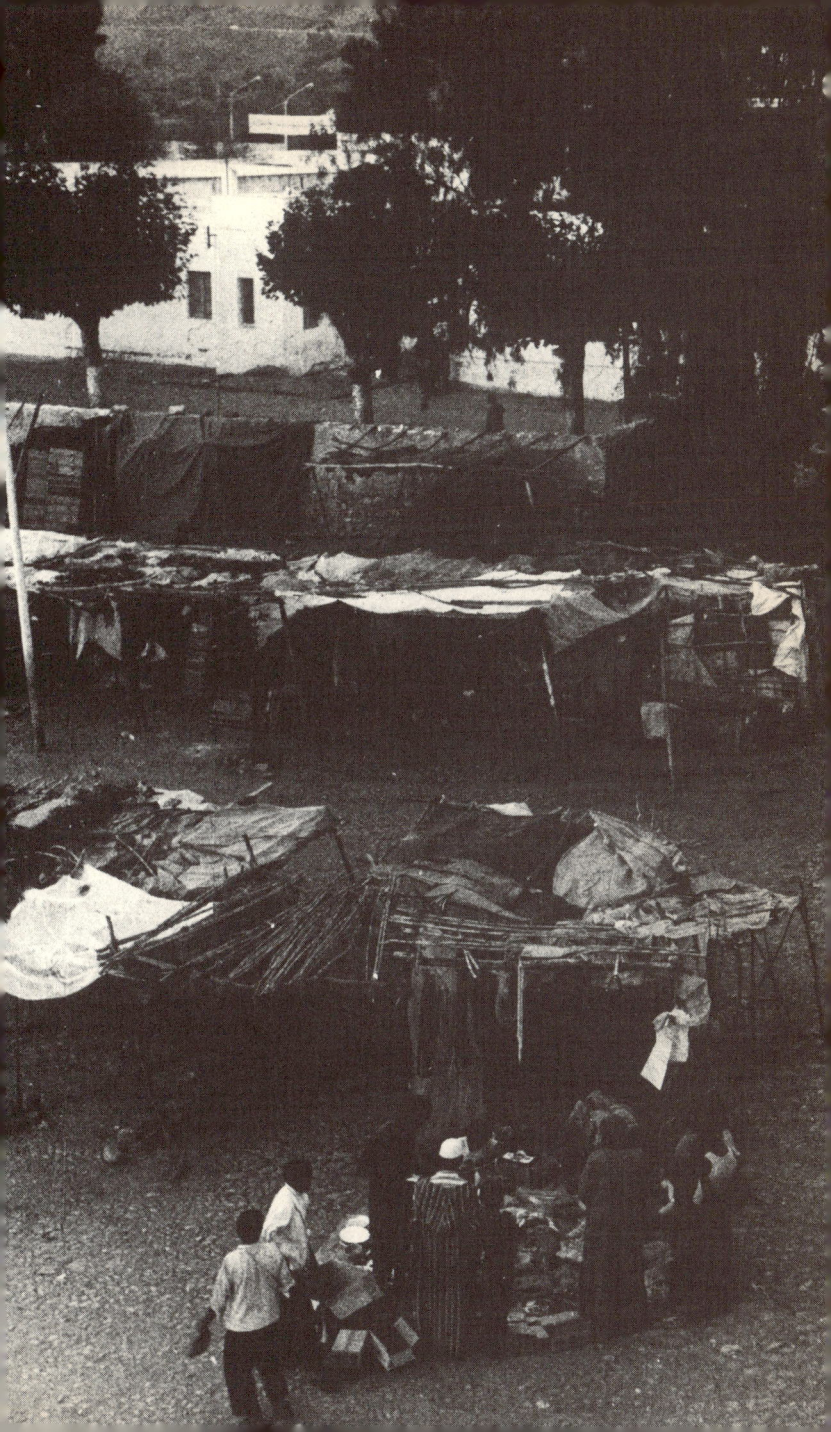

er ihre *mehara* mitnehmen. Es dauerte fast fünfzig Tage, bis er die Stadt erreichte. Tessalit ist klein. Als der Moungari anfing, die Lederwaren anzubieten, kam das einem alten Filala zu Ohren, der dort wohnte und von den Leuten Ech Chibani genannt wurde. Als möglicher Kunde getarnt kam er vorbei, um sich die Häute anzusehen und der Moungari war so dumm, sie ihm zu zeigen. Filali-Leder ist unverwechselbar und nur Filala kaufen und verkaufen es in größeren Mengen. Ech Chibani wußte, daß der Moungari auf unrechte Weise an die Ware gekommen war, aber er ließ sich nichts anmerken. Als ein paar Tage später eine andere Karawane aus Tabelbala mit Freunden der drei Filala in Tessalit eintraf, die sich nach ihnen erkundigten und sehr betrübt waren, als sie hörten, daß sie nie angekommen waren, ging der alte Mann zum Tribunal. Nach anfänglichen Schwierigkeiten fand er einen Franzosen, der gewillt war, ihn anzuhören. Am nächsten Tag statteten der Kommandant und zwei seiner Untergebenen dem Moungari einen Besuch ab. Sie fragten ihn, wie es kam, daß er drei überzählige *mehara* hatte, die noch immer einiges vom Zaumzeug der Filala trugen. Er antwortete verschlagen. Die Franzosen hörten aufmerksam zu, dankten ihm und verließen das Haus. Er bemerkte nicht, wie der Kommandant den beiden anderen zublinzelte, als sie auf die Straße hinaustraten. Und so blieb er in seinem Hof sitzen, ohne zu ahnen, daß er geprüft und für schuldig befunden worden war.

Die drei Franzosen kehrten zum Tribunal zurück, wo die kürzlich eingetroffenen Filala mit Ech Chibani auf sie warteten. Die Geschichte war nicht neu, es gab keinen Zweifel an der Schuld des Moungari.

«Er gehört euch», sagte der Kommandant. «Ihr könnt mit ihm machen, was ihr wollt.»

Die Filala dankten ihm ausgiebig, besprachen sich kurz mit dem alten Chibani und brachen in einer kleinen Gruppe auf. Als sie beim Haus des Moungari ankamen, kochte er gerade Tee. Er schaute auf, ein Schauer lief ihm über den Rücken. Er fing an, laut zu zetern und seine Unschuld zu beteuern; sie sagten nichts, sondern fesselten ihn mit vorgehaltenem Gewehr und warfen ihn in eine Ecke, wo er weiterjammerte und schluchzte. Ruhig tranken sie den Tee, den er gekocht hatte, machten noch etwas mehr und brachen bei Anbruch der Abenddämmerung auf. Sie banden ihn auf eins der *mehara*, bestiegen ihre eigenen und bewegten sich in einer schweigenden Prozession (schweigend bis auf den Moungari) aus dem Stadttor hinaus in die unendliche Wüste, die vor der Stadt lag.

Die halbe Nacht ritten sie so fort, bis sie eine Gegend der Wüste erreichten, die von Menschen völlig unberührt war. Während er auf sein Kamel geschnürt vornüberhing und wimmerte, hoben sie eine brunnenähnliche Grube aus, und als sie damit fertig waren, holten sie ihn herunter und stellten ihn, noch immer straff gefesselt, hinein. Dann schütteten sie Sand und Steine nach, bis sein ganzer Körper verschwunden war und nur noch der Kopf über dem Erdboden sichtbar blieb. Im schwachen Schein des Neumondes wirkte sein rasierter Schädel ohne den Turban wie ein Stück Felsen. Immer noch flehte er sie an, beschwor Allah und Sidi Ahmed Ben Moussa, seine Unschuld zu bezeugen. Aber genausogut hätte er ein Lied singen können, denn sie schenkten seinen Worten keinerlei Aufmerksamkeit. Urplötzlich brachen sie dann auf, um nach Tessalit zurückzureiten und waren im Handumdrehen aus seiner Hörweite verschwunden.

Als sie weg waren, verstummte der Moungari, um die kalten Stunden hindurch auf die Sonne zu warten, die erst Wärme, dann Hitze, Durst, Feuer und Visionen bringen würde. In der nächsten Nacht wußte er nicht mehr, wo er war, spürte auch die Kälte nicht länger. Der Wind wirbelte den Staub vom Boden auf und blies ihn in seinen Mund, als er sang.

S. S. Saturnia
(New York – Gibraltar)
1948

SEÑOR ONG
UND SEÑOR HA

Am Ende der langen Straße, die durch die kleine Stadt führte, ragte in einem Winkel von 45 Grad ein kahler grüner Berg in den Himmel auf. Ein mächtiger Abhang fiel schroff von dem wolkenverhangenen Gipfel ins Flußtal hinab. In diesem Tal gab es weder Höfe noch Gärten. Das Land war zwar fruchtbar, aber die Leute aus der Stadt waren faul und machten sich nicht mal die Mühe, die auf der Erde verstreuten Felsen wegzuräumen. Außerdem war es sowieso viel zu heiß für solche Arbeit und fast jeder in der Stadt hatte Malaria. So war man schon vor langer Zeit in die Gewohnheit verfallen, von den Indios zu leben, die mit Nahrungsmitteln aus den Bergen herunterkamen und mit Stoffen, Macheten und Spiegeln oder leeren Flaschen wieder dorthin zurückkehrten. Das Leben war immer einfach gewesen. Zwar war niemand richtig reich in der Stadt, aber es mußte auch niemand Hunger leiden. Zu jedem Haus gehörten ein paar Papaya- oder Mangobäume, und auf dem Markt konnte man beinah umsonst Avocados und Ananas in Hülle und Fülle kaufen.

Einiges davon hatte sich geändert, als die Regierung anfing, den großen Damm oberhalb der Stadt zu bauen. Niemand schien genau zu wissen, wo dieser Damm war – irgendwo oben in den Bergen mußte er sein. Schon hatte das Wasser mehrere Dörfer überschwemmt und heute, nach sechs Jahren war er noch immer nicht fertiggestellt. Das war das Wichtigste an dem Projekt, denn wenn die Indios jetzt aus den Bergen in die Stadt herunterkamen, brachten sie nicht nur Nahrungsmittel, sondern auch Geld mit. Und so kam es, daß einige Leute in der Stadt plötzlich wohlhabend waren. Sie konnten es selbst kaum glauben, aber da war das Geld und die Indios kamen noch immer und ließen mehr und mehr davon in den Kassen ihrer Läden zurück. Sie wußten gar nicht, was sie mit diesem unerwarteten Reichtum anfangen sollten. Die meisten kauften sich große Transistorradios, die sie von morgens bis abends laufen ließen. Wenn man die Hauptstraße entlangging, hörte man sie aus jedem Haus und konnte das Programm ohne Unterbrechung verfolgen. Aber es blieb immer noch Geld übrig. Pepe Jimenez hatte sich in der Hauptstadt ein brandneues Automobil zugelegt, aber als er damit in der Stadt ankam, nach über sechzig Meilen Sandweg von Mapastenango, konnte es wirklich keine Bewunderung mehr erregen und er merkte, daß er einen unklugen Kauf gemacht hatte. Selbst die Hauptstraße war viel zu holperig und matschig, als daß er darauf hätte spazierenfahren können und so stand der Wagen schon seit langem vor *Mi Esperanza*, der Bar an der Brücke und rostete vor sich hin. Wenn Nicho und seine Freunde aus der Schule kamen, spielten sie darin und taten so, als ob er ein Fort war. Aber dann kam eines Tages eine Gruppe von größeren Jungs aus dem oberen Teil der Stadt und belegte den Wagen mit Beschlag, so daß die Kleinen, die am Fluß wohnten, sich nicht länger trauten, in seine Nähe zu kommen.

Nicho bewohnte mit seiner Tante ein kleines Haus, dessen Garten in eine Wildnis von Schlingpflanzen und Unkraut überging. Genau unter ihnen rauschte der Fluß zwischen den riesigen Felsbrocken am Ufer durch seinen flachen, dunstverhangenen Canyon. Das Haus war einfach und sauber und die beiden führten ein ruhiges Leben. Nichos Tante war eine von den Frauen, die das Leben ein bißchen zu leicht nahmen. Sie war sich dessen aber durchaus bewußt und glaubte, daß sie das Kind ihrer toten Schwester nur richtig erziehen konnte, wenn sie versuchte, ihm Disziplin beizubringen. Die Disziplin beschränkte sich darauf, ihn bei seinem richtigen Namen, also Dionisio, zu rufen.

Was ihr eigenes Leben anging, war Disziplin ebenfalls ein Wort ohne Bedeutung. Der Junge war also nicht besonders überrascht, als sie ihn eines Tages zu sich rief und sagte:

«Dionisio, du kannst nicht mehr in die Schule gehen. Wir haben kein Geld mehr. Don Anastasio zahlt dir zehn Pesos im Monat, wenn du in seinem Laden arbeitest und mittagessen kannst du dort auch. *Lástima*, aber es ist einfach nicht genug Geld da.»

Eine Woche ging Nicho jeden Morgen in Don Anastasios Laden und lernte die Preise für die Waren, die er verkaufte. Als er dann eines Abends nach Hause kam, fand er einen fremdartig wirkenden Mann im Haus, der seiner Tante in dem zweiten Schaukelstuhl gegenübersaß. Der Mann sah ein bißchen so aus wie einige der Indios, die aus den fernsten und höchsten Bergen kamen, aber seine Haut war heller. Er war untersetzter und schien weicher und seine Augen waren zusammengekniffen. Er lächelte dem Jungen zu, aber in einer Art, die Nicho nicht gerade freundlich fand und gab ihm die Hand, ohne von seinem Stuhl aufzustehen. An diesem Abend machte seine Tante einen sehr glücklichen Eindruck und sagte kurz vor dem Schlafengehen zu ihm:

«Señor Ong wird bei uns wohnen. Du brauchst nicht mehr arbeiten zu gehen. Gott ist uns gnädig gewesen.»

Aber Nicho wäre lieber weiter bei Don Anastasio geblieben, wenn Señor Ong wirklich bei ihnen einzog, denn dann wäre er nicht die ganze Zeit im Haus und brauchte ihn nicht andauernd zu sehen. Taktvoll sagte er:

«Ich mag Don Anastasio aber.» Seine Tante warf ihm einen prüfenden Blick zu.

«Señor Ong will nicht, daß du arbeitest. Er ist ein stolzer Mann und reich genug, um uns beide zu ernähren. Für ihn bedeutet das nichts. Er hat mir sein Geld gezeigt.»

Nicho war ganz und gar nicht begeistert. Der Kopf schwirrte ihm so sehr, daß er kaum einschlafen konnte. Er hatte Angst, daß er eines Tages mit Señor Ong kämpfen mußte. Und außerdem, was würden seine Freunde sagen? Señor Ong sah so komisch aus. Aber schon am nächsten Morgen kam Señor Ong mit drei Burschen, die Nicho kannte, vom Hotel *Paradiso* herüber. Jeder der drei trug ein großes Bündel auf dem Kopf. Er stand im Garten und beobachtete, wie sie die großzügigen Trinkgelder einsteckten, die Señor Ong verteilte und dann in die Schule rannten, ohne sich darum zu kümmern, ob Nicho mit ihnen reden wollte oder nicht. «Übel, übel», sagte er laut und kickte einen Stein über den bloßen Sandboden. Kurze Zeit später lief er zum Fluß hinunter, setzte sich auf den größten Felsbrocken und schaute auf das milchige Wasser, das unter ihm entlangsprudelte. Im Gewirr der Blätter am Ufer krähte eins von seinen fünf kleinen Hähnchen.

«Callate!» rief er hinüber; seine eigene schlechte Laune ärgerte ihn mindestens genauso wie die Ankunft von Señor Ong.

Und alles kam genauso, wie er befürchtet hatte – nur schlimmer. Zwei Tage später sagte einer der Jungs, als er am oberen Ende der Straße an ihm vorbeiging:

«Hola, Chale!» Er grüßte automatisch zurück und ging weiter, aber im nächsten Moment fiel ihm ein: *«Chale?* Aber das heißt doch Chinese! Chinamann!» Natürlich. Señor Ong mußte Chinese sein. Er drehte sich nach dem Jungen um und dachte daran, ihm einen Stein in den Rücken zu werfen. Aber dann ließ er den Kopf hängen und ging langsam weiter. Es hatte einfach keinen Zweck.

Langsam aber sicher machte der Witz die Runde und bald nannten ihn sogar seine eigenen Freunde *Chale*, wenn sie ihm begegneten. Obgleich es eigentlich er war, der unfreundlicher geworden war, bildete er sich ein, daß sie ihm aus dem Weg gingen, daß keiner mehr etwas mit ihm zu tun haben wollte, und so verbrachte er fast seine ganze Zeit allein am Fluß. Das Getöse dort unten war ohrenbetäubend, aber er fühlte sich dort immerhin besser als irgendwo anders.

Weder Señor Ong noch seine Tante kümmerten sich groß um ihn, außer, daß sie ihn bei den Mahlzeiten pausenlos ermahnten, mehr zu essen.

«Jetzt, wo wir genug zu essen haben, mehr, als wir brauchen, willst du nicht essen», sagte seine Tante böse.

«Iß doch, Dionisio», ermunterte ihn Señor Ong lächelnd.

«Bien», sagte Nicho unwillig, aber mit einem Unterton von gespielter Resignation, nahm sich noch ein kleines Stück Tortilla und kaute widerstrebend.

Die Frage, ob er wieder in die Schule zurückgehen sollte,

schien sich von selbst erledigt zu haben, wenigstens wurde das Thema nie mehr erwähnt und er war auch sehr dankbar dafür, denn er hatte nicht die geringste Lust, seine Freunde wiederzusehen und sich von ihnen *Chale* nennen zu lassen. Das Wort selbst wäre ja noch zu ertragen gewesen, wenn es nur nicht so sehr auf die Lächerlichkeit seines häuslichen Lebens angespielt hätte. Seine Unfähigkeit, diesen Zustand zu ändern, erschien ihm viel schmählicher als jede Lage, in die er sich selbst hineinmanövriert haben könnte. Und so verbrachte er den Tag unten am Fluß, hüpfte wie eine Ziege über die Felsbrocken, warf mit Steinen nach den Aasgeiern, um sie von den Kadavern wegzuscheuchen, die das Wasser für sie übrigließ, suchte nach tieferen Stellen zum Schwimmen oder folgte dem Fluß abwärts, um nackt und faul auf einem Felsen in der Sonne zu liegen. Egal, wie freundlich Señor Ong zu ihm war – er hatte ihm schon ein paarmal Süßigkeiten und einmal sogar einen roten Bleistift mit Metallfassung mitgebracht –, er konnte sich einfach nicht dazu überwinden, ihn als Teil des Haushalts zu akzeptieren. Und dann diese gelegentlichen Besuche von fremden, wohlhabenden Leuten aus der Stadt. Es waren Personen, die seine Tante noch nie zuvor gesehen hatte, aber sie fanden es scheinbar ganz in Ordnung, ins Haus zu kommen, fünf bis zehn Minuten mit Señor Ong zu plaudern und dann wieder zu gehen, ohne sich auch nur nach seiner Tante erkundigt zu haben, die immer darauf achtete, daß sie sich im hinteren Teil des Hauses oder im Garten aufhielt, wenn sie kamen. Schließlich war es ihr Haus. Oder vielleicht doch nicht? Vielleicht hatte sie es Señor Ong geschenkt. Frauen konnten ganz schön verrückt sein. Er traute sich nicht, sie danach zu fragen. Nur einmal hatte er es über sich gebracht, sie auf die Leute anzusprechen, die in immer größerer Zahl ins Haus kamen. Sie hatte geantwortet: «Es sind Freunde von Señor Ong», und ihn mit einem Gesichtsausdruck angeschaut, der zu sagen schien: «Na, reicht dir das, du neugierige Nase?» Mehr als je zuvor war er davon überzeugt gewesen, daß es mit den Besuchern mehr auf sich hatte. Aber dann begegnete er Luz, und weil er jetzt nicht mehr allein war, hörte er eine Zeitlang auf, über die Besucher nachzudenken.

An einem ziemlich windigen Tag hatte er sie zum erstenmal gesehen. Sie stand auf der Brücke und ihre hellen Haare hoben sich schimmernd vom Hintergrund der schwarzen Berge ab. Er blieb ganz still stehen, um sie sich ein wenig genauer anzuschauen: täuschten ihn seine Augen? Nie hätte er geglaubt, daß irgend jemand auf der Welt so aussehen konnte. Ihr Haar lag wie ein seidiger weicher Helm um den Kopf, ihr Gesicht war völlig weiß, fast, als hätte sie es mit Farbe angemalt, und ihre Augenbrauen und Wimpern waren so hell, daß man sie kaum erkennen konnte. Nur ihre blaßrosa Lippen schienen wirklich. Mit einem Ausdruck äußerster Konzentration klammerte sie sich am Brückengeländer fest – oder war es vielleicht ein schwacher Schmerz? Dabei lugte sie unter den unvollständigen weißen Augenbrauen hervor. Und ihr Kopf bewegte sich langsam auf und ab, als versuchte sie, einen Blickwinkel zu finden, der für diese schwächlichen Augen, die unter den weißen Wimpern brannten, erträglich war.

Ein paar Wochen zuvor hätte er einfach dagestanden und die Erscheinung betrachtet, aber jetzt schaute er angestrengt hinüber, bis das Mädchen, das etwa in seinem Alter sein mußte, nahe daran war, sich auf die Straße hinunterzustürzen. Er sprang hinzu und packte sie fest am Arm. Im selben Moment schnellte sie zurück und blinzelte zu ihm auf.

«Wer?» fragte sie verwirrt.

«Ich. Was ist los?»

Sie entspannte sich, ließ sich von ihm führen.

«Nichts», sagte sie nach einem Moment. Nicho ging mit ihr den Weg zum Fluß hinunter. Als sie den Schatten erreichten, verschwanden auch die tiefen Furchen auf ihrer Stirn.

«Tut die Sonne deinen Augen weh?» fragte er und sie sagte ja. Unter einem riesigen alten Brotfruchtbaum stießen sie auf ein paar saubere graue Felsen. Dort setzten sie sich hin und dann feuerte er eine ganze Salve von Fragen auf sie ab. Sie antwortete ruhig, ihr Name war Luz, sie war erst vor zwei Tagen mit ihrer Schwester aus San Lucas gekommen; sie würde eine Weile hier bei ihrem Großvater bleiben, weil ihre Eltern zu Hause Streit hatten. Bei all ihren Antworten starrte sie in die Landschaft hinaus, doch Nicho war sicher, daß sie die federigen Bäume jenseits des Flusses oder drüben in den Bergen gar nicht sah. Er fragte sie:

«Warum guckst du mich nicht an, wenn du mit mir sprichst?» Sie hielt sich die Hand vors Gesicht.

«Meine Augen sind so häßlich.»

«Ist gar nicht wahr», erklärte er entrüstet. Und fügte dann hinzu: «Sie sind wunderschön», nachdem er sie einen Augenblick lang aufmerksam betrachtet hatte.

Sie merkte, daß er sich nicht über sie lustig machte und entschied auf der Stelle, daß sie ihn mehr mochte als alle anderen Jungs, die sie kannte.

An diesem Abend erzählte er seiner Tante von Luz. Als er die Farben in ihrem Gesicht und ihren Augen beschrieb, sah er, wie seine Tante immer erleichterter dreinschaute.

«*Una hija del sol!*» rief sie aus. «Sie bringen Glück. Du mußt sie für morgen zu uns einladen. Ich werde ihr eine gute *refresco de tamarinda* machen.»

Nicho sagte zwar ja, hatte aber keineswegs die Absicht, seine Freundin der aufdringlichen Neugier seiner Tante auszusetzen. Er war überhaupt nicht erstaunt, zu hören, daß Albinos über besondere Kräfte verfügen, aber er fand es sehr selbstsüchtig von seiner Tante, gleich von denen profitieren zu wollen, die Luz möglicherweise besaß.

Als er am nächsten Tag zur Brücke ging, um sich mit Luz zu treffen, achtete er sorgfältig darauf, sie einen versteckten Pfad zum Wasser hinunterzuführen, damit man sie vom Haus aus nicht beobachten konnte. Das Flußbett lag zum größten Teil im Schatten der großen Bäume, die entlang der Ufer wuchsen. Langsam schlenderten die beiden Kinder flußabwärts, hüpften von Felsbrocken zu Felsbrocken. Ab und zu scheuchten sie einen Aasgeier auf, der sich bei ihrem Herannahen wie ein riesiger Schlackehaufen erhob und unsicher in der Luft schwankte, während sie vorbeigingen, um sich einen Moment später am gleichen Ort wieder niederzulassen. Er kannte einen besonderen Platz, den er ihr zeigen wollte, dort wo der Fluß sich verbreiterte und in sandige Ufer überging, aber er lag ziemlich weit flußabwärts, so daß sie eine Weile brauchten, um dort hinzukommen. Als sie ankamen, war alles in goldenes Sonnenlicht getaucht und die Insekten hatten ihr Abendkonzert begonnen. Drüben auf dem Hügel, hinter einem dicken Wall von Bäumen verborgen, hielten Soldaten eine Schießübung ab: in unregelmäßigen Abständen hörte man kurze Salven von dumpfen Schüssen. Nicho rollte seine Hosenbeine bis übers Knie hinauf und watete ein gutes Stück in den flachen Strom hinaus.

«Warte», rief er ihr zu. Dann bückte er sich und schöpfte eine Handvoll Flußsand aus dem Wasser. Als er zurückkam, um es ihr zu zeigen, war seine Haltung so triumphierend, daß ihr der Atem stockte und sie sich den Hals verrenkte, um es zu erkennen, noch ehe er vor ihr stand.

«Was ist es denn?» fragte sie.

«Schau! Silber!» sagte er und ließ den Sand ehrfürchtig in ihre ausgestreckte Hand rieseln. Die feinen Glimmerkörnchen glänzten im späten Abendlicht.

«*Qué precioso*», rief sie begeistert. Sie setzten sich auf eine Baumwurzel am Wasser.

Als der Sand ein bißchen getrocknet war, schüttete sie ihn vorsichtig in eine Tasche ihres Kleides.

«Was wirst du damit machen?» fragte er sie.

«Meinem Großvater geben.»

«Nein, nein», rief er. «Silber gibt man nicht weg. Du mußt es verstecken. Hast du keinen Platz, wo du deine Sachen versteckst?»

Luz schwieg; sie hatte noch nie im Leben daran gedacht, irgend etwas zu verstecken.

«Nein», sagte sie plötzlich und schaute ihn bewundernd an.

Er nahm ihre Hand.

«Ich zeige dir einen geheimen Platz in meinem Garten, wo du alles verstecken kannst, was du willst. Aber du darfst es nie an jemand verraten.»

«Natürlich nicht.» Sie ärgerte sich, daß er sie für so dumm halten konnte. Eine Zeitlang war sie ganz zufrieden gewesen, einfach mit Nicho hier zu sitzen, aber jetzt hatte sie es plötzlich eilig, zurückzugehen und ihren Schatz zu verstecken. Er versuchte, sie zum Bleiben zu bewegen, indem er ihr vorrechnete, daß sie noch Zeit genug hatten, auch wenn sie erst etwas später aufbrachen, aber sie war schon aufgestanden und wollte sich partout nicht mehr hinsetzen. So kletterten sie wieder über die Felsen flußaufwärts, bis sie auf einmal auf eine Bucht stießen, in der zwei junge Frauen bis zu den Oberschenkeln im Wasser standen und Wäsche wuschen. Bis auf die Röcke, die sie sich um die Hüften gewickelt hatten, lange, weite Röcke, die sanft in der Strömung wogten, waren sie nackt. Die beiden Frauen lachten und entboten ihnen einen Gruß. Luz war schockiert.

«Sie sollten sich schämen», rief sie. «Wenn eine Frau so etwas in San Lucas wagte, würde man sie so lange mit Steinen bewerfen, bis sie darunter begraben wäre.»

«Warum?» fragte Nicho und glaubte, daß San Lucas eine sehr schlechte Stadt sein mußte.

«Darum», sagte sie. Sie hatte immer noch mit dem Schock und der Scham zu kämpfen, die sie beim Anblick der goldenen Brüste empfunden hatte.

Als sie in die Stadt zurückkamen, bogen sie in den Pfad ein, der zu Nichos Haus führte. Sie liefen durch den vom Dschungel überwucherten hinteren Teil des Gartens, als Nicho plötzlich stehenblieb und auf einen abgestorbenen Baum deutete, dessen Stamm teilweise schon zerfallen war. Mit der Geste eines Verschwörers zog er den ausgefransten Vorhang von Schlingpflanzen beiseite, der ihn fast völlig bedeckte. Dahinter sah man mehrere dunkle Löcher. Er steckte seine Hand in eines, zog eine blitzende Zinndose heraus, schnippte die kriegslüsternen Ameisen weg, die wie die Wilden um sie herumrasten und hielt sie ihr unter die Nase.

«Tu's hier rein», flüsterte er.

Es dauerte eine Weile, bis sie den ganzen Sand aus ihrer Tasche in die Dose befördert hatten. Als sie fertig waren, schob er die Dose wieder in den dunklen Baumstumpf zurück und ließ die Schlingpflanzen darüberfallen, um den Platz unkenntlich zu machen. Dann führte er Luz rasch den Garten hinauf, am Haus vorbei und auf die Straße. Schon hatte seine Tante ihn entdeckt. Sie rief: «Dionisio!» Aber er tat, als hätte er sie nicht gehört und schob Luz nervös vor sich her. Auf einmal hatte er eine Riesen-angst, daß Luz Señor Ong sehen könnte; das war eine Sache, die er um jeden Preis verhindern mußte.

«Dionisio!» Sie rief immer noch, sie war sogar herausgekom-men und stand jetzt vor der Vordertür, um ihnen nachzu-schauen, aber er drehte sich nicht um. Sie erreichten die Brücke. Sie lag nicht mehr in Sichtweite des Hauses.

«Adiós», sagte er.

«Hasta mañana», antwortete sie und blinzelte in ihrer eigen-tümlichen Art zu ihm auf, so als kostete sie das eine große An-strengung. Er schaute ihr nach, wie sie die Straße entlanglief und dabei ihren Kopf von einer Seite auf die andere bewegte, als ob es dort tausend Dinge zu sehen gäbe, wo sich doch in Wirklichkeit nur ein paar Schweine und Hühner herumtrieben.

Beim Abendessen warf seine Tante ihm vorwurfsvolle Blicke zu. Er mied ihre Augen und sie kam nicht mehr auf sein Verspre-chen zurück, Luz zu einer *refresco* ins Haus zu bringen. In dieser Nacht lag er auf seiner Matte und sah den Glühwürmchen zu. Sein Zimmer führte auf den Patio hinaus, es hatte insgesamt nur drei Wände. Die vierte Seite war offen. Die Zweige des Zitro-nenbaums ragten herein und scheuerten oberhalb von seinem Kopf gegen die Wand. Daneben war ein riesiges Bananenblatt, das sich gerade entfaltete und sich jeden Tag ein kleines Stück-chen weiter in sein Zimmer hineinwagte. Im Moment wim-melte es draußen auf dem Patio von den hellen Lichtern der Glühwürmchen. Sie krabbelten auf den Pflanzen entlang oder flogen eilig zwischen ihnen hin und her, wobei ihre Lichter mit aufreizender Beharrlichkeit aufblitzten und wieder verlöschten. Im Zimmer nebenan beanspruchten seine Tante und Señor Ong das einzige Bett im Haus und genossen die Zurückgezogenheit eines Raumes, der nach allen vier Seiten abgeschlossen war. Er horchte: der Wind wurde jetzt stärker. Nacht für Nacht spielte er in den Blättern der Bäume, um sich erst kurz vor Sonnenauf-gang wieder zu legen. Morgen würde er mit Luz den Fluß hin-untergehen und noch mehr Silber holen. Er hoffte, daß Señor Ong ihn nicht beobachtet hatte, als er ihr die Löcher im Baum-stumpf gezeigt hatte. Der bloße Gedanke an diese Möglichkeit bedrückte ihn, und er wälzte sich auf seiner Matte von einer Seite auf die andere.

Am Ende beschloß er, aufzustehen und nachzusehen, ob sein Silber noch da war. Wenn er sich vergewissert hatte, daß es entweder noch da oder gestohlen war, würde es ihm bestimmt bessergehen. Er setzte sich auf, schlüpfte in seine Hose und trat hinaus auf den Patio. Die Nacht war voller Leben und Bewegung; Blätter und Zweige rieben sich aneinander und gaben leise Seufzer von sich. Die Insekten surrten durch die Bäume über ihm und überall funkelten die hellen Lichter der Glühwürmchen. Als er stehenblieb und den leichten Wind auf seiner Haut spürte, fiel ihm plötzlich ein anderes Geräusch aus der Richtung der *sala* auf. Es brannte noch Licht und einen Augenblick glaubte er, daß Señor Ong noch einen späten Besucher hatte, denn dies war das Zimmer, in dem er gewöhnlich seine Freunde empfing. Aber er hörte keine Stimmen. Er vermied die spitzen Zweige des Zitronenbaums, schlich sich geräuschlos an die geschlossene Tür heran und spähte hinein.

In der einen Wand der *sala* gab es eine viereckige Nische, die Señor Ong bei seinem Einzug mit einem großen Kalender verdeckt hatte. Vom obersten Blatt lächelte ein chinesisches Mädchen herunter. Es hatte einen blauen Badeanzug und weiße, pelzbesetzte Stiefel an und saß am Rand eines Swimmingpools, auf rosaglänzenden Kacheln. Am leuchtenden Himmel senkte sich ein gigantisches viermotoriges Flugzeug über sie herab und weiter oben, an einem noch helleren Stück Himmel, erkannte man das gütige Gesicht von Generalissimo Chiang. Unter dem Bild standen die Worte ABBAROTES FINOS, Sun Man Ngai, Huixtla, Chis. Der Kalender war das einzige Objekt, das Señor Ong mitgebracht hatte, das Nicho von ganzem Herzen bewunderte; er kannte jedes Detail des Bildes auswendig. Seine Gegenwart hatte aus der langweiligen *sala* mit den zwei alten Schaukelstühlen und einem Tisch einen Ort gemacht, an dem alles Mögliche passieren konnte, wenn man nur lang genug darauf wartete. Und als er nun durch die Ritze in der Tür spähte, sah er mit Schrecken, daß Señor Ong den Kalender von seinem Platz an der Wand entfernt und auf den Tisch gelegt hatte. Er hielt einen Meißel und einen Hammer in der Hand und klopfte und schürfte damit am unteren Teil der Nische herum. Ab und zu klaubte er mit seinen fetten kleinen Händen den lockeren Putz und Staub zusammen und schichtete ihn zu einem sauberen kleinen Haufen auf dem Tisch auf. Nicho wartete lange, ohne sich zu rühren. Selbst als der Wind ein wenig stärker blies und kühl über seinen nackten Rücken strich, wagte er keine Bewegung. Er hatte Angst, daß Señor Ong sich umdrehen und mit seinen zusammengekniffenen Augen zur Tür schauen könnte, den Hammer in der einen, den Meißel in der anderen Hand. Außerdem war es wichtig zu wissen, was er machte. Aber Señor Ong schien es nicht besonders eilig zu haben. Fast eine ganze Stunde verging und noch immer arbeitete er methodisch vor sich hin, machte in regelmäßigen Abständen eine Pause und häufte den Abfall auf dem Tisch auf. Schließlich hatte Nicho das Gefühl, als müsse er jeden Moment niesen. Gespannt bis zum letzten drehte er sich um und rannte durch den Patio in sein Zimmer zurück, wobei ihm die Zweige den Oberkörper verschrammten. Die Furcht, die durch seine Flucht entfacht worden war, hatte den Drang zu niesen vertrieben, aber er legte sich trotzdem hin. Am Ende kam er wieder, wenn er sich wieder zur Tür schlich. Mitten in seinen Grübeleien über Señor Ong schlief er ein.

Als er am nächsten Morgen in die *sala* kam, lächelte das hübsche chinesische Mädchen vor der Nische wie gewöhnlich. Er blieb stehen und lauschte: im Zimmer nebenan sprachen Señor Ong und seine Tante leise miteinander. Schnell löste er die Reißzwecke in der linken unteren Ecke des Kalenders und faßte hinein. Aber er fühlte nichts. Enttäuscht befestigte er den Kalender wieder und ging hinaus in den Garten. Der Schatz im Baum war unangetastet, aber jetzt, wo er Señor Ong im Verdacht hatte, auch einen Schatz zu besitzen, schien die kleine Büchse mit Sand seiner Aufmerksamkeit kaum noch wert.

Er ging zur Brücke und wartete auf Luz. Als sie kam, gingen sie unten am Garten vorbei zum Fluß und setzten sich ans Wasser. In Nichos Kopf spukte noch immer das Bild Señor Ongs herum, wie er sich mit seinen Werkzeugen über die Nische beugte. Seine Phantasie gaukelte ihm alle möglichen Spekulationen darüber vor, was er dort gemacht hatte. Er war sich nicht sicher, ob er sein Geheimnis mit Luz teilen sollte oder nicht. Er hoffte nur, daß sie heute morgen nicht über ihr Silber sprach. Um allen Befragungen vorzubeugen, erwähnte er nur kurz, daß er den Baumstumpf erst vor einer halben Stunde inspiziert hatte und daß ihr Schatz unberührt war. Luz saß da und schaute ihn verdutzt an, er schien ihr kaum der gleiche zu sein wie gestern. Als er eine Weile die schwarzen Kiesel unter seinen Füßen angestarrt hatte, fragte sie ihn:

«Was ist denn heute mit dir los?»

«Nichts.» Er packte sie am Arm, wie um sich selbst Lügen zu strafen; die Geste verriet, daß er ihr doch sein Vertrauen schenken wollte.

«Hör zu. In meinem Haus ist eine große Menge Gold versteckt.» Er erzählte ihr alles. Señor Ongs Ankunft, seine Abneigung gegen ihn, die Besuche der reichen Kaufleute aus der Stadt und schließlich das verdächtige Verhalten Señor Ongs in der *sala* letzte Nacht. Sie hörte zu und blinzelte dabei die ganze Zeit heftig mit den Augen. Und als er fertig war, stimmte sie mit ihm überein, daß er wahrscheinlich Gold in der Nische versteckt hatte, nur neigte sie eher zu der Möglichkeit, daß es seiner Tante gehörte und Señor Ong es ihr gestohlen hatte. Auf eine solche Idee war Nicho noch gar nicht gekommen und er glaubte es auch nicht wirklich. Trotzdem gefiel sie ihm.

«Ich hole es raus und gebe es ihr wieder zurück», erklärte er.

«Natürlich», antwortete Luz feierlich, als gäbe es gar keine Alternative. Sie saßen eine Weile nebeneinander, ohne zu sprechen. Oben im Garten krähten alle Hähnchen gleichzeitig. Die Vorstellung, das Gold zurückzuerobern, um es seiner Tante wiederzugeben, erregte ihn. Aber der Plan war auch gefährlich. Er beschrieb Luz, wie widerwärtig er Persönlichkeit und Charakter von Señor Ong fand und flocht dabei auch ein paar improvisierte Einzelheiten ein. Luz fröstelte und schaute furchtsam zum schattigen Pfad hinüber.

«Hay que tener mucho cuidado», murmelte sie. Und dann wollte sie plötzlich nach Hause.

Nun gab es nur noch eine Sache, auf die Nicho wartete: daß

Señor Ong einmal das Haus verließ. In Tlaltepec wohnte ein Chinese, den er normalerweise einmal in der Woche besuchte. Dann nahm er den frühen Morgenbus und kehrte gerade rechtzeitig zum Mittagessen wieder zurück. Drei Tage verstrichen. Leute kamen ins Haus und gingen wieder weg, aber Señor Ong saß seelenruhig in der *sala*, ohne auch nur ein einziges Mal auf die Straße zu gehen. Nicho traf sich jetzt jeden Tag mit Luz auf der Brücke. Dann setzten sie sich ans Flußufer und diskutierten mit ständig wachsender Erregung über den Schatz.

«*Ay, qué maravilla!*» rief sie aus und hielt die Hände weit auseinander. «So viel Gold!» Nicho nickte zustimmend und doch hatte er das Gefühl, daß er bestimmt schwer enttäuscht sein würde, wenn er den Schatz erst mal gesehen hätte.

Schließlich kam ein Morgen, an dem Señor Ong Nichos Tante auf die Wange küßte und mit einer Zeitung unterm Arm aus dem Haus ging.

«Wo geht er hin?» fragte Nicho unschuldig.

«Tlaltepec.» Seine Tante schruppte den Fußboden in der *sala*.

Er ging auf den Patio hinaus und beobachtete, wie ein Kolibri von einer weißen *huele-de-noche*-Blüte zur nächsten schwirrte. Als seine Tante mit der *sala* fertig war, schloß sie die Tür und fing mit dem Boden im Schlafzimmer an. Aufgeregt schlich er auf Zehenspitzen in das Zimmer und vor den Kalender, und löste die zwei unteren Reißzwecken aus der Wand. Wieder war die Nische leer. Ihr Boden bestand aus vier großen Kacheln mit Blumenmuster. Ohne sie auch nur zu berühren, wußte er, welches die lose war. Er hob sie an und tastete herum. Es war ein Papierpäckchen, nicht besonders groß und was schlimmer war, weich, wenn man es befühlte. Er zog einen dicken Manilaumschlag heraus, brachte die Kachel und den Kalender wieder an ihre Plätze und schlich leise durch den Patio in den Garten und zu seinem Baum.

In dem großen Umschlag steckten viele kleine Umschläge und in einigen davon eine geringe Menge weißen geruchlosen Pulvers. Die anderen kleinen Umschläge waren leer und mit einem Gummiband zusammengehalten. Das war alles. Nicho hatte zwar mit einer Enttäuschung gerechnet, diese hier aber war niederschmetternd. Er war wütend: Señor Ong hatte sich einen Witz mit ihm erlaubt, er hatte das Gold durch diesen wertlosen Staub ersetzt, aus reiner Schlechtigkeit. Aber wenn er recht darüber nachdachte, konnte Señor Ong eigentlich gar nicht gemerkt haben, daß er von der Nische wußte, so daß dieses Pulver hier wohl letzten Endes doch der Schatz sein mußte. Er hielt es auch für unwahrscheinlich, daß es seiner Tante gehörte. Er nahm zwei von den kleinen Umschlägen heraus und schüttete aus jedem der anderen eine kleine Menge des Pulvers hinein, bis die beiden ungefähr wieder die gleiche Menge enthielten. Dann steckte er die leeren und die vollen Umschläge in den größeren zurück und als er sah, daß seine Tante in der Küche beschäftigt war, brachte er sie rasch wieder in die *sala*. Señor Ong würde die beiden fehlenden Umschläge nie bemerken und auch nicht das Pulver, das Nicho weggenommen hatte. Er schlich zurück in den Garten und versteckte die zwei kleinen Päckchen unter der Dose mit dem Sand. Dann spazierte er hinunter zur Brücke.

Es war noch zu früh für Luz. Ein dünner grauer Regenvorhang hing über dem Tal. In ein paar Minuten würde er bis hierhin vorgedrungen sein. Der grüne Abhang des Berges am Ende der Straße leuchtete im Zwielicht. Don Anastasio kam eilig die Hauptstraße heruntermarschiert und bog in die Seitenstraße ein, die zu Nichos Haus führte. Einem blinden Impuls gehorchend rief Nicho ihn an:

«*Muy buenos, Don Anastasio!*» Der alte Mann wirbelte herum; er schien nicht gerade erfreut, Nicho zu sehen.

«Guten Tag», erwiderte er und eilte weiter. Nicho rannte von der Brücke herunter und schaute ihm von der Straßenkreuzung aus nach. Tatsächlich, er wollte zu Nichos Haus.

«Don Anastasio!» rief er und rannte ihm nach.

Don Anastasio blieb stehen und drehte sich um. Sein Gesicht war mürrisch. Nicho kam atemlos auf ihn zu.

«Sie wollen Señor Ong besuchen? Er ist weggegangen.»

Aber das machte Don Anastasio auch nicht gerade fröhlicher.

«Wohin?» fragte er düster.

«Ich glaube nach Mapastenango. Vielleicht», sagte Nicho. Er versuchte, sich möglichst vage auszudrücken, fragte sich aber gleichzeitig, ob man ihm das als Lüge anrechnen konnte.

«*Qué malo!*» grunzte Don Anastasio. «Dann kommt er ja wohl heute nicht mehr zurück.»

«Weiß ich auch nicht.»

Eine Pause entstand.

«Kann ich irgend etwas für Sie tun?» stammelte Nicho.

«Nein, nein», sagte Don Anastasio hastig, aber dann starrte er auf ihn herunter. In der Woche, in der Nicho in seinem Laden gearbeitet hatte, hatte er Gelegenheit gehabt, zu beobachten, daß der Junge ungewöhnlich flink war. «Das heißt», fügte er langsam hinzu, «ich glaube nicht – oder hat Señor Ong…?»

«Einen Augenblick», sagte Nicho. Er spürte, daß er kurz davor war, das Geheimnis zu lüften und damit der Situation Herr zu werden. «Warten Sie hier», sagte er fest. In diesem Moment schien Don Anastasio nicht die geringste Absicht zu haben, irgend etwas anderes zu tun. Er schaute Nicho nach, wie er um die Hausecke verschwand.

Nach kurzer Zeit kam der Junge außer Atem zurück und lächelte Don Anastasio zu.

«Sollen wir zur Brücke gehen», schlug er vor.

Wieder willigte Don Anastasio ein. Als sie auf die lange Hauptstraße kamen, schaute er sich verstohlen um. Sie standen auf der Brücke und Nicho zog einen der beiden kleinen Umschläge aus der Tasche. Gleichzeitig beobachtete er Don Anastasios Gesicht. Ja! Er hatte recht gehabt. Er sah, wie sich seine Züge erleichtert entspannten und auch einen Ausdruck von Freude und gieriger Erwartung. Aber nur für einen Moment. Als er Don Anastasio das Päckchen hinüberschob, sah das Gesicht des alten Mannes genauso aus wie immer.

«*Muy bien, muy bien*», brummte er. Die ersten kleinen Regentropfen fielen sacht auf ihre Köpfe, aber keiner von beiden schien sie zu bemerken. «Bezahle ich dich oder Señor Ong?» fragte Don Anastasio und steckte den Umschlag in die Tasche.

Ein paar Sekunden lang schlug Nichos Herz wie rasend. Señor Ong durfte nichts davon erfahren. Aber er konnte Don Anastasio auch nicht gut bitten, ihm nichts zu erzählen. Er räusperte sich und sagte: «Mich.» Aber seine Stimme klang kraftlos.

«Aha.» Don Anastasio lächelte schwach, und fuhr Nicho väterlich durch die Haare. Als er die Feuchtigkeit spürte, schaute er geistesabwesend zum Himmel hinauf.

«Es regnet», bemerkte er dann. Seine Stimme klang überrascht.

«*Sí, Señor*», stimmte Nicho zu.

«Wieviel?» fragte Don Anastasio und warf ihm einen durchdringenden Blick zu. Aus dem Tal grollte ein ferner Donner herüber.

Nicho wußte, daß er sofort antworten mußte, aber er hatte keine Ahnung, was er sagen sollte.

«Ist ein Peso okay?»

Don Anastasio starrte ihn noch durchdringender an. Es kam ihm vor, als würden ihn die Augen des alten Mannes jeden Moment durchbohren. Dann wechselte Don Anastasios Gesichtsausdruck plötzlich und er sagte:

«Ein Peso. Gut.» Und er gab ihm eine silberne Münze. «Nächste Woche kommst du mit einem neuen Umschlag zu meinem Laden. Ich bezahle dir zwanzig Centavos extra für den Weg. Und – schschscht!» Er legte einen Finger auf den Mund und verdrehte die Augen zum Himmel. «Schschscht!» Dann klopfte er Nicho auf die Schulter. Als er die Straße hinaufging, sah er äußerst zufrieden mit sich aus.

An diesem Tag kam Señor Ong früher als gewöhnlich nach Hause. Er war naß bis auf die Knochen und hatte schlechte Laune. Nicho hatte nie groß auf die Gespräche zwischen Señor Ong und seiner Tante geachtet. Aber jetzt lauschte er in der Küche und hörte ihn sagen:

«Ich habe kein Vertrauen mehr zu Ha. Sie haben mir erzählt, daß er vor zwei Tagen auch in der Stadt war. Aber er schwört natürlich Stein und Bein, daß er die ganze Zeit in Tlaltepec war.»

«Dreitausend Pesos zum Fenster hinaus», schimpfte seine Tante verbittert. «Ich hab's dir gesagt. Ich hab dir gesagt, daß er herkommt und hier seine Sachen genauso absetzt wie in Tlaltepec. *Yo te lo dije, hombre.*»

«Ich bin noch nicht sicher», sagte Señor Ong und Nicho konnte sich sein sanftes Lächeln bei diesen Worten vorstellen. Jetzt, wo er ihn bestohlen hatte, mochte er ihn noch weniger als vorher; irgendwie wünschte er sich beinah, daß Señor Ong den Diebstahl entdeckte und ihn beschuldigte. Dann hätte er wenigstens die Gelegenheit zu sagen: «Ja, ich habe dich bestohlen… und ich hasse dich!» Aber er wußte auch, daß er selber nichts unternehmen würde, um diesen Augenblick zu beschleunigen. Er ging durch den Regen zu seinem Baum. Überall stieg der dunkle Atem der Erde auf und hing reglos in der dunstigen Luft. Er nahm die Büchse mit dem Sand heraus und warf den Peso hinein.

Es regnete den ganzen Tag und auch die folgende Nacht hindurch. Nicho sah Luz erst am nächsten Tag wieder. Er gab sich sehr geheimnisvoll und von oben herab und führte sie zum Baum.

«Schau!» rief er und zeigte ihr die Blechdose. «Das Silber hat einen Peso gemacht!»

Luz war erfreut und überzeugt, aber sie schien nicht wirklich überrascht.

«*Qué bueno!*» murmelte sie.

«Willst du ihn haben?» Er hielt die Münze in die Luft. Aber gleichzeitig achtete er darauf, daß er seine andere Hand immer über dem Umschlag in der Baumhöhle behielt.

«Nein, nein. Laß ihn drin. Vielleicht macht er noch mehr. Tu ihn zurück! Tu ihn zurück!»

Er war ein bißchen enttäuscht, daß sie sein Wunder für so selbstverständlich hielt. Sie stampften mit den Füßen, um die Ameisen abzuschütteln, die anfingen, an ihren Beinen emporzukrabbeln.

«Und das Gold?» flüsterte sie. «Hast du es deiner Tante wiedergegeben? War es schwer? Was hat Señor Ong gesagt?»

«Es war keins da», sagte Nicho. Er fühlte sich unbehaglich, ohne zu wissen, warum.

«Oh.» Sie war enttäuscht.

Sie machten einen langen Spaziergang am Fluß entlang und stießen auf einen enormen Leguan, der auf einem Felsen über der

Bucht lag und sich sonnte. Nicho warf einen Stein nach ihm und das Monster schleppte sich schwerfällig ins Gebüsch. Luz klammerte sich an seinen Arm. Dann verloren sie es aus den Augen und hörten nur noch das schwere Geräusch seines Körpers, der sich ungeschickt durchs Unterholz bewegte. Plötzlich schüttelte Nicho sie ab, riß sich Hemd und Hose vom Leib und sprang mit einem Satz ins Wasser. Er plantschte herum, schlug übermütig mit Armen und Beinen aufs Wasser und schrie die ganze Zeit aus vollem Hals. Unsicher schwankend näherte sich Luz der Felskante, wo sie sich hinsetzte und ihm zuschaute. Sie rief ihm zu:

«Such doch noch etwas Silber.» Seine Nacktheit schien sie ganz und gar nicht zu schockieren. Er tauchte zum Grund und tastete herum, stieß aber nur auf Felsen. Als er wieder auftauchte, rief er ihr zu:

«Es gibt hier keins!»

Ihr weißer Kopf folgte seinen Bewegungen, während er in der Bucht herumtollte. Dann kam er heraus, setzte sich auf die gegenüberliegende Seite und ließ sich von der Sonne trocknen. Hinter ihm waren wieder die Soldaten mit ihren Maschinengewehren zugange.

«Glaubst du, daß man mich in San Lucas mit Steinen bewerfen würde?» rief er.

«Warum denn?» rief sie zurück. «Nein, nein, *claro que no*. Für Jungs ist das okay.»

Die nächsten paar Tage schien die Sonne, so daß sie jeden Nachmittag zu ihrer Bucht kommen konnten.

Eines Morgens ging Nicho mit dem zweiten kleinen Umschlag in der Tasche zu Don Anastasios Laden, der im Zentrum der Stadt lag. Der alte Mann schien hocherfreut, ihn zu sehen. Hinter der Theke öffnete er den Umschlag und inspizierte sorgfältig den Inhalt. Dann händigte er Nicho anderthalb Pesos aus.

«Ich kann nicht herausgeben», sagte Nicho.

«Der *tostón* ist für dich», sagte Don Anastasio barsch. «Heute abend läuft ein Film im Kino. Komm nächste Woche wieder. Aber vergiß es nicht.»

Nicho rannte die Straße entlang und fragte sich, wann er wohl die Gelegenheit haben würde, einen neuen Umschlag für Don

Anastasio zu organisieren. Es war ungefähr Zeit für Señor Ongs nächsten Ausflug nach Tlaltepec.

In dem Augenblick, als er die Brücke erreichte, trat eine hochgewachsene Frau aus dem Laden und stellte sich ihm entgegen. Sie hatte ungewöhnlich große Augen und ein furchteinflößendes Gesicht.

«*Hola, chico.*»

«*Sí señora.*» Er blieb stehen und sie starrte ihn an.

«Hast du etwas für mich?»

«Etwas für Sie?» wiederholte er verwirrt.

«Einen kleinen Umschlag?» Sie hielt ihm zwei Pesos hin. Nicho schaute sie an und sagte:

«*No, señora.*»

Ihr Gesicht verfinsterte sich noch mehr.

«Doch, doch, du hast», beharrte sie und schob sich näher an ihn heran. Er schaute die Straße hinunter, aber es war niemand zu sehen. Der Laden schien leer zu sein. Es war die heißeste Stunde des Tages. Plötzlich jagte ihm ihr Gesicht eine Heidenangst ein.

«Morgen», rief er und duckte sich zur Seite, um an ihr vorbeizukommen. Aber sie packte ihn am Nacken.

«Heute», sagte sie rauh und bohrte ihre langen Fingernägel in seine Haut.

«*Sí, señora.*» Er wagte nicht, sie anzuschauen.

«Auf der Brücke», knurrte sie. «Heute nachmittag.»

«*Sí, señora.*»

Sie ließ ihn los und er ging weiter. Er schluchzte vor Wut und Scham, daß er Angst gehabt hatte.

In der *sala* hörte er seine Tante und Señor Ong aufgeregt miteinander reden. Er ging nicht hinein, sondern kletterte in eine Hängematte auf dem Patio und lauschte. Don Anastasios Name fiel. Nichos Herz machte einen Satz: irgendwas war passiert.

«Jetzt bin ich fast sicher», sagte Señor Ong langsam. «Vor zwei Wochen war er das letzte Mal hier und Saenz hat mir erzählt, daß es ihm sehr gut geht. Das kann nur eins bedeuten: Ha muß ihn direkt beliefern.»

«Natürlich», sagte seine Tante bitter. «Du hättest keine zwei

Wochen warten brauchen, um das zu merken. Dreitausend Pesos den Bach hinunter. Was für eine Verschwendung! *Qué idiota tú!*» Señor Ong hörte gar nicht auf sie.

«Und die Frau von Fernandez», überlegte er. «Sie hätte längst hier sein müssen. Ich weiß, daß sie kein Geld hat, aber bisher hat sie es noch immer geschafft, es irgendwie zusammenzukratzen.»

«Diese alte Schlampe!» sagte seine Tante verächtlich. «Bei dem Gesicht, das sie hat, kann sie froh sein, wenn sie zwanzig zusammenbringt, ganz zu schweigen von fünfzig.»

«Sie kann es», sagte Señor Ong zuversichtlich. «Die Frage ist nur: hat Ha sie aufgetrieben und gibt ihr was für weniger?»

«Frag *mich* doch nicht», rief seine Tante ungeduldig. «Geh nach Tlaltepec und frag den Alten selber.»

In diesem Moment klopfte es an der Haustür. Sofort verließ seine Tante den Raum, schloß die Tür hinter sich und ging durch den Patio in die Küche. Nach ein paar Minuten vernahm Nicho nur noch das konfuse Murmeln von leisen Stimmen in der *sala*. Dann schloß jemand die Vordertür. Der Besucher war gegangen.

Vor dem Mittagessen ging Nicho in den Garten und warf die beiden Silbermünzen, die Don Anastasio ihm gegeben hatte, in die Büchse mit dem Sand. In Gedanken freute er sich schon darauf, sie Luz zu zeigen; ihre Leichtgläubigkeit gab ihm das Gefühl, klug und überlegen zu sein. Er beschloß, ihr nie etwas von dem Pulver zu erzählen. Während des ganzen Mittagessens dachte er an die hochgewachsene Frau, die er nachmittags auf der Brücke treffen sollte. Als die Mahlzeit beendet war, tat Señor Ong etwas sehr Ungewöhnliches: er nahm seinen Hut und sagte:

«Ich geh mal rüber zu Saenz und rede mit ihm.» Dann ging er hinaus. Nicho schaute ihm nach, als er auf der Hauptstraße verschwand, ging ins Haus zurück und sah, wie seine Tante sich zur Siesta ins Schlafzimmer zurückzog. Ohne zu zögern, ging er zur Nische in der *sala* und holte den großen gelben Umschlag heraus. Er wußte, daß er ein gefährliches Spiel spielte, aber er war entschlossen, es trotzdem zu tun. Schnell ließ er zwei kleine Umschläge in seine Tasche gleiten. Einen brachte er zu seinem

Baum und mit dem anderen lief er zur Brücke, um auf die Frau zu warten. Sie brauchte nicht lange, um ihn aus ihrem Laden zu entdecken. Als sie auf ihn zukam, schien ihr abgezehrtes Gesicht den Nachmittag zu verdunkeln. Schon von weitem hielt er ihr den weißen Umschlag entgegen, wie um sie auf einem bestimmten Abstand zu halten. Sie runzelte heftig die Stirn, streckte die Hand aus, schnappte ihn aus seinen Fingern wie ein wütender Vogel und stopfte ihn ungestüm in ihren Ausschnitt. Mit der anderen Hand legte sie zwei Pesos in seine immer noch ausgestreckte Handfläche und trollte sich davon, ohne ein Wort zu sagen. In der Hoffnung, daß Luz jeden Moment auftauchen würde, beschloß er, hier auf der Brücke auf sie zu warten.

Als sie dann kam, hatte er auf einmal gar keine Lust mehr, mit ihr zum Baum oder gar zum Fluß zu gehen. Statt dessen nahm er sie bei der Hand und sagte:

«Ich habe eine Idee.» Das war nicht wahr; bis jetzt hatte er noch keine Idee, aber er spürte ein unbändiges Verlangen etwas Neues, Bedeutendes zu tun.

«Was für eine Idee?»

«Laß uns einen Ausflug machen!»

«Einen Ausflug? Aber wohin?»

Sie gingen Hand in Hand die Straße entlang.

«Wir könnten einen Bus nehmen», schlug er vor.

«Aber wohin?»

«No importe adónde.»

Luz war nicht überzeugt, daß das eine gute Idee war. In ihrem Kopf spukten Visionen vom strengen Gesicht ihrer Schwester, wenn sie nach Hause kam. Trotzdem sah er, daß sie mitkommen würde. Als sie dahin kamen, wo die Häuser und Läden begannen, ließ er ihre Hand los. Er hatte Angst, daß seine Freunde ihn so sehen könnten. Er war noch nie mit ihr über die Hauptstraße gegangen. Das Licht der Sonne brannte in den Augen, aber hinter den Bergen vor ihnen schob sich langsam eine gigantische Wolke empor. Er drehte sich um, um ihren leuchtend hellen Kopf zu betrachten. Ihre Augen waren zwei stechende blinzelnde Schlitze. Sicher gab es niemand sonst auf der Welt, der so schönes Haar hatte wie sie. Er sah die Wolke und flüsterte ihr zu:

«Die Sonne wird bald weg sein.»

Auf dem Marktplatz stand ein Bus, schon halb besetzt. Von Zeit zu Zeit rief der Fahrer, der gegen die rote Blechkarosserie lehnte: «Tlaltepec! Tlaltepec!» Kaum waren sie hineingeklettert und hatten hinten im Fond zwei Fensterplätze gefunden, da wollte Luz in einem Anfall von Angst auch schon wieder aussteigen. Aber er hielt sie am Arm fest und sagte aus einem plötzlichen Einfall heraus:

«*Oye,* ich wollte nach Tlaltepec, weil wir dort etwas sehr Wichtiges zu erledigen haben. Wir müssen jemand das Leben retten.» Sie hörte seiner Geschichte aufmerksam zu: der schreckliche Señor Ong wollte den alten Señor Ha töten, weil er sein Versprechen, in Tlaltepec zu bleiben, nicht gehalten hatte. Während er erzählte und sich den Wortlaut von Señor Ongs Drohung ins Gedächtnis zurückrief, fing er an, schon selber an seine Story zu glauben.

«Wenn ich dorthin gehe, dann bestimmt nicht, um ihn etwas zu fragen.» Der alte Mann würde keine Gelegenheit mehr haben, noch irgend etwas zu erklären, keine Chance, sich zu verteidigen. Als der Bus den Marktplatz jetzt hinter sich ließ, war er genauso überzeugt wie Luz, daß sie auf einer heroischen Mission unterwegs nach Tlaltepec waren.

Tlaltepec lag tiefer als ihre Stadt, in einem von Bergen eingeschlossenen Tal. Die große weiße Wolke, deren leuchtende Ränder sich nach außen türmten, kletterte immer höher. Jetzt fuhr der Bus in ihren Schatten hinein wie in eine Gruft. Plötzlich war alles grün. Abgerissenes Vogelgezwitscher drang durch die offenen Fenster, übertönte schrill das Rattern des alten Vehikels.

«*Ay, el pobrecito!*» seufzte Luz von Zeit zu Zeit.

Sie erreichten Tlaltepec und kamen auf der Plaza zum Stehen. Die Passagiere stiegen aus und eilten in verschiedenen Richtungen davon. Das Dorf war sehr ruhig. Helles grünes Gras wuchs mitten auf der Straße. Ein paar schweigende Indios saßen auf der Plaza gegen Häuserwände gelehnt. Nicho und Luz gingen eingeschüchtert von der Stille, die über dem ganzen Dorf lag, die Hauptstraße entlang. Mittlerweile hatte die Wolke sich über den ganzen Himmel ausgebreitet, nun schob sie sich langsam wie ein

Vorhang über die andere Seite des Tals. Eine traurige kleine Kirchenglocke schlug hinter ihnen auf der Plaza an. Sie betraten einen kleinen Laden mit der Aufschrift *Farmacía Moderna*. Der Mann, der hinter der Theke saß, kannte Señor Ha: er war der einzige Chinese im Dorf.

«Er wohnt gleich gegenüber vom Kloster, im letzten Haus.» In Tlaltepec war alles in der Nähe. Die Glocke läutete noch immer von der Plaza herüber. Vor der zerfallenen Klosterruine lag ein offener Rasenplatz, der an beiden Seiten von kaputten Basketballpfosten gesäumt war. Vor dem letzten Haus stand ein großer Baum, mit Tausenden von lavendelfarbenen Blüten geschmückt. In der Windstille fielen sie ohne Unterlaß wie leise Tränen auf die feuchte Erde herunter.

Nicho klopfte an die Tür. Ein Dienstmädchen öffnete, schaute die beiden Kinder gleichgültig an und ging wieder weg. Einen Augenblick später erschien Señor Ha. Er war nicht ganz so alt, wie sie erwartet hatten, aber er betrachtete die beiden aufmerksam. Nicho hatte gehofft, daß er sie ins Haus bitten würde – er wollte wissen, ob Señor Ha auch so einen Kalender hatte wie der, der bei ihm zu Hause in der *sala* hing, aber er machte keine Anstalten, ihnen seine Gastfreundschaft anzubieten. Luz setzte sich auf die steinerne Treppenstufe und sammelte ein paar von den Blüten ein, die vom Baum gefallen waren, während Nicho Señor Ha eröffnete, wer er war und warum er gekommen war. Señor Ha stand ganz still; selbst als Nicho sagte: «Und er wird Sie töten», blieben seine stechenden kleinen Augen in genau der gleichen Position wie vorher. Nichts in seinem Gesicht rührte sich; er schaute Nicho an, als hätte er kein Wort gehört. Einen Moment lang fürchtete Nicho, daß er vielleicht nur chinesisch verstand, aber dann sagte Señor Ha plötzlich sehr deutlich: «Was für ein Unsinn!» und schloß die Tür.

Sie gingen zurück zur Plaza, ohne miteinander zu sprechen und setzten sich auf die Eisenbank, um auf ihren Bus zu warten. Ein warmer Sprühregen hing in der Luft; er fiel so leise, daß man ihn nicht mal in der Stille der verlassenen Plaza hörte. Irgendwann stand Nicho auf und ging die Hauptstraße entlang auf der Suche nach ein paar Süßigkeiten. Als er aus dem Laden heraustrat, kam ein kleiner Mann mit einer Aktentasche unter dem Arm an ihm vorbei und überquerte die Straße. Es war Señor Ha.

Während sie noch auf den Bus warteten und ihre Süßigkeiten aßen, kam eine ramponierte alte Limousine aus der Hauptstraße und rumpelte über die Plaza. Auf der Kante des Rücksitzes saß Señor Ha und beugte sich gerade nach vorne, um mit dem Fahrer zu sprechen. Sie starrten ihm nach. Das Auto bog in die Straße ein, die den Berg hinauf zur Stadt führte und tauchte im Zwielicht unter.

«Er wird Señor Ong alles erzählen», rief Nicho plötzlich. Er saß mit offenem Mund da und starrte auf den Boden.

Luz drückte seinen Arm.

«Das kann dir doch egal sein», beruhigte sie ihn. «Es sind doch nur Chinesen. Vor denen brauchst du doch keine Angst zu haben.»

Er sah sie gedankenverloren an. Dann sagte er wütend:

«Nein!» Auf der Fahrt durch den Regen redeten sie nur wenig. Es war schon Abend, als sie in der Stadt ankamen. Durchnäßt und hungrig liefen sie die Straße hinauf in Richtung Brücke, immer noch ohne ein Wort. Als sie den Fluß überquerten, drehte Nicho sich zu ihr um und sagte:

«Komm doch zum Abendessen zu uns.»

«Meine Schwester...»

Aber er zog sie heftig mit sich fort. Schon als er die Vordertür aufmachte und seine Tante mit Señor Ong drinnen sitzen sah, wußte er, daß Señor Ha noch nicht dagewesen war.

«Warum kommst du denn so spät?» sagte seine Tante. «Du bist ja ganz naß.» Dann sah sie Luz. «Mach die Tür zu, *niña*», sagte sie freudig überrascht.

Sie setzten sich hin und fingen an zu essen. Señor Ong nahm seinen Faden wieder auf.

«...sie sah mich einfach nur an, ohne ein Wort zu sagen.»

«Wer?» fragte seine Tante und lächelte Luz zu.

«Die Frau von Fernandez. Heute nachmittag.» Señor Ongs Stimme klang scharf und ungeduldig. «Für mich ist das Beweis genug. Sie kriegt es irgendwo anders her.»

Seine Tante schnaubte verächtlich.

«Du suchst wohl immer noch nach Beweisen! *Niña,* nimm noch ein Stück Fleisch.» Sie legte ihr noch etwas auf den Teller.

«Ja, aber jetzt gibt es keinen Zweifel mehr», fuhr Señor Ong fort.

«Was für wundervolles Haar! *Ay, Dios!*» Sie strich über den Kopf des Mädchens. Nicho war beschämt: er wußte, daß er sie nur deshalb zum Essen eingeladen hatte, weil er Angst gehabt hatte, allein nach Hause zu kommen. Und er wußte auch, daß seine Tante ihr nur deshalb übers Haar strich, weil das Glück bringen sollte. Er seufzte verzweifelt und warf ihr einen Blick zu. Sie saß über ihren Teller gebeugt und schien ganz zufrieden zu sein.

Plötzlich klopfte es ein paarmal laut an die Vordertür. Señor Ong stand auf und ging in die *sala.* Zuerst war nichts zu hören, dann fragte eine Männerstimme:

«*¿Usted se llama Narciso Ong?*» Plötzlich erhob sich ein schrecklicher Lärm, Füße schlurften und Möbelstücke scharrten über den gekachelten Fußboden. Nichos Tante sprang auf und rannte in die Küche, wo sie anfing, laut zu beten. In der *sala* hörte man es keuchen und stöhnen. Dann ließ das Durcheinander ein wenig nach und die Männerstimme sagte:

«*Bueno.* Ich hab's. Hundert Gramm mindestens, in seiner Hosentasche. Das ist alles, was wir brauchen, Freundchen. *Vámonos!*»

Nicho glitt von seinem Stuhl und schlich zum Eingang. Zwei Männer in feuchten braunen Ponchos schoben Señor Ong zur Vordertür hinaus. Aber anscheinend wollte er nicht gehen. Er verrenkte sich den Hals, sah Nicho und öffnete den Mund, um etwas zu sagen. Da schlug ihm einer der Männer mit der Faust ins Gesicht.

«Nicht vor dem Jungen», keuchte Señor Ong und rieb sich das Kinn, um zu sehen, ob noch alles heil war. Der andere Mann knallte die Tür hinter ihnen zu. Die *sala* war leer. Außer dem Jammern seiner Tante war kein Laut zu hören, sie betete laut zu Gott. Er drehte sich um und schaute Luz an, die ganz still dahockte.

«Möchtest du nach Hause?» fragte er.

«Ja.» Sie stand auf. Seine Tante kam händeringend aus der Küche. Sie ging zu Luz und legte ihr kurz die Hand auf das weiße Haar. Sie murmelte ein Gebet.

«*Adios, niña.* Komm morgen wieder», sagte sie.

Es fiel immer noch ein leichter Regen. Ein paar Insekten sirrten durch die nassen Blätter, als die beiden schweigenden Kinder an ihnen vorbei zu dem Haus gingen, wo Luz wohnte. Sie klopfte an die Tür und im selben Moment ging sie auf. Ein großes dünnes Mädchen stand vor ihnen. Ohne ein Wort zu sagen, packte sie Luz und zerrte sie brutal ins Haus, während sie mit der anderen Hand die Tür hinter sich zumachte.

Nicho ging nach Hause. Als er die *sala* betrat, glaubte er zuerst, Señor Ong sei zurückgekommen, aber eine Sekunde später merkte er, daß er sich mitten in einem Alptraum befand. Da saß Señor Ha und unterhielt sich mit seiner Tante. Sie schaute tränenüberströmt auf.

«Geh schlafen», befahl sie ihm.

Als Nicho an seinem Stuhl vorbeiging, streckte Señor Ha die Hand aus und packte ihn am Arm – packte sehr fest zu.

«*Ay!*» sagte Nicho unwillkürlich.

«Einen Moment», sagte Señor Ha. Er schaute seine Tante an und lockerte seinen Griff nicht eine Sekunde. «Vielleicht weiß er etwas», und ohne sich Nicho zuzuwenden, meinte er: «Die Polizei hat Señor Ong ins Gefängnis gebracht. Er kommt nicht wieder zurück. Aber er hat in diesem Haus etwas versteckt. Wo ist es?»

Die knochigen Finger bohrten sich in sein Fleisch. Seine Tante sah ihn hoffnungsvoll an. Plötzlich kam er sich ziemlich wichtig vor.

«Da», sagte er und zeigte auf den Kalender.

Señor Ha stand auf und riß den Kalender von der Wand. Ein paar Augenblicke später hielt er den gelben Umschlag in der Hand. Er inspizierte den Inhalt und sagte:

«Gibt es noch irgendwo was?»

«Nein», sagte Nicho. Er dachte an den kleinen Umschlag, der trotz der regnerischen Nacht sicher in seinem Baumstumpf versteckt war. Señor Ha verdrehte ihm den Arm, aber der Gedanke an sein Geheimnis gab ihm Kraft, bis sein Schmerz und sein Haß in dieses Gefühl von Kraft überging. Steif stand er da und ließ sich von Señor Ha mißhandeln. Einen Moment später ließ Señor Ha los und gab ihm einen so gewaltigen Schubs, daß er durch das halbe Zimmer stürzte.

«Geh jetzt schlafen», sagte er.

Als Nicho hinausgegangen war und die Tür hinter sich zugemacht hatte, sagte Señor Ha zu seiner Tante gewandt:

«Morgen komme ich wieder und bringe meine Sachen mit. Es ist nicht gut, einen Jungen im Haus zu haben, der nichts zu tun hat. Er kommt nur in Schwierigkeiten. Von nun an wird er ausliefern, keiner kommt mehr hier ins Haus.»

«Aber wenn die Polizei ihn erwischt...» protestierte sie.

«Sie wird keine Schwierigkeiten machen. Es ist alles geregelt, glücklicherweise hatte ich fast dreitausend Pesos zur Hand.» Er nahm seine Aktentasche und ging zur Tür. Sie schaute ihn bewundernd an und seufzte tief.

«Wollen Sie nicht heute nacht hierbleiben?» fragte sie eingeschüchtert. Irgendwie klang sie eigenartig kokett.

«Nein. Der Wagen steht draußen und wartet. Morgen.» Er öffnete die Tür. Sie stand auf, ergriff seine Hand und umklammerte sie liebevoll. «Morgen», wiederholte er.

Als der Wagen weg war und sie sein Rattern nicht länger hören konnte, schloß sie die Tür, löschte das Licht und ging hinaus auf den Patio, wo sie sich in eine Hängematte legte und sanft schaukelte.

«Ein intelligenter Mann», sagte sie halblaut. «Was für ein Glück!» Einen Moment lang hörte das Schaukeln auf. «Glück! Natürlich! Dionisio muß sie bald wieder mit nach Hause bringen.»

Die Stadt wurde immer reicher. Immer mehr Indios kamen aus den Bergen und brachten Geld in die Stadt, der dichte Dschungel, der den Weg nach Mapastenango säumte, wurde abgeholzt, die Fahrspur erweitert und verbessert. Nicho kaufte ein Päckchen mit kleinen Umschlägen. Weit unten am Fluß fand er einen anderen hohlen Baum. Hier versteckte er seinen immer größer werdenden Vorrat an Schätzen. Schon während des ersten Monats hatte er so viel Geld eingenommen, daß er Luz einen Lippenstift und eine dunkle Sonnenbrille mit roten und grünen Edelsteinen kaufen konnte.

Fez
1947

DOÑA FAUSTINA

1

Keiner konnte verstehen, warum Doña Faustina das Gasthaus gekauft hatte. Es lag im Schutz einer Haarnadelkurve am Rande der alten Landstraße, die vom Fluß herauf zur Stadt führte; aber diese Route war durch den Bau der neuen gepflasterten Straße überflüssig geworden. Nun war es unmöglich, das Gasthaus zu erreichen, es sei denn, man kletterte einen steinigen Pfad über die Flußböschung hinauf und ging ein paar hundert Meter die alte Straße entlang, die schon seit langem nicht mehr ausgebessert, von Regenfluten abgetragen und von der üppigen Vegetation der Flachlandregion überwuchert worden war.

An den Sonntagen pflegten die Leute aus der Stadt ins Grüne zu spazieren, die Frauen mit Sonnenschirmen und die Männer mit Gitarren (denn das war noch vor der Ära des Radios, jedermann konnte wenigstens leidlich ein Instrument spielen). Sie wanderten bis zu dem großen Brotfruchtbaum und schauten die Straße hinauf auf die verblaßte Fassade des Gebäudes, die mehr als zur Hälfte hinter jungen Bambuspflanzen und Bananenstauden verborgen lag. Sie betrachteten es eine Weile und wandten sich dann ab, um wieder nach Hause zurückzugehen.

«Warum läßt sie bloß das Schild hängen?» fragten sie sich. «Ob sie wirklich glaubt, daß irgend jemand hier die Nacht verbringen wollte?» Und damit hatten sie ganz recht, schließlich verirrte sich schon lange keiner mehr in die Nähe des alten Gasthauses. Nur die Leute aus der Stadt wußten, daß es existierte und die brauchten es nicht.

Was blieb, war die Frage, warum sie es gekauft hatte. Wie immer, wenn die Leute aus der Stadt etwas nicht verstehen, dachten sie sich jede Menge von widerwärtigen Erklärungen für Doña Faustinas Verhalten aus. Die wichtigste und am weitesten verbreitete war die, daß sie beschlossen hatte, den Ort in ein Freudenhaus zu verwandeln. Aber die löste sich bald in Luft auf, denn es ereignete sich absolut nichts, was eine solche Theorie hätte untermauern können. Seit Wochen war niemand in der Nähe des Hauses gesehen worden, außer Doña Faustinas jüngerer Schwester Carlota, die aus Jalapa anreiste und den beiden alten Dienstboten José und Elena, die jeden Morgen zum Markt kamen und sich ansonsten um ihre eigenen Angelegenheiten kümmerten. Nicht mal die böswilligsten Klatschbasen der Stadt kamen auf ihre Kosten. Carlota erschien gelegentlich ganz in Schwarz zur Messe. Es hieß, daß sie sich den Tod ihres Vaters sehr zu Herzen genommen hatte und die Trauerkleidung wahrscheinlich nie wieder ablegen würde.

Die übrigen Vermutungen, die die Leute aus der Stadt erfanden, um Licht in die Sache zu bringen, waren genauso unwahrscheinlich wie die erste. Gerüchten zufolge, sollte Doña Faustina Chato Morales bei sich verstecken, einen Bandit, hinter dem die Polizei aus der Gegend schon seit Monaten her war – aber er wurde kurz darauf in einem weit entfernten Teil der Provinz geschnappt. Dann hieß es, daß das Gasthaus als Lager für einen Drogenring diente, aber auch das entpuppte sich als Reinfall. Die Anführer des Rings wurden gefaßt und gaben ihr Geheimnis preis: ihr Lager befand sich in einer Halle über der *Farmacía Ideal*. Es gab auch finstere Verdächtigungen: angeblich lockte Carlota einsame Reisende ins Haus, wo sie dann das Schicksal ereilte, das solchen allein reisenden Besuchern abgelegener Gasthäuser seit altersher beschieden ist. Aber solche Anspielungen nahmen die Leute nicht ernst. Man war immer mehr der Ansicht, daß Doña Faustina nur ein bißchen verrückt geworden war, was dazu führte, daß sie sich immer mehr zurückzog und sich von jeder Gesellschaft abkapselte. So lebte sie eben draußen vor der Stadt, wo sie kaum jemals einer Menschenseele begegnete. Dieser Theorie widersprachen allerdings wiederum einige jüngere Mitglieder der Gemeinde, die behaupteten, daß Doña Faustina nicht verrückter war als sie selber, sondern ganz im Gegenteil ziemlich schlau. Da sie viel Geld hatte, hatte sie sich nämlich das Haus gekauft, weil es von riesigen Landflächen umgeben war, wo sie ihre Reichtümer in der Abgeschiedenheit der pflanzenüberwucherten Gärten und Haine verstecken konnte. Die älteren Bürger der Stadt achteten jedoch nicht darauf, denn sie konnten sich noch gut an ihren Mann und an ihren Vater erinnern, von denen keiner sich beim Geldmachen besonders hervorgetan hatte. Und den Gasthof hatte sie praktisch für nichts gekauft. «Wo sollte sie die Pesos denn her haben?» fragten sie. «Meint ihr, sie sind von den Bäumen gefallen?»

2

Als eines Tages ein Kind aus der Stadt spurlos verschwand (in jener Zeit kam es oft vor, daß man kleine Kinder verschleppte und sie an ferne Orte brachte, wo sie verkauft wurden und schwere Arbeit leisten mußten), bestanden die Eltern darauf, daß die Polizei auch das Haus von Doña Faustina durchsuchte. Doña Faustina, eine hochgewachsene Erscheinung in der Blüte ihres Lebens, öffnete dem Polizisten die Tür, weigerte sich jedoch, ihn hereinzulassen. Sie war so abweisend und starrte ihn so feindselig an, daß er sich gezwungen sah, zur *Comisaría* zurückzugehen und Verstärkung zu holen. Als er mit drei weiteren Männern zum Haus zurückkam, machten sie eine gründliche, aber unergiebige Hausdurchsuchung. Doña Faustina folgte ihnen auf Schritt und Tritt, und überhäufte sie mit Beschimpfungen, bis sie das Grundstück wieder verlassen hatten. Wenn sie auch nichts gefunden hatten, so brachten sie doch wenigstens eine Geschichte mit in die Stadt zurück. Die Zimmer waren ein einziger Saustall, berichteten sie, die Möbel zerbrochen, in den Gängen und Fluren lagen überall Berge von Müll und Abfall und im zweiten Stock war das Geländer des Balkons eingestürzt und mit Stacheldraht notdürftig ausgebessert worden. Überhaupt sah das ganze Haus so aus, als hätte man hier vor Jahren Unmengen von Festen gefeiert und dann nie wieder aufgeräumt. Dieser Bericht bestärkte die Leute in ihrer Ansicht, daß Doña Faustina mehr oder weniger den Verstand verloren hatte, und eine Weile vergaß die Stadt sie einfach und dachte nicht weiter über sie nach.

Doch es dauerte nicht lange und die Leute kamen dahinter, daß sie angefangen hatte, mit ihrer Schwester Ausflüge in die benachbarten Städte zu unternehmen. Man hatte sie in weit auseinanderliegenden Orten wie Flacotalpam und Zempoala gesehen. Doch selbst diese Wallfahrten lösten kein echtes Interesse mehr aus. Die Leute schüttelten mehr oder weniger verständnisvoll den Kopf und sagten, daß Doña Faustina immer unberechenbarer wurde, aber das war alles.

Wenn die beiden Damen des Hauses auf Reisen gingen, blieben sie meist drei bis vier Tage fort und ließen José und Elena zurück, um das Grundstück zu bewachen. Sie kamen noch nicht mal in die Stadt, um ihre Einkäufe zu machen, bis die beiden wieder da waren. Bei ihrer Ankunft nahmen die beiden Schwestern immer den alten, überdachten Zweispänner, der täglich zum Bahnhof fuhr, um den Zug abzuwarten. Sie luden ihre zahllosen Bündel und Körbe hinein und ließen sich bis zur Biegung der Landstraße bringen, wo sie ausstiegen. Der Kutscher half ihnen mit ihren Habseligkeiten die Böschung hinauf und überließ sie dann sich selbst. Carlota ging los und holte José, der ihnen beim Tragen half, doch Doña Faustina bestand darauf, die schwersten Körbe immer selbst zu tragen. Nachdem sie ein paarmal durch das dichte Gestrüpp hin- und hergegangen waren, lag die verlassene Straße wieder ruhig und still da, bis die beiden alten Dienstboten am nächsten Morgen zum Markt aufbrachen.

Nach etwa zwei Wochen fuhren sie wieder los, diesmal zu einem anderen Ort und diese Art zu reisen führte sie notwendigerweise immer weiter von zu Hause fort. Einmal wurde sogar behauptet, daß man sie in Vera Cruz gesehen habe – wenn man jedoch daran dachte, wie viele falsche Gerüchte über die beiden Frauen kursierten, gab es eigentlich keinen besonderen Grund, ausgerechnet das zu glauben.

Ehe das Haus in einen Gasthof umgewandelt worden war, war es eine blühende *finca* gewesen, deren terrassenförmig angelegte Gärten voller Obstbäume etwa eine Meile steil abfielen, bis sie auf einen schroffen Felsabhang direkt über dem Fluß stießen. Seit etwa fünfzig Jahren hatte man nun das Land völlig vernachlässigt. Es wurde allmählich immer schwieriger, die Avocado- und Mandelbäume im Gewirr der fleißigen neuen Parasiten zu finden, die überall in die Höhe geschossen waren und nicht selten auch die höchsten alten Bäume schon bedeckten. Da hingen Lianen von den Ästen herab und unzählige von Kletterpflanzen reckten sich hoch, um sich an ihnen festzuklammern. Man konnte keine zwanzig Meter mehr von einem der Pfade abweichen, die vom Haus zu den Obstgärten führten, ohne auf einen undurchdringlichen Blätterwald zu stoßen. Und mittlerweile wußte auch keiner mehr, wie weit es vom Haus zum Fluß war, denn die Grenzen des Grundstücks verliefen im üppigen Dschungel.

3

Nicht einmal José hätte gewußt, daß der Teich existierte, wenn er nicht eines Nachmittags etwas weiter als sonst umhergestreift wäre, um zu schauen, ob er irgendwo ein paar *zapotes* auftreiben könnte. In der tiefen Stille des Unterholzes, weitab von den Teilen, die das Sonnenlicht noch erreichte, hörte er plötzlich ein heftiges Platschen, so als wenn man einen dicken Felsbrocken ins Wasser geworfen hätte. Er lauschte angestrengt, hörte aber nichts mehr. Am nächsten Nachmittag kam er während der Siesta-Zeit mit einer Machete bewaffnet zurück und hackte sich mühsam einen Weg durch die widerspenstige Vegetation. Es dämmerte schon leicht, als er plötzlich das Wasser vor sich sah. Und dann stand er am Ufer des Weihers. Das stehende Wasser strömte einen dumpfen, fauligen Geruch aus und in der stillen Luft über ihm schwirrten die Insekten zu Tausenden herum. Während José so da stand und ihn betrachtete, kam es ihm vor, als wäre in der braunen Tiefe eine Bewegung zu erkennen; er wußte nicht warum, aber das Wasser war einfach nicht ganz ruhig. Eine Weile blieb er unbeweglich stehen und starrte in seine Betrachtungen versunken hinab, aber als dann das Licht immer schwächer wurde, machte er kehrt und ging zurück. Ohne sich zu überlegen warum, beschloß er, Elena nichts von dem Weiher zu erzählen.

Im Laufe der nächsten Monate kam José immer wieder an den Ort zurück in der Hoffnung, einmal herauszufinden, was das Platschen beim erstenmal verursacht hatte. Nicht mal ein Mensch, der in den Weiher springt, hätte einen solchen Lärm machen können. Auf der gegenüberliegenden Seite führte eine steingepflasterte Böschung zum Ufer hinauf (zweifellos war der Weiher angelegt worden, um darin Vieh zu baden), die er schon zweimal voller Wasserspritzer vorgefunden hatte, was nur noch mehr zu seiner Verwirrung beitrug. Beim zweitenmal hackte er sich einen Weg durch die Schlingpflanzen am Ufer, um die Böschung näher zu untersuchen. Und auf halbem Weg stieß er auf den Pfad. Irgend jemand hatte einen schmalen, aber begehbaren Tunnel vom Wasser zu irgendwo in der Nähe des Hauses angelegt. Er vergaß, was er eigentlich wollte und folgte dem Pfad, der in einer Ecke des ehemaligen Rosengartens auslief, bis er auf einer der tiefergelegenen Terrassen zwischen Waschküchentür und den zerfallenen Ställen stand. Als er blinzelnd im hellen Sonnenlicht stand, erschien plötzlich Doña Faustina vor der Waschküche und kam die kleine Treppe herunter auf ihn zu. In der Hand hatte sie einen Korb, der oben mit Zeitungspapier bedeckt war. Automatisch ging der alte José ihr entgegen, um ihn ihr abzunehmen. Doch sie hatte offensichtlich nicht damit gerechnet, ihm hier zu begegnen, denn als sie aufschaute und merkte, wie dicht er schon vor ihr stand, verfinsterte sich ihr Gesicht ganz merkwürdig. Doch dann sagte sie nur: «Was hast du hier zu suchen? Geh in die Küche!», ging zu einer steinernen Bank unter einem Baum in der Nähe, setzte sich hin und stellte den Korb neben sich.

Auf dem Weg zum Haus fiel José ein, daß er seine *patrona* noch nie so finster gesehen hatte. Sie war immer streng, oft auch abweisend, aber nicht so sehr, daß sie ihn durch ihr Verhalten erschreckte, so wie heute. Es kam ihm fast so vor, als hätte ihn unter ihren schweren Lidern hindurch ein Dämon angeschaut.

«Es muß wohl stimmen», dachte er, «Doña Faustina wird verrückt. Was soll denn bloß aus Elena und mir werden?»

Als er diesmal in die Küche kam, zog er Elena beiseite und erzählte ihr im Flüsterton von seinen Befürchtungen und wie seltsam die Señora ihn im Garten angesehen hatte.

«O Gott», murmelte sie. Aber er sagte nichts von dem Teich, weder jetzt noch später. Am liebsten wollte er überhaupt nicht daran denken, denn er vermutete, daß er in irgendeinem Zusammenhang mit Doña Faustinas verrücktem Verhalten stand und die Tatsache, daß er der einzige war, der ihr Geheimnis kannte, gab ihm ein gewisses Gefühl der Sicherheit, das er verloren hätte, wenn er Elena davon erzählt hätte.

4

An einem kühlen Abend voller *llovizna*, als der mehlige Nebel langsam in Regen überging und das Land durchtränkte, klopfte es an der Haustür. Doña Faustina, die viel im Keller herumhantierte, wo Bäder und Waschküchen waren, hörte es von unten und kam die Treppe heraufgestürzt. Ihr Gesicht war finster vor Wut. Carlota stand im *comedor* und konnte sich nicht entscheiden, ob sie aufmachen sollte oder nicht. Im gleichen Moment, als Doña Faustina hereinkam, klopfte es zum zweitenmal.

«Schon wieder die Polizei?» meinte Carlota ängstlich.

«Ya veremos», murmelte Doña Faustina. Sie ging hinaus, stellte sich vor die Tür und rief mit lauter Stimme:

«Wer?»

Keine Antwort.

«Mach nicht auf», flüsterte Carlota, die hinter ihr stand.

Doña Faustina machte eine ungeduldige Bewegung, um ihre Schwester zum Schweigen zu bringen. Sie warteten mehrere Minuten, aber es klopfte nicht wieder. Alles, was von draußen durch die Tür drang, war das unregelmäßige Tröpfeln von Wasser vom Balkon im ersten Stock zur Erde.

«Bleib hier», sagte Doña Faustina und ging durch den *comedor*, die Treppe hinunter, wieder zurück in die Waschküche. Dort sammelte sie den Abfall, der auf dem Boden verstreut herumlag, und packte damit zwei große Körbe voll. Dann trat sie aus dem Seiteneingang leise in den Obstgarten hinaus, stieg vorsichtig die steinerne Treppe hinab und verschwand in der Dunkelheit des Rosengartens.

Schon nach einer halben Stunde stand sie wieder in der Eingangshalle, wo Carlota noch immer lauschend Wache hielt.

«Nichts», meinte Carlota, als Doña Faustina eine fragende Geste machte. Doña Faustina winkte sie zu sich. Sie zogen sich in den *comedor* zurück und tuschelten eine Weile miteinander. Hinter dem Krug, der auf einem mit Zeitungen überhäuften Regal stand, duckte sich eine Kerzenflamme.

«Es war nicht die Polizei», sagte Doña Faustina. «Dein Zimmer hat einen Schlüssel. Am besten gehst du nach oben, schließt die Tür ab und legst dich schlafen.»

«Und du?»

«Ich habe keine Angst.»

Nachdem Carlota gegangen war, goß Doña Faustina sich ein Glas Wasser ein und trank es nachdenklich aus. Dann nahm sie die Kerze und stieg die lange Treppe zu ihrem Zimmer hinauf. Sie zog die Tür hinter sich zu und stellte die Kerze ab. Neben ihrem durchgelegenen Bett, das Elena mit einem geflickten Moskitonetz verhängt hatte, stand ein Mann. Schnell trat er auf sie zu, legte einen Arm hart um ihren Hals und stopfte ihr ein zerknülltes Stück Stoff in den Mund. Sie fuchtelte verzweifelt mit den Armen herum und schlug ihn einmal sogar ins Gesicht, aber fast augenblicklich schnürte er ihr die Handgelenke zusammen. Der Kampf war vorbei. Er stieß sie unsanft zum Bett, zerrte das Netz beiseite und warf sie drauf. Sie schaute zu ihm auf: er war ein hochgewachsener junger Mann, wahrscheinlich ein *mestizo*, ärmlich gekleidet. Als er im Zimmer herumstöberte und in den Kisten und Kästen herumwühlte, die in wilder Unordnung auf dem Boden verstreut lagen, schnaubte er verächtlich. Schließlich warf er voller Wut einen Stuhl um und fegte hämisch sämtliche Flaschen und die Stapel von alten Zeitungen vom Tisch herunter. Dann kam er wieder zum Bett und schaute im flackernden Licht der Kerze auf Doña Faustina hinunter. Zu ihrer Überraschung (wenn auch nicht zu ihrem Ärger) legte er sich hin und machte sie sich zu willen, stumm und unpersönlich. Ein paar Minuten später setzte er sich auf und nahm ihr den Stoffetzen aus dem Mund. Sie lag ruhig da und schaute zu ihm auf. Schließlich fragte sie:

«Was suchst du hier? Ich habe kein Geld.»

«Wer weiß, ob du nicht doch welches hast?»

«Ich sage dir, es ist keins da.»

«Wir werden sehen.»

Er stand auf. Wieder verbrachte er eine Viertelstunde damit, das Zimmer zu durchwühlen. Er stöberte in den Abfallhaufen unter den Tischen herum, warf die Möbel um, damit er auch an die unteren Teile herankam, und kippte Berge von Staub und Krimskrams aus den Schubladen. Dann zündete er sich eine kleine Zigarre an und kam zum Bett zurück. Seine nicht zueinander passenden Augen sahen im Licht der flackernden Kerze fast so aus, als ob sie geschlossen waren.

«Wo ist es?» fragte er.

«Es ist keins da. Aber ich habe etwas viel Wertvolleres.»

«Was?» Er schaute sie mit ungläubiger Verachtung an. Was konnte wertvoller sein als Geld?

«Mach meine Hände los.»

Er ließ eine Hand frei, behielt den anderen Arm jedoch in seiner Hand, während sie in ihren Kleidern herumfummelte. Eine Sekunde später brachte sie ein kleines Päckchen zum Vorschein, das in Zeitungspapier eingewickelt war und reichte es ihm. Er legte es aufs Bett und fesselte ihre Hände von neuem. Dann nahm er das Päckchen übertrieben vorsichtig in die Hand und roch daran. Es war weich und fühlte sich ein wenig feucht an.

«Was ist das?»

«Mach es auf, *hombre*. Iß es. Du weißt genau, was es ist.»

Mißtrauisch wickelte er die äußere Umhüllung von Zeitungspapier auf und hielt den Inhalt dicht an die Kerze.

«Was ist das?» rief er.

«*Ya sabes, hombre*», sagte sie ruhig. «*Cómelo.*»

«Was ist das?» fragte er zum drittenmal. Er versuchte streng zu sein, aber sie erkannte in seiner Stimme Angst.

«Iß es, Sohn. Eine solche Chance hast du nicht jeden Tag.»

«Wo hast du es her?»

«Ah!» Doña Faustina machte ein geheimnisvolles und weises Gesicht und gab keine Antwort.

«Was soll ich damit?» fragte der junge Mann plötzlich, während er das Ding in seiner Hand betrachtete.

«Iß es! Iß es und du hast Kraft für zwei», sagte sie einschmeichelnd.

«*Brujerías!*» rief er, legte es aber nicht weg.

Dann setzte er langsam hinzu: «Ich mag keine Hexerei. Ich mag sie einfach nicht.»

«Bah!» schnaubte Doña Faustina. «Sei nicht so dumm, Sohn. Stell keine Fragen. Iß es und geh mit der Kraft für zwei deines Wegs. Wer wird es je erfahren? Sag es mir. Wer?»

Dieses Argument schien den jungen Mann zu überzeugen. Plötzlich hob er die Hand zum Mund und biß in das weiche Etwas, als wäre es eine Pflaume. Beim Essen streifte er Doña Faustina mit einem düsteren Blick. Als er fertig war, lief er erst unentschlossen im Zimmer hin und her und legte dabei den Kopf leicht zur Seite. Doña Faustina ließ ihn nicht aus den Augen.

«Wie fühlst du dich?» wollte sie wissen.

«*Bien.*»

«Zwei», erinnerte sie ihn. «Du hast nun Macht für zwei.»

Als ob ihn dieser verheißungsvolle Ansporn ermuntert hätte, kam er zum Bett und ließ sich noch einmal bei ihr nieder. Diesmal küßte er sie auf die Stirn. Als es vorbei war, stand er auf, ging zur Tür hinaus und die Treppe hinunter, ohne den Strick zu lösen, der ihre Hände fesselte und ohne ein Wort. Dann hörte sie, wie die Vordertür ins Schloß fiel. Im selben Moment flackerte die Kerze, die fast abgebrannt war noch einmal auf und verlöschte. Das Zimmer lag im Dunkeln.

5

Die ganze Nacht lag Doña Faustina reglos auf ihrem Bett. Dann und wann schlief sie ein, aber wenn sie wach war, lauschte sie dem sanften Rauschen des Regens vor dem Fenster. Als Carlota am nächsten Morgen vorsichtig ihre Tür einen Spaltbreit aufschob und sah, daß im Flur offenbar alles so aussah wie immer, ging sie hinauf in Doña Faustinas Zimmer.

«Ah Dios!» rief sie, als sie Doña Faustina auf dem Bett liegen sah. Ihre Kleider waren teilweise zerfetzt, die Hände gefesselt. «O Gott. O Gott.»

Doña Faustina war ganz gelassen. Während Carlota den Strick aufmachte, erzählte sie ihr: «Er hat mir nichts getan. Aber ich mußte ihm das Herz geben.»

Schreckensbleich hielt Carlota inne und sah ihre Schwester an.

«Bist du verrückt?» rief sie. «Jeden Moment wird die Polizei hier sein.»

«Nein, nein», beruhigte Doña Faustina sie und sie behielt recht: die Polizei kam nicht wieder, um das Haus noch einmal zu durchsuchen. Nichts geschah. Nach zwei Wochen machten sie ihre nächste kleine Reise und wenig später wieder eine. Zwei Tage, nachdem sie zurück waren, rief Doña Faustina Carlota in ihr Zimmer und sagte: «Es wird ein Kind kommen.»

Carlota setzte sich ungläubig aufs Bett.

«Wie schrecklich!»

Doña Faustina lächelte. «Aber nein. Es ist vollkommen. Denk doch nur: es wird Macht von siebenunddreißig haben.»

Aber Carlota schien nicht überzeugt. «Wir wissen nichts über diese Dinge», sagte sie. «Es könnte auch eine Vergeltung sein.»

«Nein nein nein», sagte Doña Faustina und schüttelte den Kopf. «Aber wir müssen uns jetzt mehr in acht nehmen als je zuvor.»

«Keine Reisen mehr?» fragte Carlota hoffnungsvoll.

«Ich muß darüber nachdenken.»

Ein paar Tage später saßen sie nebeneinander auf der Bank im Rosengarten.

«Ich habe nachgedacht», sagte Doña Faustina. «Es wird keine Reisen mehr geben.»

«Gut», meinte Carlota.

Gegen Ende des Jahres lag Doña Faustina fast nur noch auf dem Bett und erwartete die Geburt ihres Kindes. Eines Tages setzte sie sich bequem auf dem durchgelegenen alten Bett zurecht und ließ zum erstenmal seit Monaten Elena kommen, um das Zimmer auszufegen. Doch auch als das Zimmer sauber war, strömte es noch den Gestank nach altem Müll aus, der so lange darin gelegen hatte. In der Stadt hatte Carlota eine kleine Wiege gekauft, was das Interesse der Stadtleute natürlich aufs neue geweckt hatte.

Als die Zeit gekommen war, rief Doña Faustina Elena und Carlota ins Zimmer, damit sie ihr bei der Geburt halfen. Doña Faustina stieß keinen einzigen Schrei aus. Das Baby wurde gewaschen und neben ihr ins Bett gelegt.

«Ein Junge», sagte Elena und lächelte auf sie herab.

«Natürlich», antwortete Doña Faustina und gab ihm die Brust.

Elena stieg wieder in die Küche hinunter und erzählte José die guten Neuigkeiten. Er schüttelte düster den Kopf.

«Irgendwas ist faul an der Sache», grunzte er.

«An welcher Sache?» fragte Elena scharf.

«Wer ist der Vater?» meinte José und schaute zu ihr auf.

«Das ist Doña Faustinas Geheimnis», sagte Elena überheblich, fast als wäre es ihr eigenes.

«Ja, das glaube ich auch», erwiderte José bedeutungsvoll. «Wenn du mich fragst, ich glaube, es gibt gar keinen Vater. Ich glaube, der Teufel hat ihr das Kind gemacht.»

Elena war empört. «Schämst du dich nicht», rief sie. «Wie kannst du so was sagen?»

«Ich habe meine Gründe», sagte José finster. Aber mehr war nicht aus ihm herauszuholen.

Alles ging gut. Mehrere Monate verstrichen. Das Baby, das sie Jesus genannt hatten, erfreute sich bester Gesundheit – *«un torito»*, sagte Elena, «ein echter kleiner Bulle.»

«Kein Wunder», hatte Doña Faustina einmal geantwortet, «er

hat ja auch Macht von siebenunddreißig…» Genau in diesem Moment bekam Carlota einen heftigen Hustenanfall, in dem der Rest des Satzes unterging. Elena hatte nichts bemerkt.

Die Regenzeit war vorbei, jetzt kehrten die hellen Tage voller Sonnenschein und grüner Blätter zurück. Wieder einmal ging José auf die Suche nach Früchten. Langsam schlenderte er den Garten hinunter, manchmal kroch er auch auf allen vieren, um unter den hängenden Mauern von Schlingpflanzen und Ranken hindurchzuschlüpfen. Eines Tages hackte er sich wieder einen Weg zum Weiher frei. Dort blieb er an dem einen Ufer stehen, um die Rampe auf der anderen Seite zu betrachten, und da sah er es – ein Monster, das an ihm vorbeiglitt und unter der Wasseroberfläche verschwand. Sein Mund fiel ihm herab. Nur ein Wort konnte er gerade noch herausbringen: *«Caimán.»*

Ein paar Minuten stand er reglos da und starrte ins dunkle Wasser hinab. Dann schlich er am Ufer des Weihers entlang, da, wo letztes Jahr der Pfad gewesen war. Er war wie vom Erdboden verschluckt. Offensichtlich war viele Monate lang niemand mehr am Weiher gewesen; es gab nicht mal mehr Anzeichen dafür, daß ein solcher Gang mitten in der üppigen Vegetation je existiert hatte. Er ging denselben Weg zurück, den er gekommen war.

Es ist ein Skandal, dachte José, daß ein solches Biest auf Doña Faustinas Anwesen lebt, und er beschloß, sie auf der Stelle davon in Kenntnis zu setzen. Er fand sie in der Küche, wo sie sich mit Elena unterhielt. An seinem Gesicht erkannte sie, daß irgend etwas nicht stimmte, und vielleicht aus Angst, daß er genau das sagen würde, was er tatsächlich einen Augenblick später sagte, versuchte sie, ihn aus der Küche zu lotsen.

«Komm mal mit nach oben. Ich möchte, daß du etwas für mich erledigst», sagte sie, trat neben ihn und zupfte ihn am Ärmel.

Aber José war viel zu aufgeregt, um darauf zu achten. Er merkte nicht einmal, daß sie ihn berührte.

«Señora!» rief er. «Wir haben ein Krokodil im Garten.»

Doña Faustina sah ihn mit unverhohlenem Haß an. «Was sagst du da?» meinte sie sanft. Ihre Stimme klang besorgt, so, als ob man den alten Mann mit besonderer Nachsicht behandeln müßte.

«Ein riesiger *caimán*... ich hab ihn gesehen!»

Elena schaute ihn ängstlich an.

«Er ist krank», flüsterte sie Doña Faustina zu. José hörte, was sie sagte.

«Krank!» lachte er verächtlich. «Komm mit und warte ab. Ich werde dir schon zeigen, wer hier krank ist. Komm nur.»

«Du meinst im Garten?» wiederholte Doña Faustina ungläubig. «Aber wo denn?»

«In dem großen Weiher, Señora.»

«Weiher? Was denn für ein Weiher?»

«Die Señora weiß nichts von dem Weiher? Dort unten, unterhalb des Obstgartens gibt es einen Tümpel. *Si, si, si* –» beharrte er, als er Elenas Gesicht sah. «Ich bin oft dort gewesen. Es ist nicht weit. Kommt –»

Als Elena entschlossen schien, ihre Schürze abzulegen und seiner Aufforderung zu folgen, änderte Doña Faustina ihre Taktik.

«Hört auf mit dem Unsinn!» rief sie. «Wenn du krank bist, José, leg dich ins Bett. Oder bist du etwa betrunken?» Sie trat an ihn heran und schnüffelte mißtrauisch. «Nein? *Bueno.* Elena, mach ihm einen starken Kaffee und in einer Stunde sagst du mir Bescheid, wie es ihm geht.»

Aber als sie wieder in ihrem Zimmer war, fing Doña Faustina doch an, sich Sorgen zu machen.

6

Sie kamen gerade noch rechtzeitig raus. Carlota war nicht sicher, daß sie wirklich weggehen sollten.

«Aber wo sollen wir denn hin?» fragte sie kläglich.

«Mach dir darüber keine Sorgen», sagte Doña Faustina. «Denk lieber an die Polizei. Wir müssen hier weg. Ich weiß es. Was nützt uns Macht von siebenunddreißig, wenn ich nicht darauf höre, was sie mir raten? Sie sagen, daß wir hier weg müssen. Heute noch.»

Als sie von ihren vielen Körben umgeben im Zug saßen und auf die Abfahrt warteten, hielt Doña Faustina Jesus Maria ans Fenster, nahm seinen winzigen Arm und winkte der Stadt zum Abschied zu. «Auf jeden Fall ist die Hauptstadt ein viel besserer Ort für ihn», flüsterte sie.

Sie gingen in eine kleine *fonda* in der Hauptstadt, wo Doña Faustina am zweiten Tag auf die Idee kam, sich bei der nächsten *comisaría* für einen Posten als weibliche Hilfskraft bei der Polizei zu bewerben. Ihre körperliche Erscheinung und die Tatsache, daß sie vor nichts auf der Welt Angst zu haben schien, wie sie auch dem zuständigen Kommissar versicherte, beeindruckten die ansässigen Polizeibeamten, und so wurde sie schließlich nach diversen Prüfungen in die Truppe aufgenommen.

«Du wirst sehen», sagte sie zu Carlota, als sie an diesem Abend hochgestimmt nach Hause kam. «Von jetzt an haben wir nichts mehr zu befürchten. Jetzt kann uns nichts mehr passieren. Wir haben neue Namen. Wir sind neue Menschen. Jetzt zählt nur noch Jesus Maria.»

Zur gleichen Zeit wimmelte es auf ihrem Anwesen von Polizei. Die Neuigkeit von dem *caimán*, auf dem José mit seinem Dickkopf bestand, erst bei Elena, und dann auch bei den anderen auf dem Markt, war bis zu den Beamten vorgedrungen und hatte ihre Neugier von neuem geweckt. Als sich herausstellte, daß es nicht eins war, sondern gleich ein Pärchen von den Biestern in dem versteckten Weiher lebte, stellte die Polizei genauere Nachforschungen an. Nicht einmal jetzt glaubte irgend jemand im Umkreis ernstlich, daß Doña Faustina und ihre Schwester für das Verschwinden von Dutzenden kleiner Kinder verantwortlich gemacht werden könnten, die in den letzten zwei, drei Jahren verschleppt worden waren, doch war man im allgemeinen der Ansicht, daß es ja nichts schaden könnte, der Sache einmal nachzugehen.

Unter einem der Waschkessel in einer dunklen Ecke der Waschküche fanden die Polizisten ein Bündel blutverschmierter Kleiderfetzen, die sich bei näherer Untersuchung ohne jeden Zweifel als die eines der verschwundenen Kinder entpuppten. Dann entdeckten sie noch mehr von solchen Kleiderresten, die in die Fenster gestopft worden waren, um die Lücken zu füllen, die durch zerbrochene Scheiben entstanden waren.

«Die müssen Jesus Maria gehören», sagte die treue Elena, «in ein oder zwei Tagen kommt die Señora zurück und wird euch alles erklären.» Die Polizisten lachten verächtlich.

Sogar der *jefe* kam und schaute sich in der Waschküche um.

«Sie war nicht dumm», sagte er anerkennend. «Sie machte ihre Arbeit hier und die da –» er deutete hinaus Richtung Obstgarten, «erledigten dann den Rest.»

Stück für Stück fügten sich die Bruchstücke zu einem Ganzen zusammen und ergaben ein einheitliches Bild: es konnte einfach nicht länger an Doña Faustinas Schuld gezweifelt werden. Aber sie zu finden war eine andere Sache. Eine Weile berichteten alle Zeitungen ausführlichst über den Fall. Sie verbreiteten die widerlichsten Geschichten und forderten ihre Leser immer wieder dazu auf, nach den zwei Monsterfrauen Ausschau zu halten. Aber es stellte sich heraus, daß kein Bild von den beiden aufzutreiben war.

Doña Faustina sah die Zeitungen, las die Berichte und zuckte mit den Achseln. «All das ist schon lange her», sagte sie. «Es hat heute keine Bedeutung mehr. Und selbst wenn, könnten sie mich nicht kriegen. Ich habe viel zuviel Macht für sie.» Und es dauerte auch nicht lange, bis die Zeitungen sich wieder mit anderen Dingen beschäftigten.

Fünfzehn Jahre gingen ins Land. Jesus Maria, der für sein Alter ungewöhnlich klug und kräftig war, bekam eine Position als Dienstbote im Hause des Polizeichefs angeboten. Er kannte den Jungen und seine Mutter seit Jahren und mochte ihn gern. Das war ein großer Triumph für Doña Faustina.

«Ich weiß, daß du ein großer Mann wirst», sagte sie zu Jesus Maria, «und uns nie Schande machen wirst.»

Doch genau das tat er schließlich doch und Doña Faustina war untröstlich.

Nach drei Jahren wurde ihm die eintönige Arbeit langweilig und er trat in die Armee ein. Er hatte eine Empfehlung seines Arbeitgebers an einen guten Freund bei sich, einen gewissen Colonel, der dafür sorgte, daß Jesus Maria in der Kaserne gut behandelt wurde. Er hatte Glück und wurde so oft befördert, daß er schon im Alter von fünfundzwanzig Jahren selber Colonel war. Es soll nicht unerwähnt bleiben, daß der Rang eines Colonels in der mexikanischen Armee keine besonders hohe Errungenschaft ist oder notwendigerweise als Zeichen besonderer Verdienste gilt. Es besteht jedoch kaum Zweifel, daß Jesus Marias Karriere auch weiterhin steil nach oben gegangen wäre, wenn er nicht zufällig zur Zeit der Überfälle auf die Dörfer um Zacateas, die ein gewisser Fermin Figuero anzettelte, in der Nähe gewesen wäre. Seine Vorgesetzten wollten ihm wieder einmal einen Gefallen erweisen und verschafften ihm das Privileg, Anführer einer Strafexpedition auf der Suche nach Figuero zu werden. Jesus Maria war sicher nicht unfähig, denn innerhalb von drei Tagen hatte er den Anführer der Gruppe zusammen mit sechsunddreißig Männern gefangengenommen.

Niemand weiß genau, was sich in dem kleinen Bergdorf, in dem die Verhaftung erfolgt war, abspielte, außer daß Figuero und seine Kumpanen auf einer Schafweide eingesperrt wurden, um erschossen zu werden. Als jedoch ein paar Stunden später ein Korporal mit sechs Soldaten erschien, um die Exekution durchzuführen, war der Corral leer. Nachdem man Jesus Maria seinen Rang als Colonel aberkannt hatte, wurde sogar behauptet, daß der Schäfer beobachtet hatte, wie er im Sonnenschein des hellen Nachmittags, als jedermann sich zur Siesta zurückgezogen hatte, den Corral betreten und die Stricke, mit denen Figuero gefesselt war, durchgeschnitten hatte. Dann hatte er ihm sein eigenes Messer gegeben, hatte sich umgedreht und war weggegangen. Nur wenige glaubten an die Geschichte: solche Dinge tut ein Colonel nicht. Trotzdem war man sich darüber einig, daß er unverantwortlich leichtsinnig gewesen war und daß es nur ihm zu verdanken war, daß die siebenunddreißig Banditen entwischt waren, um weitere Greueltaten zu begehen.

Am Abend, als Jesus Maria in die Kaserne der Hauptstadt zurückkam, ging er in die Latrine und stellte sich vor den fliegenverdreckten Spiegel. Langsam fing er an zu lächeln und beobachtete, wie sich sein Gesicht dabei verzog. «Nein», sagte er und versuchte es noch einmal. Das Gesicht des Mannes hatte ähnlich ausgesehen; er würde es nie ganz genau hinkriegen, aber er konnte es weiter versuchen, denn es machte ihn einfach glücklich, sich an diesen Augenblick zu erinnern – das einzige Mal, daß er gespürt hatte, wie es ist, Macht zu haben.

Tanger
1949

DER NACHFOLGER

Am späten Nachmittag lag Ali auf seiner Matte und mußte plötzlich niesen. Die Henne, die neben ihm gedöst hatte, kreischte und flatterte aus dem Zimmer hinaus zu einem kahlen staubigen Platz unter dem Feigenbaum. Eine Weile lauschte er dem fernen unterbrochenen Donnergrollen in den Bergen südlich der Stadt. Als er merkte, daß er doch nicht mehr einschlafen konnte, setzte er sich auf.

Auf der anderen Seite der Trennwand aus hohem Schilfrohr unterhielt sich sein Bruder mit El Mehdi, einem der Kutscher, die die Leute aus der Stadt heraufbrachten. Wenn man auf der Terrasse des Cafés stand, schweifte der Blick über die durstige rote Erde mit den alten Olivenbäumen bis zu den dunklen Höhlen, die unterhalb der Stadtmauer lagen.

Diesen Blick hielten die Besucher normalerweise für sehenswert. Sie nahmen einen der alten Pferdewagen, die unten in der Stadt warteten, und ließen sich die kurvige Straße hinaufkutschieren, die den ganzen Tag in sengender Sonne lag. Es dauerte weniger als eine Stunde, bis sie hier oben ankamen. Dann saßen sie unter dem weinbewachsenen Spalier im Schatten und tranken Tee oder Bier. Der Kutscher gab den Pferden Wasser, und ehe es dämmerte, brachen sie wieder auf.

An den Sonnentagen kamen immer viele Wagen und dann war das Café den ganzen Tag vollbesetzt. Sein Bruder, der das Café besaß und die Konten und das Geld verwaltete, behauptete, daß er an den Sonntagen mehr verdiente als während der ganzen restlichen Woche. Ali hatte da seine Zweifel, nicht weil die Behauptung unglaubwürdig war, sondern einfach deshalb, weil sie von seinem Bruder stammte. Da war die nicht aus der Welt zu schaffende Tatsache, daß sein Bruder älter war als er und deshalb das Café von ihrem Vater geerbt hatte. Angesichts solch niederschmetternder Ungerechtigkeit konnte man einfach nichts machen. Es interessierte ihn auch gar nicht, was sein Bruder sagte. Sein Bruder war wie das Wetter: man beobachtete es und war im übrigen das Opfer seiner Launen. Es stand geschrieben, aber das bedeutete nicht, daß sich nicht doch einmal etwas ändern konnte.

Er lehnte sich an die geflochtene Wand und reckte sich. Sein Bruder trank mit El Mehdi Bier; er war ganz sicher, denn bei jedem Geräusch außerhalb des Zimmers erstarben ihre Stimmen. Sie wollten schnell ihre Gläser verstecken können, wenn jemand in die Nähe der Tür kommen sollte, deshalb spitzten sie beim Reden die Ohren. Die Vorstellung dieser kindischen Geheimniskrämerei widerte ihn an; er spuckte auf den Boden und verrieb die kleine weiße Masse von Spucke mit dem großen Zeh im Staub.

Aus den Bergen im Süden rollte der Donner heran, nicht lauter, aber länger als vorher. Eigentlich war es für Regen noch ein bißchen zu früh im Jahr, aber man konnte nie wissen. Er griff nach seinem Wasserkrug und trank gierig. Dann saß er eine Zeitlang still, die Augen auf das gerahmte Portrait des Sultans gerichtet, das an der gegenüberliegenden Wand hing.

Wieder grollte der Donner, immer noch nicht lauter, aber ohne jeden Zweifel näher, irgendwie erschien ihm der Klang vertrauter als vorher. Wie jemand, der bemüht ist, seine Ankunft zu verbergen. Jetzt klatschte draußen auf der Terrasse jemand in die Hände und rief «*Garçón!*» Er hörte, wie sein Bruder hinausging und El Mehdi schnell sein Bier austrank und ihm dann folgte. Dann meinte eine weibliche Stimme, daß es bald anfangen würde zu regnen. Schließlich rief El Mehdi seinen Pferden «*Eeeeeeee!*» zu und der Wagen holperte die Straße hinunter.

Als die Gäste gegangen waren, blieb sein Bruder draußen auf

der Terrasse. Ali ging leise zur Tür und sah, wie er vor der Brüstung stand, die Arme auf dem Rücken verschränkt, und über die Stadt schaute. Am anderen Ende der Terrasse hockte der Boy, der die Gläser spülte und den Boden fegte. Seine Augen waren geschlossen. Von der Stadt war kaum etwas zu hören. Gelegentlich flog ein Vogel aus den Hügeln vorbei und stürzte sich in das tiefer gelegene Tal. Der Himmel hatte sich verdunkelt. Sein Bruder wandte sich um und sah ihn in der Tür stehen.

«Du hast geschlafen?»

«Ja.»

«Es wird regnen.»

«*Incha' Allah.*»

«Horch!» Sein Bruder hob die Hand und neigte den Kopf zur Seite. Aus weiter Ferne drang der Klang von Stimmen der kleinen Jungen empor, die durch die Stadt rannten und Sidi Bon Chta sangen, das Lied, das sie immer kurz vor einem Regenguß anstimmten.

«Ja.»

Nun rollte der Donner schon über den nächstgelegenen Bergen. Sein Bruder kam zur Tür und Ali trat beiseite, um ihn hereinzulassen.

«Wir schließen für heute», sagte sein Bruder. Er rief den Boy und der fing an, die Tische und Stühle ins Zimmer zu tragen und übereinander zu stapeln. Ali und sein Bruder setzten sich auf eine Matte und gähnten. Als der Boy fertig war, machte er die Tür zu, ließ das Schloß einschnappen und kam in den vorderen Teil des Zimmers, wo er sich daran machte, mit dem Blasebalg ein Feuer anzufachen. Dann brachte er jedem der beiden ein Glas Tee.

«Geh nach Hause. Wir essen früh», sagte sein Bruder. Der Boy ging hinaus.

Beim nächsten Donnerschlag, der direkt unter ihnen zu sein schien, schauten sie sich an. Ali sagte:

«Ich schließe das Haus ab. Der Junge ist ein Idiot.»

Das kleine Haus stand hinter dem Café. Es war in die niedrige Felswand gebaut, gleich unterhalb der Straße. Als er zum Feigenbaum kam, hörte er, daß sein Bruder mit jemand sprach. Überrascht blieb er stehen und lauschte. Hier und da platschten große Tropfen in den Sand. Es war kaum zu verstehen, was sein Bruder sagte. Er ging weiter zum Haus.

Außer ihnen beiden wohnte dort nur der Boy, aber der schlief sowieso draußen. Es war auch nie besonders sauber. Wenn sein Bruder doch nur endlich beschlossen hätte zu heiraten, dann hätte Ali wenigstens einen Grund gehabt, wegzugehen. Bis dahin wäre das unmöglich, denn sein Vater hatte ihm aufgetragen, hierzubleiben und seinem Bruder mit dem Café zu helfen. Sein einziger Lohn dafür war ein schmutziges Zimmer und das schlechte Essen, das ihnen der Boy kochte.

Andererseits wurde sein Bruder von allen Frauen gegrüßt, wenn er durch die Straßen des Moulay Abdallah *quartier* spazierte. Das Geld ging für Halsketten für sie und Bier und Wein für seine Freunde drauf. Außer diesen Frauen, mit denen er die meisten Nächte verbrachte, gab es immer auch noch ein junges Mädchen von gutem Ruf, das er zu verführen hoffte. Gewöhnlich hatte er keinen Erfolg dabei, aber die Rückschläge steigerten sein Interesse nur noch.

Im Moment war es Kinza, die Tochter eines Geschäftsmannes aus Taza, deren Gunst er zu erlangen suchte. Sie hatte ihm kurze Gespräche in wenig belebten Gassen gewährt, bei denen eine Dienerin in einiger Entfernung wachte; eines Abends hatte er sich mit ihr in der Dämmerung vor Bab Segna getroffen und (nachdem er die Dienerin überredet hatte, ihnen den Rücken zuzudrehen) einen Arm um sie gelegt; und einmal hatte er sogar ein einsames Tête-à-tête mit ihr gehabt und zwar in dem Zimmer hinter dem Café, wo er ihren Schleier gelüftet und sie geküßt hatte. Aber alle weiteren Intimitäten hatte sie abgewehrt und gedroht, daß sie die Dienerin, die draußen vor der Tür wartete, rufen würde, falls er versuchen sollte, Gewalt anzuwenden. Nachdem sie schon eine stattliche Anzahl von Geschenken angenommen hatte, versprach sie ihm ein weiteres Rendezvous, so daß er sich auch weiterhin Hoffnungen machte.

Ali wußte alles über das Leben seines Bruders und Kinza, da es völlig selbstverständlich ist, derartige Dinge überall und mit je-

dermann zu besprechen, außer mit seinem eigenen Bruder. Er wußte alles von Kinza und er hoffte sehr, daß er kein Glück bei ihr haben würde.

Der Regen fiel jetzt stärker. Er schloß die Fenster, damit kein Wasser eindrang. Aus lauter Langeweile, und weil er neugierig war, wer noch im Café angekommen war, schlich er mit langen Schritten über den offenen Platz zwischen den beiden Gebäuden und betrat leise das Hinterzimmer. Hinter der Trennwand wurde das Feuer von neuem entfacht, diesmal von seinem Bruder.

«Ich mag euren Tee hier in Marokko ganz besonders gerne», sagte eine Männerstimme. Sie sprachen französisch miteinander.

Sein Bruder antwortete:

«Ich mag am liebsten Bier.»

«Trink noch eine Flasche», sagte der andere großzügig. «Trink auf das Ende dieses verdammten Regens. Wenn er anhält, komme ich nicht wieder hinunter in die Stadt, bis es dunkel ist.»

Ali versuchte durch die Ritzen zu spähen, um zu erkennen, was das für ein Mensch war, der den ganzen Weg bis hier herauf zu Fuß machte, aber der Mann saß im Türeingang und schaute in den Regen hinaus, so daß man nur seinen Rücken sehen konnte.

«Wir sind froh, daß es regnet», sagte sein Bruder. «Jeder Tropfen ist hier Gold wert. Die *fellahin* sind sehr dankbar dafür.»

«Oui, bien sûr», sagte der Fremde gleichgültig.

Der Donner war weitergezogen, aber der Regen prasselte herab und bald brach ein wahrer Sturzbach durch ein Loch in der Decke und pladderte auf den Lehmboden hinunter. Das war ein zusätzlicher Lärm und jetzt wurde es fast unmöglich, ihr Gespräch zu verfolgen. Er legte sein Ohr dicht an das Schilfrohr.

«Ist Belgien nicht ganz nahe bei Frankreich?» fragte sein Bruder.

«Gleich nebenan.»

«Ist es ein gutes Land?»

«O ja.»

Sein Bruder brachte dem Fremden ein Glas Tee.

«Trink noch eine Flasche Bier», schlug der Fremde vor.

Ali hörte, wie sein Bruder die Flasche aufmachte und der Verschluß auf die steinerne Türschwelle fiel.

«Was ist das?» fragte sein Bruder plötzlich und seine Stimme hellte sich vor Neugier auf.

«Nur eine Pille. Wenn ich nervös bin, nehme ich eine. Danach fühle ich mich besser. Wenn ich nicht schlafen kann, nehme ich zwei.»

«Und dann schläfst du?»

«Wie ein Murmeltier.»

Es folgte eine Pause.

Dann fragte sein Bruder:

«Und machen sie das bei jedem?»

Der Fremde lachte.

«Natürlich», sagte er. «Manche Leute müssen drei nehmen, manche nur eine.»

«Und wie lange schläft man?»

«Die ganze Nacht.»

«Und wenn jemand einen anfassen würde – würde man davon wach?»

«Aber natürlich, ja.»

«Aber wenn man vier oder fünf nehmen würde?»

«O là là – dann könntest du ein Pferd über mich hinwegreiten und ich würde nichts merken. Das ist zuviel.»

Diesmal entstand eine lange Pause, und Ali hörte nichts als das Geräusch des prasselnden Regens von überallher. Das Wasser tropfte durchs Dach und bildete im Schlamm einen Graben, der zur Hintertür führte. Ab und zu kam noch ein leises Donnergrollen aus den Bergen im Norden. Die Luft, die durch die Tür hereindrang, war kalt und roch nach Erde.

Plötzlich sagte sein Bruder:

«Es wird dunkel.»

«Ich nehme an, du willst schließen.»

«*Oh, ne t'en fais pas!*» sagte sein Bruder impulsiv. «Bleibe solange, bis es aufhört zu regnen.»

Der Fremde lachte.

«Das ist sehr nett von dir, aber ich werde sowieso naß, denn es hört bestimmt nicht mehr auf.»

«Nein, nein!» rief sein Bruder mit einem ängstlichen Unterton in der Stimme.

«Warte noch ein paar Minuten. Es wird bald aufhören. Außerdem unterhalte ich mich gern mit dir. Du bist nicht wie die Franzosen.»

Der Mann lachte wieder, es hörte sich geschmeichelt und erfreut an.

Dann hörte Ali, wie sein Bruder zaghaft fragte:

«Diese Pillen. Wo könnte ich mir welche davon kaufen?»

«Mein Arzt in Belgien hat sie mir verschrieben, aber ich kann mir vorstellen, daß du auch hier einen Doktor findest, der sie hat.»

«Nein», sagte sein Bruder hoffnungslos.

«Wozu brauchst du sie? Du siehst mir nicht so aus, als ob du Schwierigkeiten beim Einschlafen hättest.»

Sein Bruder hockte sich neben den Fremden.

«Das ist es nicht», sagte er fast flüsternd.

Ali spähte angestrengt durch die Ritzen im Schilfrohr und versuchte, die Lippenbewegungen seines Bruders zu erkennen.

«*C'est une fille*. Ich habe ihr alles gegeben. Sie sagt immer nein. Ich dachte daran, ob ich nicht…»

Der Mann unterbrach ihn.

«Du gibst ihr eine von diesen hier und sie sagt keinen Mucks mehr.» Er gluckste hinterhältig. «Hier, halt deine Hand auf.»

Mit ein paar unverständlichen Dankesbezeugungen erhob sich sein Bruder, wahrscheinlich, um eine Schachtel oder einen Umschlag für die Pillen zu holen.

Schnell ging Ali hinaus und durch den Regen zum Haus, wo er ein frisches Hemd anzog und das feuchte über sein Kissen breitete. Dann zündete er die Lampe an. Er setzte sich hin und las mit einiger Mühe eine Zeitung, die ein Gast tags zuvor vergessen hatte. Ein paar Minuten später kam sein Bruder mit einem zufriedenen, ein wenig geheimnisvollen Gesichtsausdruck herein.

Es regnete fast die ganze Nacht. Beim Morgengrauen jedoch, als sie aufstanden, war der Himmel wieder klar. Sein Bruder trank in aller Eile Kaffee und ging weg. Er sagte, er wäre um die Mittagszeit zurück.

Am Vormittag kamen zwei Paare ins Café, aber da sie nur Bier tranken, brauchte der Boy kein Feuer anzumachen.

Kurz nach zwölf kehrte sein Bruder zurück. Ali beobachtete sein Gesicht, als er hereinkam, und dachte bei sich: «Es ist etwas passiert.» Aber er tat, als habe er nichts bemerkt, und wandte sich nach der Begrüßung gleichgültig ab. Was immer es war, sein Bruder würde es ihm doch nicht erzählen, das wußte er.

Der Nachmittag war außergewöhnlich schön. Viele Besucher kamen, wie immer, wenn das Wetter gut und die Sicht klar war. Im Gesicht seines Bruders regte sich nichts. Wie ein Schlafwandler trug er die Tabletts mit Teegläsern zwischen den Tischen hin und her und schaute seinen Gästen nicht in die Augen. Jedesmal, wenn jemand ankam und unter der Laube hindurch zur Terrasse ging, sah Alis Bruder aus, als wollte er sich jeden Moment von der Brüstung in die Tiefe stürzen. Einmal, als Ali ihn rauchen sah, merkte er, daß seine Hände heftig zitterten und daß er Schwierigkeiten hatte, die Zigarette zu den Lippen zu führen. Er schaute schnell zur Seite, damit sein Bruder nicht bemerkte, daß er ihn beobachtete.

Als der Ruf zum Abendgebet verklungen und der letzte Wagen die holprige Straße hinuntergerattert war, brachte der Boy Stühle und Tische herein und fegte den Boden der Terrasse. Ali stand in der Tür. Sein Bruder saß auf der Brüstung und betrachtete die Olivenbäume in der zunehmenden Dämmerung, während unter ihnen die Stadt tiefer in der schattigen Schlucht zwischen den Bergen versank. Ein Automobil kam die Straße heraufgefahren und bremste. Vor dem Himmel sah Ali den Kopf seines Bruders emporschnellen. Man hörte zweimal die Autotür zuklappen. Sein Bruder stand auf, machte zögernd zwei Schritte und setzte sich wieder.

Ali zog sich ins Zimmer zurück, weg von der Tür. Es war noch nicht ganz dunkel und so konnte er erkennen, daß die beiden Männer, die jetzt über die Terrasse kamen, Polizisten waren. Ohne in seine Babouches zu schlüpfen, lief er barfuß durch den Innenraum des Cafés, über den offenen Platz ins Haus. Heftig atmend ließ er sich auf seine Matte fallen. Der Boy war in der Küche und bereitete das Abendessen vor.

Eine lange Zeit lag Ali da, dachte an nichts und beobachtete die Spinnweben, die von der Decke hingen und sich im Windzug leise bewegten. Es schien so lange zu dauern, daß er schon dachte, die beiden wären wieder gegangen, ohne daß er es gehört hatte. Er schlich auf Zehenspitzen zur Tür. Der Boy hantierte noch immer in der Küche herum. Überall zirpten die Grillen und das Mondlicht schimmerte bläulich. Auf der Terrasse hörte er Stimmen. Ohne einen Laut stahl er sich ins Hinterzimmer und legte sich auf die Matte.

Die zwei Polizisten machten sich über seinen Bruder lustig, aber sie waren nicht freundlich. Ihre Stimmen klangen rauh und ihr Lachen war zu laut.

«Ein Belgier, soso!» schrie der eine mit gespielter Überraschung. «Er fiel wohl geradewegs vom Himmel herunter, wie ein Engel, was, *bien sûr*, und mit dem Veronal in der Hand. Aber keiner hat ihn gesehen. Außer dir.»

Ali hielt den Atem an und sprang auf. Dann legte er sich ganz langsam wieder hin und lauschte mit angehaltenem Atem.

«Keiner», sagte sein Bruder mit sehr leiser Stimme. Es klang, als hätte er sein Gesicht in den Händen vergraben. «Er sagte, sie würde einfach einschlafen.»

Das fanden sie sehr lustig.

«Das ist sie, kann man wohl sagen», meinte der andere schließlich. Dann wurden ihre Stimmen plötzlich scharf, der Tonfall brutal:

«Allez, assez. On se débine!» Sie standen auf und stießen ihn vor sich her.

Auf dem Weg zum Auto sagte sein Bruder immer noch:

«Ich wußte es nicht. Er hat es mir nicht gesagt.»

Der Motor sprang an, sie wendeten das Auto und fuhren die Straße hinunter. Bald wurde das ferne Geräusch des Motors vom Gesang der Grillen verschluckt.

Eine Zeitlang lag Ali reglos da. Doch weil er hungrig war, stand er schließlich auf, ging zum Haus und aß sein Abendessen.

Kandy, Sri Lanka
1950

WENN ICH
DEN MUND AUFMACHTE

Montag, 26. Hab endlich die richtige Mischung aus Gummi, Zucker und Pfefferminzlösung hingekriegt. Hatte große Schwierigkeiten, Mrs. Crawford aus dem Haus zu komplimentieren und so lange zu beschäftigen, daß ich die Küche wieder in Ordnung bringen konnte, ehe sie zurück war. Aber ich halte den Plan nach wie vor für höchst interessant und habe vor, ihn trotz aller Schwierigkeiten durchzuziehen. Die U-Bahn-Stationen habe ich alle im Kopf, und außerdem ist alles bestens durchdacht. Im Grunde ist das Projekt so simpel, daß man schon Angst kriegen kann. Es kommt mir vor, als würde ich die ganze Zeit von einer Person beruhigt, deren Gesicht durchaus einen ziemlich gütigen Ausdruck haben könnte, wenn man es sehen könnte. Aber an so was denke ich immer nur nachts. Ein oder zwei Seconal werden schon helfen, wenigstens heute, damit ich auch alles möglichst von allen Seiten abgesichert habe. Merkwürdig, wie störend ein Motorrad auf der stillen Straße sein kann. Vor circa zehn Minuten fuhr weiter oben eins herum und es stotterte und keuchte, daß man noch wahnsinnig werden kann. Als es dann endlich in der Ferne verschwand, kam es mir vor wie eine Erlösung von einem ständigen Schmerz. Warum wurden Maschinen eigentlich erfunden? Und wie kommt dieses merkwürdige, gelassene Vertrauen zustande, das die Menschheit in diese sinnlosen Spielzeuge steckt, die sie sich selbst gebastelt hat? Ich glaube nicht, daß ich auf die Frage je eine Antwort weiß. Ich kann nur sagen, ich weiß, es ist verkehrt.

Mittwoch, 28.

Wieder Komplikationen; mußte Mrs. Crawford loswerden, während ich die Täfelchen präparierte. Den Rest, die Schachteln zusammenkleben usw., kann ich hier oben in meinem Zimmer erledigen. Lächerlich an der ganzen Sache ist, daß ich mir der tadelnswerten Aspekte meines dummen kleinen Projekts zwar durchaus bewußt bin, mir aus irgendeinem unerklärlichen Grund aber trotzdem wirklich ungeheuer rechtschaffen dabei vorkomme – viel zufriedener und anständiger als seit langem. Das Verschrobene an der menschlichen Natur, nehme ich an.

Samstag, 1.

Ich weiß nicht, warum ich immer dann Ideen habe, wenn ich keine Zeit habe, sie aufzuschreiben, oder wenn es buchstäblich unmöglich ist, zum Beispiel, wenn ich beim Zahnarzt sitze oder von jeder Menge Leuten umgeben bin, wie auf der Dinnerparty neulich, manchmal sogar, wenn ich schlafe. Dann kommen nämlich oft die besten Sachen ans Tageslicht. Ein kritischer Teil in meinem Gehirn erkennt sie auch als solche – er beobachtet und ist durchaus in der Lage, sie zu beurteilen, nur völlig unfähig, mich aufzuwecken, damit ich sie notieren kann. Krankheit oder Fieber fördern ja bekanntlich die erstaunlichsten Einfälle zutage, ich frage mich nur, wozu. Ein weniger geistreicher Mensch als ich würde sich wahrscheinlich fragen, warum mir das überhaupt wichtig ist, was in meinem Kopf vorgeht, und warum ich es unbedingt aufschreiben will. Ich bin kein literarischer Mensch und erwarte auch nicht, je einer zu werden. Ich habe auch nicht die Absicht, meinen Freunden etwa diese Notizbücher je zu zeigen. Aber das ist ein Punkt, der sowieso nicht zur Debatte steht. Ich habe vor langer Zeit beschlossen, sämtliche Nebenprodukte, die mein Verstand produziert, zu extrahieren. Das habe ich dann auch gemacht, und ich mache es immer noch und erwarte, daß es auch in Zukunft so bleibt. Die einzige Schwierigkeit bei der Sache ist die, daß ich mich erst auf die unmöglichsten Machenschaften meines Verstandes einlassen muß, ehe ich irgend etwas festhalten kann. Ich muß Katz und Maus mit den verschiedenen Abteilungen spielen, muß immer wieder neue Verkleidungen erfinden, in denen ich ihn überraschen kann – alles in allem ziemlich unangenehm. Genau wie in diesem Moment, gerade hier auf dieser Seite. Das typische Beispiel eines Tages, an dem keine einzige Idee auf dem großen inneren Bildschirm erscheint. Ich beschäftige mich mit den Seiten meines Notizbuches, verschwende Minuten, in denen ich vielleicht am Strand entlangschlendern und die frische Meeresluft atmen könnte, um diese absurden Erklärungsversuche hinzukritzeln, Alibis für mein nicht vorhandenes Leben zu erfinden in der Hoffnung, doch noch einen Grund zu fühlen, warum ich Jahr für Jahr dieses sinnlose Tagebuch führe – Jahr für Jahr, und das Leben dauert schließlich nicht ewig, nicht mal ein so unbefriedigendes wie meines. Vielleicht ist das genau der Punkt, der mein Leben so unbefriedigend macht. Wenn ich es schaffen könnte, damit aufzuhören, die Notizbücher vielleicht sogar zu zerstören – ob es dann besser wäre? Ja. Jede Minute wäre in sich vollendet, wie ein Zimmer mit vier Wänden, in dem man stehen, sitzen, sich bewegen kann. Jeder Tag wäre wie eine vollkommene Stadt, die in der Sonne schimmert, mit all ihren Straßen, Parks und Menschenmengen. Und die Jahre wären ganze Länder, die man durchstreifen könnte. So viel ist sicher. Aber das Ganze? Das heißt, die Ritzen in der Zeit, die winzigen Risse im Bewußtsein, wenn es da ist, einen einhüllt und man weiß, daß das Leben genauso wenig aus Zeit besteht wie die Welt aus Raum. Sie kämen zwar immer noch vor, aber sie wären unzuverlässig, denn man hätte keine Vorkehrungen für sie getroffen. Was ein Mensch aus seinem Gehirn herausfiltern und ausscheiden kann, wird notwendigerweise einen Wert für ihn haben (und wenn auch nur, wie in meinem Fall, für ihn selbst), denn die Essenz davon hat mit den Ritzen in der Zeit zu tun. Schon wieder eine Rechtfertigung für das Bedürfnis, ein unbefriedigendes Leben zu führen, genauso idiotisch wie alle anderen.

Manchmal glaube ich, wenn man die Existenz so akzeptieren könnte, wie sie ist, und voll an ihr teilhaben könnte, dann wäre die Welt voller Magie. Die Grille, die in diesem Moment auf meinem Balkon sitzt und die Nacht immer wieder mit ihrer schnellen Nadel aus Zirpen durchsticht, wäre willkommen, nur weil sie da ist, statt mich zu ärgern, weil sie mich von dem ablenkt, was ich gerade machen will. Und da hocke ich nun, ein Mann von fünfundvierzig Jahren, von seinen Freunden respektiert, und verfluche ein kleines schwarzes Insekt vor dem Fenster. Aber ich wage zu behaupten, all das ist bloß eine Verzögerungstaktik. Wahrscheinlich versuche ich festzuhalten, was wirklich in meinem Kopf vorgeht. Es muß untergehen, natürlich, weil alles untergehen muß, und zwar mit Recht. (Ich dachte, die Grille hätte aufgehört, aber dann fing sie doch wieder an, fast genauso schlimm wie vorher.) Habe heute die ersten zwanzig Schachteln ausgeliefert.

Sonntag, 2.
Die Grille letzte Nacht war einfach zuviel. Sie schien immer schneller zu zirpen, wenn ich auch nicht weiß, wie sie es hätte schaffen sollen, noch schneller zu sein als am Anfang. Jedenfalls, als ich die große Neuigkeit niedergeschrieben hatte, hielt ich inne und versuchte, mir darüber klar zu werden, wie ich die Verteilung beschreiben sollte. Nichts war passiert, während ich die Auslieferungen machte, das ist richtig, aber dennoch kam es mir letzte Nacht in meinem überdrehten Zustand so vor, als wäre eine besondere Anstrengung nötig, um in die Einzelheiten zu gehen. Und als ich so da saß und wartete, zirpte die Grille immer weiter, schneller und schneller, jedenfalls schien es mir so, bis es mir völlig unmöglich gewesen wäre, auch nur noch ein Wort niederzuschreiben. Heute morgen jedoch fühle ich mich ausgezeichnet.

Es regnete leicht, als ich aufbrach; ein warmer, feiner Sommernieselregen fiel vom Himmel. Seit Anna und ich uns getrennt haben, habe ich bemerkt, daß ich eine heimliche Schwäche dafür habe, ohne Überschuhe oder Hut im Regen spazierenzugehen. Zweifellos ist das ein Hang, den ich schon immer hatte, ohne es zu wissen, denn zuerst war es Mutter und später Anna, die mich pausenlos daran hinderten, ihm nachzugehen. Ganz zu Recht, denn wahrscheinlich hätte ich mir schon längst eine Lungenentzündung geholt und wäre daran gestorben, wenn sie nicht gewesen wären. Aber seit Anna mich verlassen hat und ich hier allein auf Manor Heights lebe, schlüpfe ich gelegentlich ohne Hut und Überschuhe hinaus, wenn der Regen nicht allzu stark ist. Wie jede gute Haushälterin hat Mrs. Crawford mich manchmal dabei erwischt. Dann ist sie losgerannt, um die fehlenden Accessoires zu holen, und hat mich so gezwungen, sie zu tragen. Gestern morgen aber konnte ich aus der Vordertür schlüpfen, während sie in der Küche mit dem Lieferanten von Macy's beschäftigt war. Ich wußte, daß er kommen würde, und hatte alles vorbereitet, die zwanzig kleinen Schachteln in der einen Tasche meines Jacketts und die Pennies in der rechten Hosentasche. Man kann so was nur wirklich durchstehen, wenn man es im Geist so oft durchgespielt hat, daß man im richtigen Moment automatisch reagiert, so als ob es schon das hundertste Mal wäre. Dann ist es ganz natürlich und die Wahrscheinlichkeit, daß etwas schiefgeht, bleibt ziemlich gering. Und auf dem ganzen Weg ging dann auch nirgendwo etwas schief. Es war ein schwüler Tag, aber auch nicht zu heiß, wegen des Regens, der stetig fiel, als ich die Straße zum Bahnhof hinunterging. Im Zug war ich nicht das kleinste bißchen durcheinander, ich wußte, daß es keine Schwierigkeiten geben würde. Die ganze Zeit staunte ich über das merkwürdige Vergnügen, das mir aus der Gewißheit erwuchs, daß ich diese Sache so perfekt geplant hatte, daß es einfach keinen Platz mehr für die Möglichkeit des Scheiterns gab. Und trotzdem war mir auch klar, daß sowohl dieses Vergnügen wie auch die Idee selbst völlig kindisch waren und meine Überzeugung von ihrem Erfolg zumindest unbegründet. Aber bestimmte Situationen rufen bestimmte Emotionen hervor, und der Verstand ist eine Sache, die damit nichts zu tun hat. Zum Beispiel habe ich ein paar Seifenstücke, die ich vor fünfundzwanzig Jahren gekauft und noch nie ausgepackt habe, in meinem Schrank liegen. Ich hebe sie auf, weil ich die sichere Gewißheit habe, daß irgendwann der Tag kommt, an dem ich jedes einzelne aus dem Papier auswickeln und benutzen werde. Unten in der Bibliothek gibt es mindestens hundert Bücher, die ich gerne lesen würde, die ich schon seit Jahren gerne lesen würde, doch ich weigere mich, sie zu lesen, ehe der richtige Tag gekommen ist, der Tag, an dem ich weiß: Das ist der Morgen, um mit

Villiers de l'Ile Adam oder George Borrow oder Psichari oder sonstwem anzufangen. Mein logischer Verstand kann sich zwar ausrechnen, daß diese verheißenen Tage nie kommen werden: wahrscheinlich werde ich die alten Seifenstücke, die im Schrank liegen, nie aufbrauchen, und ich bin auch verhältnismäßig sicher, daß ich *Roman Rye* nie lesen werde, denn es interessiert *mich* gar nicht. Aber da ist noch dieses zweite Ich, diese ideale Figur, die ich gern sein würde und die interessiert es, und es verschafft mir immerhin einen gewissen Trost, zu wissen, daß diese Dinge noch auf sie warten. Aber ganz sicher ist die Vernunft eine Sache, die damit absolut nichts mehr zu tun hat.

Vom Grand Central nahm ich die U-Bahn rüber zum Times Square und ging dann unterirdisch weiter zur Eighth Avenue U-Bahn. Ich hatte mir die Independent zu meinem Territorium gemacht, weil die Stationen hier besonders lang sind. Die Luft da unten war fast am Dampfen und roch nach feuchtem Zement, heißem Metall und Abwasserkanälen. Ich nahm den Expreß bis rauf nach Fort Tyron, arbeitete mich langsam durch Harlem durch und dann wieder zurück bis runter zur Canal Street. Es gab keinerlei Störung, keine echten Probleme unterwegs. Das einzige Mal, wo es zu einer Art Kontakt kam, war an der 23rd Street, wo eine farbige Frau, die in der Nähe der Automaten stand, plötzlich hinter mir auftauchte, gerade als ich hineingriff, um das richtige Päckchen herauszunehmen. Deshalb war es natürlich unmöglich, das andere, das ich in der linken Hand hielt, hineinzulegen. Ich zögerte keinen Bruchteil einer Sekunde. Ich war entschlossen, alles so perfekt wie möglich zu erledigen. Ich trat zur Seite, steckte meine linke Hand wieder in die Manteltasche, machte die kleine Schachtel auf, schüttelte die zwei kandierten Kügelchen in die Hand und warf sie dann in den Mund. Wenn ich irgend jemand erklären wollte, was für eine ausgezeichnete Strategie das war, würde es lächerlich klingen, und doch erforderte es schnelle Reaktion, Entscheidungskraft und einen gewissen Mut. Erstens habe ich noch nie Kaugummi gekaut und schon die Vorstellung widert mich an. (Dabei fällt mir ein, daß diese Abneigung vielleicht mit der Wahl der Methode, die ich für mein Projekt gewählt habe, in Zusammenhang stehen könnte –.) Aber viel schwerer als diese eigentlich zweitrangige Überlegung wiegt die Tatsache, daß meine Reaktionsschnelligkeit nicht immer die beste ist. Bei Gelegenheit fällt es mir ziemlich schwer, rechts von links zu unterscheiden. Und eine Sekunde vorher hatte ich in der linken Hand die *andere* Schachtel, eine von *meinen* gehabt. Was, wenn mein Unterbewußtsein mir einen Streich gespielt und ich aus irgendeinem Grund die falsche Schachtel erwischt hätte? Und als ich in den glasierten Pfefferminzüberzug biß, fragte ich mich, ob das, was ich da schmeckte, wirklich der normale Geschmack war, oder ob es nicht vielleicht doch mein Aroma, meine Spezialmischung war. Ich wartete nicht, bis der Automat wieder frei war, sondern setzte meinen Weg fort. Die West Fourth Street überschlug ich, weil sie zentrale Bahnsteige hat und die Automaten an ungeeigneten Stellen stehen.

An der Canal Street dann hatte ich das Vergnügen, mit eigenen Augen zu beobachten, wie ein Fisch ins Netz ging. Kaum hatte ich meinen Penny eingeworfen, die unberührte Schachtel weggenommen und dafür eine von meinen in das kleine Regal gelegt, als ein junges Mädchen (ich glaube, eine Italienerin) sich an mir vorbeidrängte und den Automaten bediente. Ein Ausdruck von Belustigung lag auf ihrem Gesicht, als sie zu ihren Freunden am Rand der Plattform zurückging. «Hey, ich mache Fortschritte», sagte sie, «ich hab zwei rausgeholt.»

Die acht restlichen Schachteln plazierte ich in Brooklyn, fuhr dann nach Manhattan zurück, bestellte mir in einem Longchamps auf der Madison Avenue einen Happen zu essen und kam mit dem Gefühl nach Hause, daß dieser Tag jedenfalls mit Sicherheit nicht vertan war. Ich wage zu behaupten, daß ich die größte Komödie in Gang gesetzt habe, die die New Yorker U-Bahn je erlebt hat, jedenfalls bis zu dem Tag, an dem Rußlands Superbomben sie in Schutt und Asche legen werden. Es ist zwar ein kindischer Zeitvertreib, den ich mir da ausgedacht habe, aber er ist zumindest originell und muß von daher auch eine gewisse Bedeutung haben. Den Spaß bezahlte ich dann allerdings auch mit einer grenzenlosen Müdigkeit, hauptsächlich nervösen Ursprungs, nehme ich an. Natürlich war es auch kein Kinderspiel.

An einem normalen Abend wäre eine Grille nie und nimmer in der Lage gewesen, mich aus der Ruhe zu bringen. Mrs. Crawford war empört wegen Hut und Überschuhen, und meine Sachen waren natürlich alle feucht. Sie ist wirklich eine gute alte Seele. Heute habe ich den ganzen Tag im Garten gesessen und die *Times* gelesen. Ab und zu kam die Sonne heraus und verschwand dann wieder hinter den Wolken; so ging es den ganzen Tag, aber besonders warm war es nicht.

Heute morgen haben die Stewarts mich freundlicherweise zu einem Picknick auf Rye Beach eingeladen. Ich finde aber trotzdem absolut keinen Gefallen an dieser Idee. Es ist schon schlimm genug, sie als Nachbarn zu haben, zu jeder Tages- und Nachtzeit ihr Radiogedudel ertragen zu müssen und mit den Verwüstungen fertig zu werden, die ihr ungezogenes Gör im Garten anrichtet. Ich muß mich bestimmt nicht überschlagen und sie auch noch auf einen Ausflug begleiten. Es war aber doch ganz nett von ihnen, und deshalb habe ich mir vorgenommen, morgen früh als erstes in die Stadt zu fahren und der kleinen Dorothy ein hübsches Spielzeug zu kaufen. Vielleicht ein Dreirad oder irgendwas anderes, Hauptsache, sie bleibt damit auf dem Bürgersteig. Überall, überall, bloß nicht in meinem Garten!

Montag, 3.

Ich wagte heute morgen kaum, die Zeitung aufzuschlagen, aus lauter Angst, etwas zu finden. Trotzdem, die Konsequenzen zu erfahren ist sicher Teil der Prozedur, also fing ich an. Aber aus irgendeinem Grund hielt die Polizei sich zurück. Keine Zeile, nirgendwo. Dieses Schweigen gab mir ein unbehagliches Gefühl; irgendwie komme ich mir vor, als ob man mich beobachtete.

Die Stewarts haben sich sehr gefreut über das Velociped, oder wie auch immer diese chromblitzende Erfindung heißen mag. Die kleine Dorothy war anscheinend von seiner Pracht völlig überwältigt. Bis jetzt habe ich sie es allerdings noch nicht benutzen sehen. Ich nehme an, sie ist noch zu klein, um es selbst herauszuholen und die beiden Treppenstufen zwischen Haustür und Gehweg hin und her zu schleppen. Wahrscheinlich müssen ihr fürs erste die Eltern noch dabei helfen.

Donnerstag, 6.

Die Zeitungen bewahren ihr dickköpfiges Schweigen und lassen sich statt dessen seitenlang über die blöde Wahlkampagne aus. Als ob es wirklich etwas am Gang der Geschichte verändern könnte, welcher von den beiden Sündenböcken an die Macht kommt. Dafür war es schon vor hundertfünfundsiebzig Jahren zu spät. Zu spät, um dieses obszöne vollkommene Grauen zu verhindern, das sich seit dieser Zeit auf dem Vormarsch befindet und jetzt bei uns angelangt ist. Voltaire, Marx, Roosevelt, Stalin – was waren sie mehr als Knospen am Zweig, so ähnlich wie Wunden, die immer dort durch die Haut platzen, wo sie am dünnsten ist? Wer pflanzte denn den Baum des Gifts, wer infiltrierte das Blut? Ich bin bestimmt der letzte, der darüber ein Urteil fällen könnte; die Komplexität dieser Frage ist grenzenlos, aber ich glaube, daß einer der Schuldigen unser Freund Rousseau war. Dieser unverzeihliche Mechanismus Intellekt hat verschiedene verabscheuungswürdige Facetten. Das schlimmste ist vielleicht die Durchdringung des Verstands, der Einfluß, auch wenn er unbewußt sein sollte, den ein Verstand über Millionen von anderen haben kann, denn er kann nicht eingeschätzt werden, ist unberechenbar. Man weiß nie, welche Form er annehmen wird, wenn er sich manifestiert.

Samstag, 8.

Offensichtlich spielt die Polizei ein seltsames Spiel. Es muß mindestens fünfzehn Tote gegeben haben und doch ist kein Wort erschienen. Das ist natürlich ihre Angelegenheit, aber es amüsiert und wundert mich auch ein bißchen, zu beobachten, wie sie eine derartige Sache handhaben. Mrs. C. hat eine schwere Erkältung. Ich habe mein Bestes versucht, um sie zu überreden, im Bett zu bleiben, aber sie ist das Verantwortungsbewußtsein in Person und besteht darauf, ihre Arbeit zu tun wie sonst auch.

Sonntag, 9.

Es ist schon eine komische Sache, dieser Teil des Gehirns, der die Träume erfindet und aufbewahrt, manchmal einen Traum gewissermaßen zu einem farbigen Filter macht, der zwischen dem Bewußtsein und der Vision eines Individuums steht, und zwar der Vision dessen, was er für Realität hält. Seit mehreren Tagen verfolgt mich eine merkwürdige Atmosphäre, Geschmack, Empfindung oder wie man es sonst nennen will. Es kann nur der Fetzen eines Traums sein und er ist außergewöhnlich intensiv, obwohl ich den Traum selbst vergessen habe. Und da er verschwunden ist, ist er in der Zeit unauffindbar. Es könnte diese Woche oder vor vielen Jahren gewesen sein, daß ich ihn gehabt habe. Wenn man es überhaupt in Worte fassen kann, ist es ein Gefühl wie Sehnsucht, Vergeßlichkeit, Verlorensein, Leere, Endlosigkeit – ein Begriff, der alle diese Emotionen umfassen würde. Mein Leben durch diesen Filter zu leben und meine Gedanken durch ihn zu denken, schafft eine gewisse Melancholie. Ich habe verzweifelt versucht, irgendeine Tür zu diesem Traum zu finden. Wenn ich mich erinnern könnte, zurückfinden könnte, würde ich vielleicht auch seine Macht vernichten können. Oft ist das eine Möglichkeit. Aber es scheint fast so, als ruhte er vollkommen in sich selbst, sei sich meiner Anstrengungen, ihn zu finden, bewußt und fest entschlossen, sich nicht zu zeigen. Sobald ich spüre, wie ich ihm näher komme, scheint er mir zu entgleiten, sich entschlossen in irgendwelche luftleeren, unerreichbaren Regionen in seinem Innern zu verflüchtigen. Ich mag das nicht, es quält mich.

Montag, 10.
Wenn die Dinge wirklich unglaublich werden, kann man nur noch lachen. Es gibt einfach nichts auf der Welt, auf das man sich verlassen kann, außer vielleicht der bloßen Tatsache der eigenen Existenz, und so bleibt einem wohl nichts anderes übrig, als die Logik gegen die Magie einzutauschen. Weil es heute morgen regnete (ein Morgen wie der, an dem ich meinen Ausflug in die Stadt unternahm) und ich einen kurzen Spaziergang machen wollte, ging ich zum Kleiderschrank und nahm meinen grauen Flanellanzug heraus. Ich war schon fertig angezogen, als mir plötzlich einfiel, daß ich ein großes Loch in der rechten Hosentasche hatte. Ein merkwürdiges Gefühl von Verwirrung überkam mich, noch ehe ich richtig anfing, nachzudenken. Aber dann

setzte der Denkprozeß ein. Wie waren denn an jenem Tag die Pennies in meiner Tasche geblieben? Es war ganz einfach. Ich hatte den Anzug gewechselt; jetzt erinnere ich mich deutlich daran, wie ich den grauen Flanellanzug ausgezogen und dafür den Tweedanzug mit dem Fischgrätmuster angezogen hatte. Wenn ich in diesem Moment bewußt hätte handeln können, hätte ich vielleicht keinen weiteren Gedanken daran verschwendet und die unerfreuliche Entdeckung wäre nie gemacht worden, zumindest nicht in diesem Augenblick. Aber offensichtlich konnte ich mich mit einer so banalen Erklärung nicht zufriedengeben. Einem weiteren Reflex folgend steckte ich meine linke Hand in die Jackentasche und das war mein Ruin. Später nahm ich sie dann alle heraus, setzte mich aufs Bett und zählte sie durch, aber im Moment stand ich nur einfach mit der Hand in der Tasche da und betastete das Durcheinander der kleinen Pappschachteln. Dabei stand mir der Mund offen wie einem Idioten. Es war nicht zu leugnen – da waren sie. Eine Sekunde später sagte ich laut «Oh!» und sprang mit einem Satz zur Wäschekommode. Ich zog die Schublade heraus, denn ich wollte sichergehen, daß dies nicht die unberührten Schachteln waren, die ich selber eingesammelt hatte. Aber die lagen auch noch da, wild zwischen Stapeln von sauberen Taschentüchern verstreut. Aber... die anderen? Es gibt keinen Zweifel. Ich *weiß*, daß ich sie verteilt habe.

Wenigstens glaube ich es zu wissen. Wenn ich schon an meinen Augen und Ohren zweifeln muß, dann ist es wohl an der Zeit, aufzugeben. Aber da fällt mir ein gräßlicher kleiner Gedanke ein: zweifle ich denn an meinen Augen und Ohren? Offensichtlich nicht. Ich zweifle an meinem Gedächtnis. Das Gedächtnis ist bei weitem der raffinierteste Schwindler von allen. In diesem Fall aber wäre ich völlig wahnsinnig, denn ich erinnere mich an jede Einzelheit, an jede Minute dieses Tages, den ich in der U-Bahn verbracht habe. Andererseits... hier sind die Schachteln vor mir aufgestapelt, alle zwanzig Stück. Ich kenne sie ganz genau. Jede kleine Lasche habe ich eigenhändig mit peinlichster Genauigkeit zusammengeklebt. Eine Verwechslung ist unmöglich. Es ist eine erschütternde Erfahrung, jede

Faser meines Seins schmerzt. Eine Stimme in mir sagt: «Akzeptiere das Unmögliche. Hör auf zu versuchen, es mit deinen vorgefaßten Theorien von Logik und Wahrscheinlichkeit in Übereinstimmung zu bringen. Das Leben wäre eine traurige Sache, wenn es überhaupt keine Überraschungen enthielte.»

«Aber nicht solche!» antwortete ich. «Nicht etwas, das mein Verständnis von der Welt so grundsätzlich in Frage stellt.» Ich gehe zu Bett. Alles ist verdreht.

3 Uhr 15 früh

Endlich hat sich der Traum aus seinen Nebelschwaden befreit. Nicht der ganze, aber das ist jetzt nicht mehr so wichtig. Ich erkannte ihn sofort, als das erste Stück auftauchte. Ich lag im Halbschlaf im Dunkeln. Ich entspannte mich und ließ mich treiben. Ein sinnloser Traum, möchte man meinen und doch so mächtig, daß er die vergangenen Tage mit seiner Traurigkeit durchtränken konnte. Es ist beinah unmöglich, ihn festzuhalten, weil gar nichts *passiert:* ich habe nur eine vage Erinnerung daran, daß ich mich einsam im Park einer riesigen Stadt befinde. Einsam, und zwar in dem Sinn, daß das Leben um mich herum zwar weitergeht, die Bedingungen jedoch, die mich auf irgendeine Art mit diesem Leben verbinden, durchtrennt worden sind. Ich bin so allein, wie ein Geist, der von den Toten zurückgekehrt ist. In einiger Entfernung von der Stelle, an der ich unter einem Baum sitze, brandet der Verkehr vorbei. Die Zeit – zeitlos. Ich weiß, daß die Straßen hinter den Bäumen voller Menschen sind, aber ich werde nie fähig sein, sie zu berühren. Wenn ich den Mund aufmachte, um zu schreien, wäre kein Laut zu hören. Und wenn ich einer der Gestalten, die gelegentlich auf dem Pfad an mir vorbeispazieren, die Hände entgegenstrecken würde, hätte das absolut keine Auswirkungen, denn ich bin unsichtbar. Es ist der schreckliche Widerspruch, der das Ganze so unerträglich macht: da zu sein und doch zu wissen, daß man nicht da ist, denn um zu *sein*, muß man nicht nur für sich sein: es ist unumgänglich, für andere da zu sein. Man muß eine Möglichkeit haben, das Sein auf die Gewißheit anderer zu gründen, daß man tatsächlich da ist. Ich sage mir, daß vielleicht irgendwo in dieser Stadt Mrs.

Crawford an mich denkt. Wenn ich sie finden könnte, würde sie mich erkennen und mir ein Zeichen geben, um mir zu sagen, alles ist gut. Aber sie wird nie hierher kommen. Ich bin versteckt. Ich kann mich nicht bewegen, ich wurde hier geboren, habe mein ganzes Leben unter diesen Bäumen, in diesem feuchten Gras verbracht. Und wenn ich hier geboren wurde, kann ich vielleicht auch sterben, und die Stadt mit all ihrem Lärm außerhalb des Parks wird aufhören, zu sein. Das ist meine einzige Hoffnung. Aber es wird ewig dauern. Und das ist so ungefähr das, was ich von dem Traum behalten habe. Nur dieses stille Bild: Traurigkeit und Verlorenheit.

Die Schachteln liegen immer noch vor mir auf dem Schreibtisch. Wenigstens sie sind kein Traum.

Die kleine Dorothy ist wirklich eine schreckliche Plage. Heute abend kam ich in der Dämmerung von einem kurzen Spaziergang zurück. Es war schon fast dunkel, aber aus irgendeinem Grund waren die Straßenlaternen noch nicht an. Ich bog in die Einfahrt ein, stieg die Stufen hinauf und war schon fast an der Haustür, als ich mit voller Wucht gegen das Dreirad prallte. Ich fürchte, ich habe mich von meinem Ärger hinreißen lassen, jedenfalls verpaßte ich ihm einen solchen Fußtritt, daß es beide Treppen hinunterpurzelte und bis zur Straßenmitte rollte. Ein Laster, der zufällig gerade den Hügel herunterkam, hat es dann endgültig erledigt, auf etwas spektakuläre Weise allerdings. Als ich in die Küche kam, saß das Kind auf der Erde und unterhielt sich mit Mrs. C. Ich erwähnte den Vorfall nicht weiter, sondern stieg gleich die Treppe hinauf.

Es ist ein wunderschöner Abend. Nach dem Abendessen bringe ich alle vierzig Schachteln in den Wald hinter der Schule und schmeiße sie dort auf den Müllhaufen. Für einen Mann in meinem Alter ist es wirklich ein zu kindisches Spiel. Sollen die Kinder sie haben.

Tanger
1952

DIE HYÄNE

Auf seiner Reise nach Norden überflog ein Storch eine Wüstenlandschaft. Er war durstig und hielt Ausschau nach Wasser. Als er zu den Bergen von Khang el Ghar kam, entdeckte er auf dem Grund einer Schlucht einen See. Er ließ sich zwischen den felsigen Abhängen nieder und landete am Ufer des Sees. Dann ging er hinein und trank.

In diesem Moment kam eine Hyäne angehinkt, und als sie den Storch im Wasser stehen sah, fragte sie: «Kommst du von weither?» Der Storch hatte noch nie zuvor eine Hyäne gesehen. «So sieht also eine Hyäne aus», dachte er bei sich. Und er stand da und betrachtete die Hyäne aufmerksam, denn man hatte ihm erzählt, daß jeder, auf den die Hyäne ein wenig von ihrem Urin spritzen kann, ihr folgen muß, wo immer sie ihn hin haben will.

«Es wird bald Sommer», sagte der Storch. «Ich bin auf dem Weg nach Norden.» Gleichzeitig ging er ein paar Schritte weiter in den See hinein, um nicht allzu nah bei der Hyäne zu stehen. Aber das Wasser war hier auch tiefer und um ein Haar hätte er die Balance verloren. Er mußte mit den Flügeln flattern, um sich aufrecht zu halten. Die Hyäne schlich zum anderen Ufer des Sees und beobachtete ihn von dort aus.

«Ich weiß, was in deinem Kopf vorgeht», sagte die Hyäne. «Du glaubst diese Geschichte, die man dir über mich erzählt hat. Meinst du wirklich, daß ich soviel Macht habe? Vor langer Zeit gab es vielleicht Hyänen, die so was konnten. Aber jetzt sind sie genauso wie alle anderen. Ich könnte dich von hier aus mit Urin bespritzen, wenn ich wollte, aber wozu? Wenn du weiter so unfreundlich sein willst, dann geh zur Mitte des Sees und bleib dort.»

Der Storch schaute sich um und merkte, daß es im ganzen See keinen Fleck gab, wo er außerhalb der Reichweite der Hyäne war.

«Ich habe genug getrunken», sagte der Storch. Er breitete seine Schwingen aus und flog aus dem Teich heraus. Am Ufer rannte er los und erhob sich schnell in die Luft. Er kreiste eine Weile über dem See und schaute auf die Hyäne hinunter.

«Du bist also der, den man immer das Ungeheuer nennt», sagte er. «Die Welt steckt doch voll der merkwürdigsten Dinge.»

Die Hyäne schaute auf. Ihre Augen waren schmal und tükkisch. «Allah hat jeden einzelnen von uns geschaffen», sagte sie. «Das weißt du. Wenn einer über Allah Bescheid weiß, dann du.»

Der Storch flog ein wenig tiefer. «Das ist wahr», sagte er. «Aber ich bin überrascht, daß gerade du das sagst. Du hast einen sehr schlechten Ruf, wie du selbst zugegeben hast. Magie ist gegen Allahs Willen.»

Die Hyäne verrenkte sich den Hals. «Du glaubst diese Lügen also doch!» rief sie.

«Ich habe das Innere deiner Blase nicht gesehen», sagte der Storch. «Aber warum behauptet denn alle Welt, daß du damit zaubern kannst?»

«Wozu hat Allah dir einen Kopf gegeben, frage ich mich. Du hast ja noch nicht mal gelernt, wie man ihn benutzt.» Aber die Hyäne sprach so leise, daß der Storch sie nicht verstehen konnte.

«Deine Worte sind verlorengegangen», sagte der Storch und flog noch ein wenig tiefer.

Die Hyäne schaute wieder auf. «Ich sagte: Komm mir nicht zu nahe. Sonst könnte ich mein Bein heben und dich verzaubern.» Sie lachte und der Storch war so nahe, daß er ihre braunen Zähne sehen konnte.

«Trotzdem, einen Grund werden sie ja wohl haben», fing der Storch wieder an. Dann entdeckte er einen Felsvorsprung hoch über der Hyäne, auf dem er sich niederließ. Die Hyäne setzte sich und starrte zu ihm hinauf. «Warum nennt man dich Ungeheuer? Was hast du denn getan?»

Die Hyäne blinzelte. «Du hast Glück», erzählte sie dem Storch. «Bei dir versuchen die Menschen nicht, dich zu töten, denn sie halten dich für heilig. Sie nennen dich einen Heiligen und einen Weisen. Und doch machst du weder den Eindruck eines Heiligen noch eines Weisen.»

«Was meinst du damit?» fragte der Storch schnell.

«Wenn du wirklich etwas davon verstehen würdest, wüßtest du, daß Magie nur ein Staubkörnchen im Wind ist und Allah Macht über alles hat. Dann hättest du auch keine Angst.»

Der Storch stand lange Zeit da und dachte nach. Er hob ein Bein und zog es an seinen Körper. Die Schlucht verfärbte sich rot, als die Sonne langsam tiefer sank. Und die Hyäne hockte ruhig da, schaute zum Storch hinauf und wartete, daß er das Schweigen brach.

Schließlich ließ der Storch sein Bein sinken, öffnete den Schnabel und sagte: «Du meinst, wenn es keine Magie gibt, ist derjenige, der an sie glaubt, der, der sündigt.»

Die Hyäne lachte. «Von Sünde habe ich nicht gesprochen. Aber du – und du bist der Weise. Ich bin nicht auf der Welt, um irgend jemandem zu erzählen, was richtig und was falsch ist. Von einer Nacht zur anderen leben reicht mir. Es gibt schon genug, die mich am liebsten tot sehen würden.»

Wieder hob der Storch ein Bein und dachte nach. Das letzte Tageslicht verfärbte den Himmel und verschwand. Die Klippen auf der anderen Seite der Schlucht verloren sich in der Dunkelheit.

Nach einer Weile sagte der Storch: «Du hast mir etwas zum Nachdenken gegeben. Das ist gut. Aber nun ist die Nacht angebrochen. Ich muß mich wieder auf den Weg machen.» Er breitete die Flügel aus und flog von dem Felsbrocken, auf dem er gestanden hatte, weg. Die Hyäne lauschte. Sie hörte, wie die Schwingen des Storchs langsam durch die Luft schlugen, und dann das Geräusch, das der Körper des Storchs machte, als er gegen die Felswand auf der anderen Seite der Schlucht prallte. Sie kletterte über die Felsbrocken und fand den Storch. «Dein

Flügel ist gebrochen», sagte sie. «Es wäre besser für dich gewesen, loszufliegen, solange es noch hell war.»

«Ja», sagte der Storch. Er war unglücklich und er hatte Angst.

«Komm zu mir nach Hause», sagte die Hyäne. «Kannst du denn laufen?»

«Ja», sagte der Storch. Sie gingen nebeneinander das Tal hinunter. Bald kamen sie zu einer Höhle, die in einem Abhang des Berges versteckt lag. Die Hyäne ging zuerst hinein und rief: «Zieh den Kopf ein.» Als sie beide drinnen waren, sagte sie: «Jetzt kannst du den Kopf wieder ausstrecken. Hier drin ist die Höhle ziemlich hoch.»

Es war so dunkel, daß man die Hand nicht vor Augen sah. Der Storch stand still. «Wo bist du?» fragte er.

«Ich bin hier», sagte die Hyäne und lachte.

«Warum lachst du?» fragte der Storch.

«Ich dachte gerade daran, wie verrückt die Welt doch ist», meinte die Hyäne. «Der Heilige ist in meine Höhle gekommen, weil er an die Magie glaubte.»

«Das verstehe ich nicht», sagte der Storch.

«Du bist verwirrt. Aber wenigstens wirst du jetzt wohl glauben, daß ich nicht zaubern kann. Ich bin genauso wie jeder andere auf der Welt.»

Der Storch gab nicht sofort eine Antwort. Er roch den Gestank der Hyäne ganz nah neben sich. Dann sagte er mit einem Seufzer: «Natürlich hast du recht. Es gibt keine Macht außer Allahs Macht.»

«Ich bin glücklich», sagte die Hyäne und blies ihm ihren Atem ins Gesicht. «Endlich verstehst du.» Schnell packte sie den Storch am Hals und riß ihm die Kehle auf. Der Storch flatterte mit den Flügeln und fiel zu Boden.

«Allah hat mir etwas Besseres als Zauberkraft geschenkt», flüsterte die Hyäne leise. «Er gab mir Verstand.»

Der Storch lag reglos. Noch einmal versuchte er etwas zu sagen: «Es gibt keine Macht außer Allahs Macht.» Aber sein Schnabel öffnete sich nur ganz weit in der Dunkelheit.

Die Hyäne wandte sich ab. «In einer Minute bist du tot»,

sagte sie über die Schulter. «In zehn Tagen komme ich zurück. Bis dahin bist du soweit.»

Zehn Tage später kehrte die Hyäne in ihre Höhle zurück und fand den Storch, wie sie ihn verlassen hatte. Die Ameisen waren noch nicht da gewesen. «Gut», sagte sie. Sie verschlang, was sie wollte, und ging hinaus zu einem großen, flachen Felsen vor dem Eingang ihrer Höhle. Dort stand sie eine Weile im Mondlicht und erbrach sich.

Dann aß sie ein wenig davon, wälzte sich in dem, was übriggeblieben war und rieb es sich tief ins Fell hinein. Schließlich dankte sie Allah für ihre Augen, die das Tal auch im Mondlicht sahen, und die Nase, die jedes Aas im Wind wittern konnte. Dann wälzte sie sich noch ein wenig und leckte an dem Felsen, auf dem sie stand. Für eine Weile lag sie keuchend da. Doch dann stand sie auf und hinkte davon.

Tanger
1960

DER GARTEN

Ein Mann, der in einer fernen Stadt im Süden lebte, arbeitete in seinem Garten. Er war arm und deshalb lag sein Garten am Rand einer Oase. Den ganzen Nachmittag über hob er Wassergräben aus, und als der Tag sich dem Ende zuneigte, öffnete er am oberen Ende des Gartens die Schleuse, die das Wasser eingedämmt hatte. Und nun strömte es die Kanäle entlang zu den Gerstenfeldern und den jungen Granatapfelbäumen. Der Himmel war in rotes Licht getaucht, und als der Mann bemerkte, daß die Erde seines Gartens wie lauter Juwelen glänzte, setzte er sich auf einen Stein, um ihn zu betrachten. Der Garten leuchtete immer heller, und er dachte: «In der ganzen Oase gibt es keinen schöneren Garten als meinen.»

Ein großes Glücksgefühl durchströmte ihn und er blieb lange Zeit sitzen und kam erst sehr spät nach Hause. Als er zur Tür hereinkam, schaute seine Frau ihn an und bemerkte die Freude, die ihm aus den Augen strahlte.

«Er hat einen Schatz gefunden», dachte sie, aber sie sagte nichts.

Als sie sich dann beim Abendessen gegenüber saßen, dachte der Mann noch immer an seinen Garten, und es schien ihm, als könnte ihn dieses Glück, nun da er es erfahren hatte, nie wieder verlassen. Er aß, ohne etwas zu sagen.

Auch seine Frau sprach nicht. «Er denkt an den Schatz», sagte sie sich und sie war böse, daß er sein Geheimnis nicht mit ihr teilen wollte. Am nächsten Morgen ging sie zum Haus einer alten Frau und kaufte dort viele Kräuter und Pulver. Die nahm sie mit nach Hause und verbrachte dann mehrere Tage damit, sie zu mischen und zu kochen, bis sie eine Medizin gemacht hatte, die sie brauchte. Von nun an tat sie bei jeder Mahlzeit ein wenig von dem *tseuheur* in das Essen ihres Mannes.

Es dauerte nicht lange und der Mann wurde krank. Eine Zeitlang ging er noch jeden Tag zur Arbeit in seinen Garten. Oft war er jedoch, wenn er dort ankam, so erschöpft, daß er sich hinsetzen und an einer Palme anlehnen mußte. Er hörte ein Sausen in den Ohren und konnte seinen Gedanken nicht mehr folgen. Trotzdem – jeden Abend, wenn die Sonne unterging und er den Garten in ihrem roten Licht leuchten sah, war er glücklich. Und wenn er abends nach Hause kam, merkte seine Frau, daß seine Augen noch immer voller Freude waren.

«Er hat seinen Schatz gezählt», dachte sie und fing an, heimlich zum Garten zu gehen, wo sie sich hinter ein paar Bäumen versteckte und beobachtete, was er tat. Als sie sah, daß er nur dasaß und zu Boden schaute, ging sie wieder zu der alten Frau und erzählte ihr davon.

«Du mußt dich beeilen und ihn zum Reden bringen, ehe er vergißt, wo er den Schatz versteckt hat», riet ihr die alte Frau.

An diesem Abend mischte die Frau eine große Menge *tseuheur* in sein Essen, und als sie später beim Tee saßen, fing sie an, ihm um den Bart zu gehen. Der alte Mann lächelte bloß. Sie versuchte eine ganze Weile, ihn zum Reden zu bringen, aber er zuckte nur die Achseln und gestikulierte mit den Händen.

Am nächsten Morgen ging sie in aller Frühe, als er noch schlief, wieder zu der alten Frau und erzählte ihr, daß der alte Mann nicht mehr sprechen konnte.

«Du hast ihm zuviel gegeben», sagte die alte Frau. «Jetzt wird er dir sein Geheimnis nie verraten. Dir bleibt nichts anderes übrig, als so schnell wie möglich wegzugehen, ehe er stirbt.»

Die Frau rannte nach Hause. Ihr Mann lag mit offenem Mund auf seiner Matte. Sie packte ihre Habseligkeiten zusammen und verließ die Stadt noch am gleichen Morgen.

Drei Tage lag der Mann in tiefem Schlaf. Als er am vierten Tag erwachte, kam es ihm vor, als hätte er eine weite Reise zum

anderen Ende der Welt gemacht. Er war sehr hungrig, aber alles, was er im Haus fand, war ein Stück trockenes Brot. Als er es gegessen hatte, ging er zu seinem Garten am Rand der Oase und pflückte viele Feigen. Dann setzte er sich hin und aß. Er dachte nicht ein einziges Mal an seine Frau, er hatte sie einfach vergessen. Als ein Nachbar vorbeikam und ihn grüßte, antwortete er höflich, als spräche er zu einem Fremden, und der Nachbar ging verwirrt seines Weges.

Nach und nach wurde der Mann wieder gesund. Er arbeitete jeden Tag im Garten. Wenn die Dämmerung kam, schaute er sich den Sonnenuntergang und das rotglänzende Wasser an. Dann ging er nach Hause, kochte sich sein Abendessen und legte sich schlafen. Er hatte keine Freunde mehr, denn wenn die anderen Männer ihn ansprachen, wußte er nicht, wer sie waren, und deshalb lächelte er bloß und nickte ihnen zu. Schließlich fiel den Leuten in der Stadt auf, daß er nicht mehr zum Beten in die Moschee kam. Sie sprachen untereinander darüber, und eines Tages kam der Imam zum Haus des Mannes, um mit ihm darüber zu reden.

Während sie miteinander sprachen, horchte der Imam auf die Geräusche der Frau im Haus. Aus Höflichkeit erwähnte er sie nicht, aber er dachte an sie und fragte sich, wo sie wohl steckte. Als er das Haus verließ, plagten ihn viele Zweifel.

Der Mann dagegen fuhr fort, sein eigenes Leben zu leben. Die Leute in der Stadt sprachen von nichts anderem mehr. Sie flüsterten sich zu, daß er seine Frau getötet habe, und es gab nicht wenige unter ihnen, die sich am liebsten zusammengetan und das Haus nach ihren Überresten durchsucht hätten. Aber der Imam war dagegen und kündigte an, daß er nochmals hingehen und mit dem alten Mann reden würde. Diesmal ging er den ganzen Weg bis zum Garten am Rand der Oase und fand ihn dort glücklich bei der Arbeit mit seinen Pflanzen und Bäumen. Er schaute ihm eine Zeitlang zu, trat dann näher und wechselte ein paar Worte mit ihm.

Es war schon später Nachmittag. Im Westen versank die Sonne und das Wasser fing an, rot aufzuglühen. Plötzlich sagte der alte Mann zum Imam: «Der Garten ist schön.»

«Schön oder nicht schön», erwiderte der Imam. «Du solltest Allah danken, daß er dir gestattet, ihn zu besitzen.»

«Allah?» sagte der alte Mann. «Wer ist das? Ich habe noch nie von ihm gehört. Diesen Garten habe ich ganz allein gemacht. Ich habe jeden einzelnen Graben selber ausgehoben und jeden einzelnen Baum selbst gepflanzt und dabei hat mir keiner geholfen. Ich schulde niemandem Dank.»

Der Imam wurde bleich. Er hob den Arm und schlug dem Mann hart ins Gesicht. Dann ging er rasch davon.

An diesem Abend beratschlagten sich die Leute in der Moschee. Sie entschieden, daß der Mann nicht länger in ihrer Stadt leben konnte. Früh am nächsten Morgen ging eine große Menge von Männern mit dem Imam an der Spitze hinaus zur Oase, zum Garten des Mannes.

Die kleinen Jungen rannten vor den Männern her und kamen lange vor ihnen an. Sie versteckten sich in den Büschen, und als sie den alten Mann bei der Arbeit entdeckten, bewarfen sie ihn mit Steinen und riefen ihm Schimpfnamen hinterher. Er kümmerte sich nicht um sie. Plötzlich traf ihn ein Stein am Hinterkopf. Mit einem Satz sprang er auf. Als sie vor ihm davonliefen, stolperte einer von ihnen und der Mann erwischte ihn. Er versuchte ihn festzuhalten und ihn zu fragen: «Warum werft ihr mit Steinen nach mir?», aber der Junge schrie und zappelte nur.

Als die Leute aus der Stadt auf ihrem Weg zum Garten das Geschrei vernahmen, kamen sie angerannt, zerrten den Jungen von ihm weg und hieben mit Hacken und Sicheln auf den Mann ein. Als sie fertig mit ihm waren, ließen sie ihn mit dem Kopf in einem der Wassergräben liegen, gingen zurück zur Stadt und dankten Allah, daß er den Jungen gerettet hatte.

Nach und nach vertrockneten die Bäume und nach kurzer Zeit war der Garten verschwunden. Nur die Wüste war noch da.

Asilah
1963

DER FQIH

Mitten im Sommer kam eines Nachmittags ein Hund durchs Dorf gelaufen und blieb gerade lang genug, um einen jungen Mann, der an der Hauptstraße stand, zu beißen. Die Wunde war nicht tief – der junge Mann wusch sie am Brunnen in der Nähe aus und dachte nicht weiter darüber nach. Es gab jedoch ein paar Leute, die diesen Vorfall beobachtet hatten und seinem jüngeren Bruder davon erzählten.

«Du mußt deinen Bruder zu einem Doktor in der Stadt bringen», sagten sie, «ein Tier hat ihn gebissen.»

Als der Junge nach Hause kam und vom Doktor sprach, lachte sein Bruder nur. Am nächsten Tag beschloß der Junge, den *fqih* des Dorfes aufzusuchen. Er fand den alten Mann im Schatten eines Feigenbaumes sitzend, am Rande des Hofes der Moschee. Er küßte ihm die Hand und erzählte ihm, wie ein Hund, den man noch nie zuvor im Dorf gesehen hatte, seinen Bruder gebissen hatte und dann weggelaufen war.

«Das ist schlecht», sagte der *fqih*. «Hast du einen Stall, in dem du ihn einsperren kannst? Schaff ihn dorthin, aber vergiß nicht, ihm die Hände auf dem Rücken zu fesseln. Keiner darf in seine Nähe kommen, verstehst du?»

Der Junge bedankte sich bei dem *fqih* und machte sich auf den Heimweg. Unterwegs fiel ihm ein, daß er einen Hammer mit Garn umwickeln und seinem Bruder damit einen Hieb auf den Kopf versetzen könnte. Er wußte aber, daß seine Mutter nie zustimmen würde, ihren Erstgeborenen so zu behandeln; es mußte also getan werden, wenn seine Mutter nicht zu Hause war.

Als die Frau an diesem Abend zum Brunnen hinaus gegangen war, schlich sich der Junge hinter seinen Bruder und schlug so lange mit dem Hammer auf ihn ein, bis er bewußtlos war und zu Boden fiel. Dann fesselte er ihm die Hände auf dem Rücken und schleppte ihn in einen Verschlag neben dem Haus. Dort ließ er ihn auf dem Boden liegen, ging hinaus und verriegelte die Tür hinter sich.

Als sein Bruder wieder zur Besinnung kam, erhob er ein großes Geschrei. Die Mutter sagte zu dem Jungen:

«Schnell! Lauf und sieh nach, was mit Mohammed ist.» Aber der Junge gab ihr zur Antwort:

«Ich weiß, was mit ihm los ist. Ein Hund hat ihn gebissen und der *fqih* hat gesagt, daß man ihn in dem Verschlag einsperren muß.»

Die Frau raufte sich die Haare, zerkratzte sich das Gesicht mit den Fingernägeln und schlug sich mit den Fäusten an die Brust. Der Junge versuchte sie zu beruhigen, aber sie stieß ihn weg und lief hinaus zu dem Verschlag. Sie legte ihr Ohr an die Tür und lauschte. Aber sie hörte nur das laute Keuchen ihres Sohnes, als er versuchte, seine Hände von den Stricken zu befreien, mit denen er gefesselt war. Sie hämmerte gegen die Holztür und rief seinen Namen, aber er kämpfte mit dem Gesicht im Dreck und gab keine Antwort. Schließlich führte der Junge seine Mutter zum Haus zurück. *Mektoub*, sagte er, so stand es geschrieben.

Am nächsten Tag bestieg die Frau ihren Esel und ritt ins Dorf, um den *fqih* aufzusuchen. Er jedoch war am selben Morgen aufgebrochen, um seine Schwester in Rhafsai zu besuchen und niemand wußte zu sagen, wann er zurückkommen würde. Also kaufte sie sich ein Stück Brot und ritt mit ein paar Männern aus dem Dorf, die auf dem Weg zu einem *souq* in der gleichen Gegend waren, die Straße in Richtung Rhafsai entlang. In dieser Nacht schlief sie in dem *souq*, und am nächsten Tag ritt sie im Morgengrauen mit einer anderen Gruppe von Männern weiter.

Währenddessen warf der Junge seinem Bruder jeden Tag durch ein kleines vergittertes Fenster hoch oben über den Boxen

etwas Nahrung in den Verschlag. Am dritten Tag warf er ihm auch ein Messer hinein, damit er die Stricke durchschneiden und seine Hände zum Essen gebrauchen konnte. Nach einer Weile fiel ihm ein, daß es dumm von ihm gewesen war, seinem Bruder das Messer zu geben, denn jetzt würde er vielleicht fliehen können. Deshalb drohte er dem Älteren damit, ihm kein Essen mehr zu bringen, bis er das Messer durchs Fenster zurückgeworfen hatte.

Kaum war die Mutter in Rhafsai angekommen, als sie ein Fieber packte. Die Familie, in deren Gesellschaft sie gereist war, nahm sie in ihrem Haus auf und sorgte für sie, aber es dauerte fast einen Monat, bis sie in der Lage war, sich von der Strohmatte in der Ecke des Zimmers, auf der sie die ganze Zeit gelegen hatte, zu erheben. Unterdessen war der *fqih* in sein Dorf zurückgekehrt.

Schließlich ging es ihr wieder so gut, daß sie sich auf den Heimweg machen konnte. Nach zwei Tagesritten auf dem Rücken ihres Esels kam sie erschöpft zu Hause an und wurde von dem Jungen willkommen geheißen.

«Und dein Bruder?» sagte sie, im sicheren Glauben, daß er mittlerweile tot war.

Der Junge deutete auf den Verschlag und sie lief hin und rief seinen Namen.

«Hol den Schlüssel und laß mich hier raus!» rief er.

«Zuerst muß ich mit dem *fqih* sprechen, *aoulidi*. Morgen!»

Am nächsten Morgen ging sie mit dem Jungen ins Dorf. Als der *fqih* die beiden in den Hof kommen sah, erhob er die Augen zum Himmel.

«Es war Gottes Wille, daß dein Sohn so sterben mußte», sagte er zu ihr.

«Aber er ist gar nicht tot», gab sie zur Antwort. «Und er sollte nicht länger da drin bleiben!»

Der *fqih* war verwundert. Dann sagte er: «Dann laßt ihn raus! Laßt ihn raus! Allah war euch gnädig.»

Der Junge bat den *fqih* mitzukommen und selber die Tür zu öffnen. So brachen sie auf, der *fqih* auf dem Esel, und der Junge mit der Frau hinterher. Als sie zu dem Verschlag kamen, gab der Junge dem alten Mann den Schlüssel und der schloß die Tür auf.

Der Junge sprang heraus. Hinter ihm quoll eine Wolke von Gestank aus dem Verschlag, die so stark war, daß der *fqih* die Tür eilig wieder zuschloß.

Sie gingen ins Haus. Die Frau kochte Tee, und als sie vor ihren Gläsern saßen, sagte der *fqih* zu dem jungen Mann:

«Allah hat dich verschont. Du darfst es deinem Bruder nie übelnehmen, daß er dich eingesperrt hat. Er tat es, weil ich es ihm geheißen habe.»

Der junge Mann schwor, niemals die Hand gegen seinen Bruder zu erheben. Aber der Junge hatte immer noch Angst und brachte es nicht über sich, seinem Bruder in die Augen zu schauen. Als der *fqih* aufbrach, um ins Dorf zurückzukehren, ging der Junge mit ihm, um anschließend den Esel zurückzubringen. Während sie die Straße entlanggingen, sagte er zu dem alten Mann: «Ich habe Angst vor Mohammed.»

Der *fqih* war unzufrieden. «Dein Bruder ist älter als du», sagte er. «Du hast gehört, wie er geschworen hat, dir kein Haar zu krümmen.»

Als sie an diesem Tag mit dem Abendessen fertig waren, stand die Frau auf und ging zum Ofen, um den Tee zu machen. Jetzt warf der Junge zum erstenmal einen verstohlenen Blick auf seinen Bruder und erstarrte vor Angst. Mohammed hatte seine Zähne gefletscht und ein eigenartiges Knurren in der Kehle ausgestoßen. Er meinte es als eine Art Witz, aber für den Jungen bedeutete es etwas ganz anderes.

Der *fqih* hätte ihn nie wieder rauslassen sollen, dachte er bei sich. Jetzt wird er mich beißen und dann bin ich genauso krank wie er. Und dann wird der *fqih* ihm raten, mich in den Käfig zu sperren.

Er brachte es nicht fertig, Mohammed noch einmal anzuschauen. Nachts lag er hellwach im Dunkeln und dachte über alles nach, konnte nicht einschlafen. Am nächsten Morgen begab er sich in aller Frühe ins Dorf, um den *fqih* zu erwischen, noch ehe er anfing, im *msid* seine Schüler zu unterrichten.

«Was ist es denn diesmal?» fragte der *fqih*.

Als der Junge ihm von seinen Befürchtungen erzählte, lachte der alte Mann nur.

«Aber er ist doch gar nicht krank, Allah sei Dank!»

«Aber du hast mir doch selber gesagt, daß ich ihn einsperren soll, Sidi.»

«Ja ja. Aber Allah war euch gnädig. Jetzt geh nach Hause und vergiß die ganze Sache. Dein Bruder wird dich schon nicht beißen.»

Der Junge dankte dem *fqih* und machte sich auf den Weg. Er ging quer durchs Dorf, bis er auf die Straße kam, die schließlich auf die Schnellstraße führte. Am nächsten Morgen nahm ihn ein Laster mit nach Casablanca. Keiner im Dorf hat je wieder von ihm gehört.

Tanger
1974

DAS WASSER VON IZLI

Niemand hätte beim Anblick der beiden weitläufigen Dörfer, die übereinander auf dem sonnigen Abhang des Berges lagen, angenommen, daß sie miteinander verfeindet waren. Doch wenn man genauer hinschaute, entdeckte man in der Lage der beiden in der Landschaft ziemlich ausgeprägte Unterschiede. Tamlat lag höher, die Häuser standen weiter auseinander und es gab viele Bäume in den Straßen. In Izli war alles dicht zusammengedrängt, so als gäbe es nicht genug Platz für alle. Das ganze Dorf schien auf Felsbrocken gebaut zu sein, hinter denen steile Abgründe ins Tal hinabfielen. Tamlat war von grünen Feldern und Wiesen umgeben. Es lag weiter oben, wo das Tal sich verbreiterte und es genug Platz zum Bestellen des Bodens gab, deshalb lebten die Leute dort gut. Die Gärten unten in Izli waren nicht viel mehr als abschüssige Terrassen mit steilen Treppengängen dazwischen. Egal, wie sehr sie sich auch abrackerten, um Gemüse und Obst anzubauen, nie hatten die Dörfler genug.

Was eigentlich hätte helfen sollen, um für Izlis ungünstige Lage zu entschädigen, war die große Quelle am Rande des Dorfes mit dem süßesten Wasser in der ganzen Gegend. Die Leute von Izli schrieben ihm heilende Kräfte zu, was von den Bewohnern von Tamlat abgestritten wurde, obwohl sie selbst nicht selten hinuntergingen und ihre Krüge und Schläuche damit füllten, um es mit nach Hause zu nehmen. Es gab keine Möglichkeit, das Land um die Quelle einzuzäunen, sonst hätten die Leute von Izli schon längst dafür gesorgt, daß keiner außer ihnen Zugang zu dem Wasser hatte. Wenn die Bewohner von Tamlat doch wenigstens zugegeben hätten, daß dieses Wasser besser war als ihr eigenes, dann hätte man sie vielleicht irgendwann dazu bringen können, ihnen ein wenig Gemüse dafür zu bezahlen. Sie waren jedoch stets darauf bedacht, so etwas nie zu erwähnen. Abgesehen davon, daß sie gelegentlich hingingen und sich etwas davon mitnahmen, verhielten sie sich so, als ob die Quelle gar nicht existierte.

Der Mann, dessen Land der Quelle am nächsten lag, hieß Ramadi und war angeblich der reichste Mann von ganz Izli. Nach dem Standard von Tamlat hätte er nicht mal als wohlhabend gegolten. Aber seine schwarze Stute war das einzige Pferd in Izli und in seinem Garten wuchsen dreiundzwanzig Mandelbäume auf acht verschiedenen Terrassen. Er hatte mit eigenen Händen Kanäle angelegt, die vom klaren frischen Wasser der Quelle gespeist wurden. Die Stute war ein schönes Tier, das er sorgfältig pflegte. Wenn er dann seinen weißen Selham anlegte und die Stute durchs Dorf und auf die Straße hinauslenkte, flüsterten die Leute sich zu, daß er fast aussah wie Sidi Bouhajja. Das war ein großes Kompliment, denn Sidi Bouhajja war der bedeutendste Heilige der Gegend. Er kleidete sich stets in Weiß und ritt ein schwarzes Pferd; seins war jedoch ein Hengst.

Schon seit geraumer Zeit war Ramadi auf der Suche nach einem passenden Partner für seine Stute. Unter all den Hengsten, die er sich in den umliegenden Dörfern angesehen hatte, hatte er jedoch keinen finden können, der ihr ebenbürtig war. Im Grunde war das einzige Pferd, das er für sie akzeptiert hätte, der glänzende schwarze Hengst, den Sidi Bouhajja ritt, und der kam nicht in Frage, denn es war unmöglich, einen Heiligen um einen solchen Gefallen zu bitten.

Viele Leute glaubten, daß Sidi Bouhajja mit seinem Pferd sprechen konnte. Und es war überall bekannt, denn er hatte es bei mehreren Gelegenheiten öffentlich erklärt, daß im Augenblick seines Todes sein Pferd entscheiden würde, wo er begraben werden sollte. Er hatte darum gebeten, daß man seine Leiche auf den Rücken des Tieres binden und es dann frei herumlaufen lassen sollte. An der Stelle, wo es anhielt, war der Ort, an dem Sidi

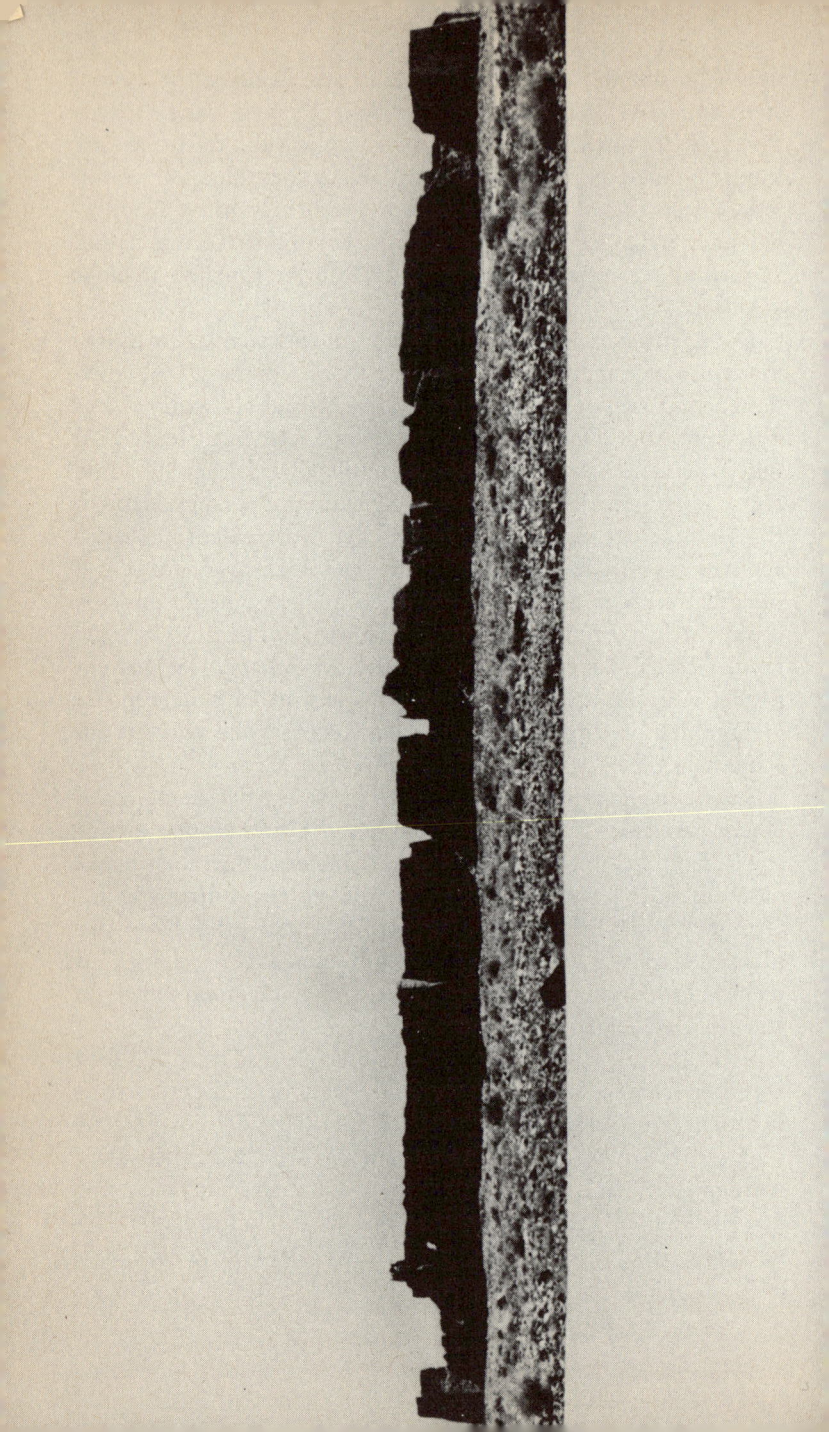

Bouhajja begraben werden wollte. Zweifellos trug dieser Wunsch zu der Vorstellung bei, daß der alte Mann und sein Pferd eine Geheimsprache hatten.

Es wurde viel darüber diskutiert, welche Gegend wohl das große Glück haben würde, Sidi Bouhajjas Grabstätte errichten zu dürfen, aber alle Spekulationen fanden ein abruptes Ende, als Sidi Bouhajja eines Tages vor seiner Moschee in Tamlat zusammenbrach.

An diesem Tag war der Heilige durch Izli geritten und an Ramadis Haus vorbeigekommen. Die Stute graste im Schatten einer alten Olive. Der Hengst wollte stehenbleiben, und Sidi Bouhajja hatte einige Schwierigkeiten gehabt, ihn zum Weitergehen zu bewegen. Ramadi beobachtete den Zwischenfall, strich sich durch den Bart und dachte, wie großartig es doch wäre, wenn der Hengst sich plötzlich mitsamt dem Heiligen auf dem Rücken aufbäumen und die Stute besteigen würde. Aber dann packte ihn plötzlich Scham und er schaute schnell beiseite.

Am späten Nachmittag des gleichen Tages stieg Ramadi auf seine Stute und ritt nach Tamlat. Dort gewahrte er in einer Ecke des Marktplatzes einen Assaoui-Schlangenbeschwörer aus Izli, den er kannte, und er setzte sich zu ihm, um sich mit ihm zu unterhalten. Da hörte er die Nachricht von Sidi Bouhajjas plötzlichem Tod.

Er setzte sich aufrecht hin. Der Assaoui setzte noch hinzu, daß man in wenigen Minuten den Heiligen auf das Pferd binden würde.

«Was glaubst du – wohin wird es laufen?» fragte Ramadi ihn.

«Wahrscheinlich kommt es hierher und geht zu den Kornverkäufern», sagte der Assaoui.

«Hast du deine Schlangen bei dir?»

Der Assaoui schaute Ramadi erstaunt an.

«Ja, ich habe sie dabei», sagte er.

«Nimm sie dort drüben zu der Kreuzung und laß den Hengst sie sehen», rief Ramadi ihm zu. «Dann muß er statt dessen den Berg hinunter.»

Er sprang auf, stürzte sich auf sein Pferd und galoppierte davon.

Der Assaoui lief zum *fondouq*, wo er seinen Korb mit Vipern und Kobras abgestellt hatte. Dann eilte er zu der Straßenkreuzung hinauf, wo die Straße auf die Hauptstraße mündete, die den Abhang des Berges hinunterführte.

Da jedermann auf den Beinen war und zuschauen wollte, wie die Älteren Sidi Bouhajjas Leiche auf den Rücken des Hengstes banden, blieb Ramadi auf seiner Stute unbemerkt, als er jetzt die Straße nach Izli hinunterpreschte. Als er bei seinem Haus angekommen war, ließ er die Stute unter dem Olivenbaum stehen und wartete.

Oben in Tamlat saß unterdessen der Assaoui mit seinem Korb am Straßenrand. Nach einer Weile sah er den Hengst näherkommen, das heilige Bündel wippte auf seinem Rücken auf und ab. Er kam genau auf ihn zu, in etwas weiterer Entfernung folgten die Älteren. Er machte seinen Korb auf und holte zwei von den größeren Schlangen heraus. Er hielt eine in jeder Hand und wartete. Als der Hengst schon ziemlich nah herangekommen war, stand er auf und das Pferd sah, wie die beiden Schlangen sich unter seinem Griff wanden. Der Hengst riß die Augen auf und stürmte nach rechts, die Straße hinunter, die aus dem Dorf hinausführte.

Der Assaoui legte die Schlangen in den Korb zurück und schlenderte aus dem Gebüsch heraus, das ihn vor den Blicken der Älteren geschützt hatte. Sie schenkten ihm keine Beachtung und er machte sich auf den Weg nach Izli. Weit vor sich konnte er den schwarzen Strich des Hengstes ausmachen, der den Abhang hinunterpreschte. Das weiße Bündel auf seinem Rücken hüpfte im Sonnenlicht auf und ab. Als er eine Weile gegangen war, drehte er sich um und schaute zurück. Die Älteren standen oben an der Wegbiegung, beschatteten ihre Augen mit den Händen und spähten hinunter ins Tal.

Und während Ramadi noch in seinem Hauseingang saß und wartete, stürmte der Hengst ins Dorf, blieb einen Augenblick reglos stehen und trottete dann geradewegs auf Ramadis Haus zu. Seine Stute stand ruhig unter dem Olivenbaum und peitschte mit dem Schwanz die Fliegen fort. Noch ehe irgend jemand gekommen war, um es mit anzusehen, bäumte der Hengst sich

Ob einer als reich gilt ...

... oder nur als wohlhabend oder vielleicht als arm, das ist in der Tat relativ.

Wichtiger ist eigentlich, ob man sich diesen oder jenen Wunsch erfüllen kann. Ob das ein paar Mandelbäume sind oder ein schönes Pferd oder etwas ganz anderes, ist eigentlich weniger wichtig. Wer dann noch eine gut und sicher angelegte finanzielle Reserve zurückbehält, um sich auch in Zukunft dieses oder jenes leisten zu können, der wird sich zumindest subjektiv reich vorkommen...

hoch auf, so daß die Gurte, die Sidi Bouhajja auf seinem Rücken hielten, platzten. Der in den weißen Selham eingehüllte Körper fiel in dem Moment zu Boden, als der Hengst die Stute bestieg. Ramadi sprang vorwärts und zerrte ihn aus dem Weg. Dann kehrte er in seinen Hauseingang zurück und schaute den beiden Tieren zu.

Wenig später kamen die Nachbarn herbeigeeilt. Sie trugen Sidi Bouhajjas Leiche auf Ramadis Hof und priesen Allah. Als dann die Männer aus Tamlat in Izli angekommen waren, standen Hengst und Stute friedlich nebeneinander unter dem alten Olivenbaum, während im Inneren von Ramadis Haus die *tolbas* ihre Wehklagen anstimmten.

Die Männer von Tamlat verbargen ihren Kummer und akzeptierten Allahs Willen. Das Pferd war nach Izli gelaufen und hier stehen geblieben, also würde dies der Ort sein, an dem sie Sidi Bouhajja begraben würden.

Sie halfen den Männern von Izli, das Grab auszuheben. Währenddessen machte die Neuigkeit in allen Dörfern der Umgebung die Runde, so daß viele *tolbas* aus anderen Gemeinden herbeieilten, um am Grab zu wehklagen.

Es dauerte nicht lange, und es kamen Scharen von Pilgern in Izli an, die am Grab von Sidi Bouhajja *baraka* finden wollten. Bald war es notwendig, Ramadis Haus abzureißen und an seiner Stelle eine heilige Stätte zu errichten, wo die Pilger auch übernachten konnten. Gleichzeitig bauten die Leute von Izli eine kuppelförmige *qoubba* über die letzte Ruhestätte des Heiligen unter dem Olivenbaum, und schließlich zogen sie eine hohe Mauer drumherum. Ramadi bekam ein anderes Haus in der Nähe.

Da die Pilger anfingen, das Wasser aus der Quelle mitzunehmen, verbreitete sich der Ruhm des Wassers bald im ganzen Land und gewann eine große Bedeutung. Selbst die, die Sidi Bouhajja nicht verehrten, kamen, um davon zu trinken und es mit nach Hause zu nehmen. Als Gegenleistung ließen sie Nahrung und Geld an der heiligen Stätte zurück. Noch ehe ein Jahr vergangen war, galt Izli als wohlhabenderes Dorf als Tamlat.

Nur Ramadi und der Assaoui wußten um die Rolle, die sie

dabei gespielt hatten, das Glück herbeizulocken, das schließlich ihr Dorf so sehr verändert hatte, und sie hielten es nicht für wichtig, denn alles kommt von Allah und ist vorherbestimmt. Was Ramadi interessierte, war die Schönheit des schwarzen Füllens, das nun der Stute folgte, wo immer er mit ihr hinritt, egal ob es hinunter in die Ebene oder hinauf zum Markt von Tamlat war.

Tanger
1975

VERGANGENHEIT
UND GEGENWART

Tanger – wenn ich wirklich in dieses Haus am Aïm Cqof ziehen sollte, werde ich keine Kosten scheuen, um mir in der Mitte des Hofes einen Brunnen bauen zu lassen. Das Wasser würde in ein Marmorbecken plätschern und durch die marmornen Rinnen in einen Graben fließen. Fließendes Wasser, so heißt es, verleiht der Seele in der Stunde des Gebets Frieden. Gelegentlich vielleicht sogar zuviel. Ein Beispiel: die bekannte Geschichte von Hadj Allal, der nicht durch eigene Schuld ins Unglück stürzte.

«Als ob er auf eine Mine getreten wäre», erklärte einer der theologischen Studenten. «Nur daß die Mine unsichtbar war und kein Geräusch verursachte, als sie explodierte. Niemand wußte etwas darüber. Er schaute in den Fluß. Dann kam er plötzlich in die Moschee. Wir alle meinten, er wäre etwa fünf Minuten draußen gewesen. Aber am Ort, wo er gefallen war, waren ungefähr zwei Jahre vergangen. Er hat versucht, es uns zu erklären. Wir brachten ihn nach Hause und sagten seiner Frau, sie solle ihn ins Bett legen und gut zudecken.»

Und da ist die Geschichte von dem *fqih*, der vor ungefähr zweihundert Jahren in der Moschee eines kleinen Dörfchens lehrte. Keine Spur von seinem Leben wäre heute noch erhalten, hätte er nicht dieses unerklärliche psychische Abenteuer erlebt. Der Mann muß über einen der seltenen Risse in der Zeit gestolpert sein, ein Fehler in der Oberfläche der Zeit, wie man so sagt – und fiel hinein.

Von einem anderen *fqih* in Hajra den Nahal wird berichtet, daß er von einer Sekunde auf die andere ausgerutscht und in einen tiefen Schacht der Zeit gefallen ist. Der Unfall passierte, während er sich im Fluß vor der Moschee wusch. Er hockte neben dem fließenden Wasser, als zwei *tolbas* auf ihrem Weg zum Gebet in der Moschee an ihm vorbeikamen. Sie waren in ein Gespräch vertieft. Später erklärte der *fqih*, daß er nur diesen einen Satz gehört hatte: «innerhalb eines Augenblicks…» Das schien das Signal gewesen zu sein. Alles um ihn herum hörte auf zu existieren, verschwamm vor seinen Augen und ließ ihn in völliger Dunkelheit zurück.

In allen Versionen ist der Eintritt in diese Ebene für die Betroffenen von entscheidender Bedeutung. Die beiden «falschen» Jahre verbrachte der Nahali seinen eigenen Worten nach in Indien, und zwar in einem Zustand, in dem er für andere unsichtbar war. Während dieser Zeit beschäftigte er sich mit nichts anderem, als einem berühmten Goldschmied bei der Arbeit zuzuschauen. Als die Zeit ihn dann wieder ausspuckte und er wie vorher an seinem Fluß bei der Moschee saß, kannte er alle Geheimnisse des indischen Meisters. Er benutzte dieses Wissen von nun an, indem er selber Goldschmied wurde. Sein Ruhm als großer Künstler verbreitete sich in der ganzen islamischen Welt, so daß der indische Goldschmied, als er davon hörte, nicht ruhte noch rastete, bis er Marokko besucht und die Schmuckstücke mit eigenen Augen gesehen hatte. Unklugerweise reiste er mit seiner Frau. Der Höhepunkt und das Tüpfelchen auf dem i für die, die diese Geschichte erzählen, ist der doppelte Triumph des Nahali. Der Inder sah nicht nur seine eigenen Erfindungen von dem Marokkaner verbessert, sondern er verlor auch noch seine Frau an ihn.

Ein anderer unglücklicher *fqih* verbrachte seinen Aufenthalt in der Zeitblase als Frau, kehrte jedoch mit größerer Weisheit in die Welt zurück.

Auch die Legende der Haddadoua und ihrer Vernichtung liefert neues Material zu diesem Thema. Tag für Tag, von morgens bis abends saß ihr Schutzheiliger in einer *nargilah* und rauchte Kif, erzählte man sich. Noch vor sieben oder acht Jahren konnte man seine Schüler neben dem zerfallenen Grab sitzen sehen, die nur dorthin gekommen waren, um zu rauchen. Die ganze Bruderschaft wurde von der Regierung völlig ausgerottet. Manchmal sieht man einen einsamen Mann die Straße entlanggehen; er trägt die zerlumpten Kleider und die wilde Haartracht der Haddadouih, aber da die Sekte nicht länger existiert und, wichtiger noch, kein Hauptquartier mehr besitzt, verdient ein solcher Mann nicht länger den Respekt, den man einem Mitglied des Ordens normalerweise zollt, und so rutscht er für die meisten Bürger in die Kategorie der ganz normalen Spinner.

In den Augen der Regierung jedoch war die Haddadoua überhaupt keine religiöse Sekte, sondern eine Bande von organisierten Banditen, die man nur mit Waffengewalt einschüchtern konnte. Abgesehen von ihrer geheimnisvollen Macht über Ziegen, die es ihnen ermöglichte, einen großangelegten Raubzug dieser Tiere im gesamten nördlichen Teil des Landes durchzuführen, und ihrer Angewohnheit, ihre Mitmenschen mit magischen Flüchen zu bedrohen, um – besonders von der Landbevölkerung – Geld zu erpressen, schien es keinen triftigen Grund für ihre Verfolgung und Vernichtung zu geben. Vielleicht war es die Legende von der Festung, die sie errichtet hatten, in deren Kellern sie angeblich viele Frauen gefangen hielten. Sie behaupteten, daß die Frauen aus freiem Willen zu ihnen gekommen waren und darum gebeten hatten, als Schülerinnen bei ihnen aufgenommen zu werden. Ob das nun der Wahrheit entsprach oder nicht, sobald die Frauen bei ihren Ritualen zugegen gewesen waren, konnten sie es ihnen nicht mehr erlauben, das Gebäude zu verlassen, und schlossen sie deshalb in die Keller ein, wo sie den häuslichen Pflichten nachgingen.[1]

Die Haddadoua legten sehr viel Wert auf ihre Nahrung. Jede Mahlzeit war ein Bankett. Vielleicht war die Bedeutung, die man dem Essen beimaß, eine Folge der großen Mengen von Cannabis, die die Männer jeden Tag zu sich nahmen. Ein riesiger

---

1 Das ist die Legende. Eine erst kürzlich vorgenommene Untersuchung der besagten Stelle bewies mir jedoch, daß es unter keinem Flügel des ehemals heiligen Ortes Keller gegeben hat.

Viehbestand im ganzen Land sorgte im übrigen dafür, daß sie immer genug auf dem Tisch hatten. Ein Haddadouih konnte allein in die Landschaft hinausgehen und innerhalb von wenigen Tagen mit Hunderten von Ziegen zurückkehren, die ihm im Gänsemarsch folgten. Das allein war schon genug, um die Herzen der Bauern mit Angst und Schrecken zu erfüllen. Niemand scheint Genaueres darüber zu wissen, wie sie den Tieren ihren Willen aufzwangen, aber es besteht Übereinstimmung dahingehend, daß es eine besondere Kunst erforderte, die man sich nur mit viel Zeit und Geduld aneignen konnte. Wenn man bedenkt, daß sie die Technik erlernten, indem sie sich zu den Tieren legten und nachts, wenn sie schliefen, zu ihnen sprachen, scheint es gar nicht so unwahrscheinlich. Der Haddadouih, der vor vierzig Jahren im Staub von Marrakesch lag, verwandelte sich in eine Ziege, während ich zuschaute. Ich sah einen menschlichen Körper mit dem Geist einer Ziege vor mir, so, als ob die Ziege in der Lage gewesen wäre, äußerlich die Form eines Menschen anzunehmen und doch unverwechselbar eine Ziege blieb. Was auch immer es war, über das sie auf dem Weg zu ihrem esoterischen Wissen stolperten, sicherlich ist ihr eigener Ruin auf den Mißbrauch dieser Techniken zurückzuführen.

Für die Leute, die auf dem Land leben, ist der *djinn* auch heute noch ein selbstverständlicher, wenn auch gefürchteter Bestandteil ihres Lebens. Es geht den Marokkanern nicht darum, sie zu beschwören und um Hilfe zu bitten, sondern ausschließlich darum, ihnen möglichst aus dem Weg zu gehen. Sie leben nur ein paar Meter unter uns, in einer exakten Imitation der Landschaftsoberfläche der Erde. Jeder Baum und Fels, jedes Haus hat ein identisches Gegenstück auf der Erde. Der einzige Unterschied liegt darin, daß ihr Himmel aus Erde statt aus Luft besteht und es deshalb stockfinster ist. Aber da die Unterwelt eine exakte Reproduktion der oberen Welt ist, sind die *djenoun* für das Leben dort unten perfekt ausgerüstet und ziehen es auch in der Tat dem in unserer Welt vor. Schwierigkeiten gibt es erst, wenn sie tierische oder menschliche Form annehmen und bei uns auftauchen, denn sie sind unsere traditionellen Feinde, ein fremder

Stamm, immer auf der Lauer nach einer Gelegenheit, unsere Dörfer zu infiltrieren, und das passiert schon dann, wenn sie einfach nur Kontakt zu uns aufnehmen.

Wenn sich ein *djinn* einem bestimmten Menschen gezeigt hat, wird sich sein Leben radikal verändern. Wir können immer dann seinen Einfluß oder seine Gegenwart erkennen, wenn die Dinge nicht so laufen, wie sie sollten, immer dann, wenn in einer bestimmten Situation ein unerklärliches oder verdächtiges Element auftaucht, kurz, wenn wir mit etwas konfrontiert werden, was wir nicht verstehen. Das ist die erste Warnung. Und dann müssen wir Ausschau nach dem *djinn* halten – früher oder später stoßen wir auf ihn und erkennen ihn auch, egal in welcher Form er uns begegnet. Was dann nur zählt, ist die Reaktion und die Art, wie man mit ihm umgeht. Wenn man den Kampf mit einem *djinn* verliert, kann man mit jahrelangem Ärger, mit Krankheit, ja, sogar mit dem Tod rechnen.

Vor allem sollte man sich davor hüten, sich gefühlsmäßig mit einem *djinn* oder einer *djinniya* einzulassen. Rassenmischung ist zwar nicht selten, aber sie wird im allgemeinen erst entdeckt, wenn einer der beiden Partner den anderen getötet hat. «Ich habe sie monatelang beobachtet, bis ich dahinterkam, daß sie nie etwas aß, was Salz enthielt. Da wußte ich, daß sie keine richtige Frau war.»

Begreiflicherweise kann sich die offene Stelle in der Grenze zwischen den beiden Welten überall befinden, meistens liegt sie jedoch in Höhlen und unter Wasser, besonders unter fließendem Wasser. Wenn dein Reiseweg über einen Fluß führt, dann achte darauf, daß du immer irgendeinen Gegenstand aus Stahl (oder wenigstens Eisen) zur Hand hast. Stadtmenschen behaupten ja oft, daß es gar keine *djenoun* gibt, oder nicht mehr gibt, wenigstens nicht in der Stadt. Auf dem Land aber, wo das Leben immer noch genau in den gleichen Bahnen verläuft wie seit Jahrhunderten, und wo es nicht so viele Autos und andere Dinge gibt, die Eisen enthalten, ist es wahrscheinlich, daß *djenoun* auch heute noch existieren – das müssen selbst die Leute aus der Stadt zugeben. Aber dann fügen sie meistens schnell hinzu, daß die Autos sie am Ende alle vertreiben werden, denn sie können gegen Stahl oder Eisen einfach nichts ausrichten. Dann wird man sie nur noch in den Bergen oder in den abgelegenen Teilen der Wüste fürchten müssen.

Trotz dieser rationalen Beruhigungsversuche richten die *djenouns* gelegentlich auch mitten in der Stadt ihre Verwüstungen an. Dann tauchen sie urplötzlich aus Abflußrohren auf und fallen Hausfrauen an. Aus diesem Grund hüten sich auch heute noch viele Frauen davor, heißes Wasser in den Ausguß zu gießen, mit anderen Worten, sie spülen ihr Geschirr mit kaltem Wasser, damit sie nicht aus Versehen einen möglichen Bewohner des Abflußrohres verletzen. Man weiß, daß die *djenoun* in solchen Fällen extrem rachsüchtig sein können und es den Übeltätern meistens mit einer Lähmung heimzahlen.

Wenn man in die Vororte der Stadt kommt, dort, wo die Felder anfangen und die Schafe weiden, und dort unter bestimmten Bäumen ein Loch gräbt, wird man nicht selten auf ein Messer stoßen. Ein paar Meter weiter stößt man vielleicht auf ein zweites. Man findet sie zu Dutzenden und alle sind in einen Fetzen Papier eingewickelte Klappmesser. Selbst, wenn einer hinginge und jedes Messer, das er findet, aufklappt und damit jedesmal einen Mann vom Fluch einer gottlosen Frau erlöst – er würde wohl kaum seine ganze Zeit damit verbringen wollen, Gutes für eine ganze Schar von Männern zu tun, die er noch nie gesehen hat und wohl auch nie kennenlernen wird. Eigentlich gibt es keinen Grund, loszugehen und nach vergrabenen Messern zu suchen, es sei denn, man vermutet, daß man selber Opfer eines solchen Messerfluches geworden ist. In diesem Fall überlegt man sich, welche Frau es vermutlich war und wo sie wohl hingegangen sein könnte, geht dann selber los und fängt an, aufs Geratewohl zu graben.

Manchmal stößt man dabei auf andere grabende Männer, die beschämt zur Seite schauen, wenn sie einen bemerken, und schnell so tun, als höben sie etwas vom Boden auf, was ihnen heruntergefallen war. Oft stehen sie auf, zucken die Achseln und gehen weg. Aber wenn man in einiger Entfernung wartet, kommen sie verstohlen zurück und fangen wieder an zu graben. Wo bleibt die Gerechtigkeit in einer Welt, in der eine Frau einem

Mann mit einem simplen Klappmesser so viel Kummer machen kann?

«Schon zweimal habe ich ein zusammengeklapptes Messer am Fuß der Klippe, im Meer vergraben gefunden. Die Frauen, die so etwas tun, sind noch schlimmer als die, die sie im Boden vergraben; sie sind entschlossen, einen langen Weg zu machen, um das Leben der Männer, die sie hassen, zu ruinieren. Und die Chance, daß ein solches Messer gefunden und geöffnet wird, ist nicht sehr groß. Selbst, wenn das Papier, auf das der Fluch geschrieben war, sich im Wasser auflöst, kann der Mann seines Lebens nicht mehr froh werden, bis die Klinge geöffnet wird. Denn das Schließen der Klinge auf dem Fluch macht den Mann unfähig, hart zu werden. Wenn ich je einer Frau begegne, die dabei ist, ein Messer zu begraben, kommt sie nie wieder heil nach Hause zurück.»

Tanger
1975

ALLAL

Er wurde in dem Hotel geboren, in dem seine Mutter arbeitete. Das Hotel hatte nur drei düstere Zimmer und einen Hof hinter der Bar. Weiter hinten lag noch ein kleinerer Patio mit mehreren Türen. Hier wohnten die Dienstboten, und hier verbrachte Allal seine Kindheit.

Der Besitzer des Hotels, ein Grieche, hatte Allals Mutter davongejagt. Er war empört, daß sie, ein Mädchen von vierzehn Jahren, es gewagt hatte, in seinem Haus ein Kind in die Welt zu setzen. Obendrein weigerte sie sich, den Namen des Vaters zu verraten, und es wurmte ihn, daß er nicht selber auf die Idee gekommen war, die Situation auszunutzen, solange sich die Chance bot. Er drückte Allals Mutter ihren Lohn für die nächsten drei Monate in die Hand und schickte sie zurück nach Marrakesch. Aber der Koch und seine Frau hatten das Mädchen ins Herz geschlossen und boten ihm an, es eine Weile bei sich aufzunehmen, und so willigte der Grieche ein und erlaubte, daß die Mutter so lange bei ihnen blieb, bis ihr Baby groß genug war, um es mit zurück nach Marrakesch zu nehmen. Ein paar Monate verbrachte sie mit dem Koch und seiner Frau in dem hinteren Patio, dann verschwand sie eines Tages und ließ ihr Kind zurück. Keiner hat je wieder etwas von ihr gehört.

Kaum war Allal alt genug, um Lasten zu tragen, gaben sie ihm Arbeit. Es dauerte nicht lange, da schleppte er schon ganz allein einen Kübel Wasser vom Brunnen hinter dem Hotel herbei. Der Koch und seine Frau hatten keine Kinder, und so spielte er allein.

Als er älter wurde, begann er die verlassene Hochebene draußen zu erforschen. Dort oben gab es nichts außer den Militärbaracken, die von einer hohen, unüberwindlichen Mauer aus roten Backsteinen umgeben waren. Alles andere lag unten im Tal: die Stadt, die Gärten und der Fluß, der zwischen Tausenden von Palmen hindurch südwärts schlängelte. Hier konnte er hoch oben auf einem Felsen sitzen und hinunterschauen auf die Leute, die durch die Gassen der Stadt liefen. Erst viel später kam er in die Stadt hinab und lernte ihre Einwohner kennen. Sie nannten ihn einen Sohn der Sünde, weil seine Mutter ihn ausgesetzt hatte, und sie lachten hämisch, wenn sie ihn sahen. Ihm kam es vor, als hofften sie, ihn auf diese Weise zu einem Schatten zu machen, damit sie ihn nicht als ein Wesen aus Fleisch und Blut akzeptieren mußten. Mit Schrecken sah er der Zeit entgegen, wo er jeden Morgen in die Stadt gehen mußte, um dort zu arbeiten. Momentan half er noch in der Küche aus oder bediente die Offiziere aus den Baracken und die paar Fremden, die durch die Gegend kamen. Im Restaurant bekam er kleine Trinkgelder, dazu gewährte ihm der Grieche freie Kost und Logis in einer der Zellen im Gesindequartier, jedoch keinen Lohn für seine Arbeit. Schließlich kam er in das Alter, wo ihm seine Situation entwürdigend erschien, und so beschloß er eines Tages, in die Stadt hinunterzugehen und zu arbeiten. Zusammen mit anderen Jungs in seinem Alter half er bei der Herstellung der Lehmziegel, aus denen die Leute hier ihre Häuser bauten.

Das Leben in der Stadt war genau so, wie er es sich vorgestellt hatte. Zwei Jahre lang wohnte er in einem Zimmer hinter einer Schmiede, lebte zurückgezogen und ohne Scherereien und sparte alles Geld, was er nicht unmittelbar zum Leben brauchte. Er dachte nicht daran, sich in dieser Zeit Freunde zu suchen; ganz im Gegenteil entwickelte er einen tiefen Haß auf die Leute in der Stadt, denn sie ließen ihn niemals vergessen, daß er ein Sohn der Sünde war, nicht einer wie die anderen, sondern *meskhot* – verflucht. Eines Tages fand er ein kleines Haus, kaum mehr als eine Hütte, zwischen den Palmenhainen vor der Stadt. Die Miete war niedrig und kein Mensch wohnte in der Umgebung. Dort, wo der Wind in den Bäumen spielte, lebte er nun und vermied allen Kontakt mit den Leuten aus der Stadt, so gut er konnte.

An einem heißen Sommerabend kurz nach Sonnenuntergang schlenderte er unter den Arkaden entlang, die den Marktplatz der Stadt säumten. Ein paar Meter vor ihm ging ein alter Mann mit einem weißen Turban und versuchte, einen schweren Sack von der einen auf die andere Schulter zu wuchten. Plötzlich fiel der Sack auf die Erde, und Allal traute seinen Augen nicht, als zwei dunkle Schatten herausglitten und im Zwielicht verschwanden. Der alte Mann warf sich auf seinen Sack, band ihn zu und schrie dabei: «Paßt auf die Schlangen auf! Helft mir meine Schlangen suchen!»

Viele Leute machten auf dem Absatz kehrt und liefen eilig denselben Weg zurück, den sie gekommen waren. Andere blieben in sicherer Entfernung stehen und gafften. Ein paar riefen dem Alten zu: «Mach bloß, daß du deine Schlangen wiederfindest und hier fortkommst! Was hast du hier zu suchen? Wir wollen keine Schlangen in unserer Stadt!»

Der alte Mann hüpfte aufgeregt von einem Fuß auf den anderen und sagte dann zu Allal: «Paß einen Augenblick hier auf, mein Sohn!» Dabei deutete er auf den Sack, der vor ihm auf der Straße lag. Er nahm einen Korb, den er mitgebracht hatte, und bog hastig um die Ecke in eine kleine Gasse. Allal blieb wo er war. Niemand ging an ihm vorbei.

Nicht lange darauf kam der alte Mann keuchend und triumphierend zurück. Als die Neugierigen ihn wieder auf dem Marktplatz sahen, fingen sie an zu schreien und zu rufen. Diesmal meinten sie Allal: «Zeig diesem *berrani* den Weg aus der Stadt! Wie kann er es wagen, uns dieses Viehzeug hier reinzuschleppen! Raus hier! Raus!»

Allal nahm den schweren Sack auf und sagte zu dem alten Mann: «Komm mit.»

Sie ließen den Marktplatz hinter sich und liefen durch die Gassen, bis sie am Rande der Stadt angekommen waren. Der alte Mann schaute auf und sah, wie sich die Palmen vor dem blassen Abendhimmel neigten. Er blickte auf den Jungen neben sich. «Komm», sagte Allal nur und wandte sich nach links, den ebenen Pfad entlang, der zu seinem Haus führte. Der alte Mann blieb verwundert stehen.

«Du kannst heute nacht bei mir bleiben», erklärte Allal.

«Und die hier?» fragte der Alte und deutete zuerst auf den Sack und dann auf den Korb. «Sie müssen immer in meiner Nähe sein.» Allal grinste.

«Die können mitkommen.»

Als sie im Haus saßen, schaute Allal auf den Sack und den Korb.

«Ich bin nicht wie die anderen dort draußen», sagte er.

Es tat ihm gut, diese Worte auszusprechen. Er machte eine verächtliche Handbewegung.

«Haben Angst, über den Marktplatz zu gehen, bloß weil da eine Schlange ist. Aber du hast sie ja selber gesehen.»

Der alte Mann kratzte sich am Kinn.

«Schlangen sind wie Menschen», sagte er. «Du mußt sie kennenlernen. Dann kannst du ihr Freund werden.»

Allal dachte eine Weile nach und fragte dann:

«Läßt du sie ab und zu mal raus?»

«Natürlich, oft», sagte der alte Mann eifrig. «Das ist nicht gut für sie, wenn sie eingesperrt sind, so wie jetzt. Sie müssen gesund sein, wenn wir nach Taroudant kommen, sonst wird sie mir der Händler dort nicht abkaufen.»

Er fing an, Allal eine lange Geschichte über sein Leben als Schlangenfänger zu erzählen. Er beschrieb ihm, wie er jedes Jahr einmal nach Taroudant fuhr, um dort einen Händler zu besuchen, der ihm seine Schlangen für die Assaoua Schlangenbeschwörer in Marrakesch abkaufte. Allal kochte Tee und hörte zu, dann brachte er dem Alten eine Schale mit Kifpaste, um sie zum Tee zu essen. Später, als sie sich in einer Wolke von Pfeifenrauch bequem zurückgelegt hatten, lachte der alte Mann leise in sich hinein. Allal wandte den Kopf und sah ihn an.

«Soll ich sie rauslassen?»

«Klar!»

«Aber du mußt ganz still sitzen bleiben und darfst nicht sprechen. Rück die Lampe ein Stückchen näher.»

Er schnürte den Sack auf, schüttelte ihn ein bißchen und

kehrte auf seinen Platz zurück. Dann beobachtete Allal schweigend, wie die langen Körper vorsichtig herausglitten ins Licht. Außer den Kobras gab es noch andere, deren Haut so fein und exakt gezeichnet war, daß man glauben konnte, ein Künstler habe sich diese Muster ausgedacht und aufgemalt. Eine rötlichgoldene Schlange gefiel ihm ganz besonders. Sie hatte sich mitten auf dem Fußboden zusammengerollt und lag jetzt träge da. Als er sie anstarrte, spürte er ein starkes Verlangen, sie zu besitzen und immer bei sich zu haben.

Der alte Mann erzählte.

«Ich habe mein ganzes Leben lang mit Schlangen zu tun gehabt», sagte er. «Ich könnte dir einiges über sie erzählen. Wußtest du beispielsweise, daß du mit ihnen machen kannst, was du willst, ohne auch nur ein Wort zu sagen? Du brauchst ihnen bloß *majoun* zu geben, ich schwör's bei Allah!»

Ein Anflug von Zweifel huschte über Allals Gesicht. Er zweifelte nicht daran, daß der Alte die Wahrheit sagte, eher daran, ob er sein Wissen auch in die Tat umsetzen konnte. In diesem Moment kam ihm zum erstenmal die Idee, sich die Schlange unter den Nagel zu reißen. Er dachte bei sich, was auch immer nun zu tun sei – er mußte sich damit beeilen, denn am nächsten Morgen wollte der Alte aufbrechen.

Plötzlich war er voller Ungeduld.

«Tu sie wieder weg, damit ich uns ein Abendessen kochen kann», flüsterte er. Er saß da und bewunderte die Leichtigkeit, mit der der alte Mann jede einzelne am Kopf aufhob und wieder in den Sack steckte. Und wieder sperrte er zwei von den Schlangen in den Korb, und eine von ihnen, bemerkte Allal, war die rote. Er meinte sogar, den Glanz ihrer Schuppen durch den Korbdeckel hindurch schimmern zu sehen.

Als er anfing, das Essen zu bereiten, bemühte sich Allal, an andere Dinge zu denken. Aber als sich die Schlange trotz alledem nicht aus seinen Gedanken verbannen ließ, überlegte er sich, wie er sie am besten dem Alten wegnehmen konnte. Während er in der Ecke vor dem Feuer hockte, verrührte er ein wenig Kifpaste in einer Schale mit Milch und stellte sie beiseite.

Der alte Mann war immer noch am Erzählen.

«Wir hatten wirklich Glück, daß wir die beiden Schlangen so schnell gefunden haben, und das mitten in der Stadt. Man weiß nie, was Menschen plötzlich in den Sinn kommt, wenn sie mitkriegen, daß du Schlangen transportierst. Einmal in El Keela, da haben sie mir alle abgenommen und totgeschlagen, eine nach der anderen, vor meinen Augen. Ein ganzes Jahr Arbeit. Ich mußte nach Hause zurückkehren und wieder von vorne anfangen.»

Beim Essen bemerkte Allal, daß sein Gast allmählich schläfrig wurde. «Wie soll ich es bloß anstellen?» fragte er sich. Jedenfalls war es unmöglich, im voraus zu entscheiden, was zu tun war. Und die Aussicht, die Schlange zu berühren, machte ihm angst. «Sie könnte mich umbringen», dachte er.

Als sie die Mahlzeit beendet, ihren Tee getrunken und ein paar Pfeifen Kif geraucht hatten, legte sich der alte Mann auf die Erde, um zu schlafen. Allal sprang auf.

«Hier drin!» erklärte er und führte ihn zu seiner eigenen Matte, die in einer kleinen Nische lag. Der alte Mann legte sich hin und war im Handumdrehen eingeschlafen.

In der nächsten halben Stunde schlich sich Allal mehrere Male zu der Nische und spähte hinein, aber der Alte mit seinem Burnus und seinem Turban lag noch genauso reglos da wie zuvor.

Er holte seine Decke, verknotete sie an drei Zipfeln miteinander und breitete sie auf dem Fußboden aus, daß das vierte Ende genau vor dem Korb zu liegen kam. Dann stellte er die Schale mit Kifpaste und Milch in die Mitte des Lakens. Als er den Riemen am Korbdeckel lockerte, hörte er den Alten husten. Allal blieb reglos stehen und wartete darauf, daß die heisere Stimme etwas sagte. Eine leichte Brise war aufgekommen; draußen rieben sich die Palmwedel aneinander, aber in der Nische blieb alles still. Er kroch zum anderen Ende des Zimmers, hockte sich gegen die Wand und starrte gebannt auf den Korb.

Ein paarmal hatte er den Eindruck, daß der Korbdeckel sich leicht bewegte, und jedesmal glaubte er, er habe sich geirrt. Plötzlich stockte ihm der Atem. Im Schatten des Korbes bewegte sich etwas. Eine der Schlangen war am jenseitigen Ende herausgeschlüpft. Sie wartete eine Weile, ehe sie sich weiter ins Licht vorwagte, aber als sie es endlich tat, hauchte Allal ein Dankgebet. Es war die rötlich-goldene.

Nach einiger Zeit beschloß sie, die Schale auszukundschaften. Erst machte sie eine Runde um den Rand und schaute von allen Seiten hinein, ehe sie schließlich den Kopf senkte und von der Milch trank. Allal schaute ihr zu und befürchtete, daß der ungewohnte Geschmack des Kif sie irritieren würde. Doch die Schlange rührte sich nicht vom Fleck.

Er wartete eine halbe Stunde, vielleicht sogar länger. Die Schlange blieb wo sie war, mit dem Kopf in der Schale. Von Zeit zu Zeit warf Allal einen Blick in den Korb, um sich zu vergewissern, daß die zweite Schlange noch drin war. Der leichte Wind draußen hielt an und rieb die Palmwedel gegeneinander. Jetzt war der richtige Augenblick gekommen – er stand langsam auf, und während er den Korb im Auge behielt, in dem offensichtlich noch die zweite Schlange lag, nahm er vorsichtig die drei zusammengeknoteten Enden des Lakens in die Hand. Dann hob er den vierten Zipfel hoch, wobei Schlange und Schale in die Mitte des improvisierten Sackes rutschten. Die Schlange bewegte sich leicht, aber er hatte nicht den Eindruck, daß sie böse war. Er wußte haargenau, wo er sie verstecken mußte: zwischen ein paar Felsblöcken im ausgetrockneten Flußbett.

Das Laken vor sich her tragend, öffnete er die Tür und trat hinaus unter die Sterne. Er ging nicht weit die Straße hinauf, bis zu einer Gruppe hoher Palmen und dann nach links in das *oued* hinein. Zwischen den Felsen wußte er eine kleine Mulde, wo sein Bündel gut aufgehoben war. Er schob es vorsichtig hinein und lief dann eilig zu seiner Hütte zurück. Der alte Mann schlief.

Er war sich nicht ganz sicher, ob die andere Schlange noch in ihrem Korb war, deshalb nahm Allal seinen Burnus und ging nach draußen. Er schloß leise die Tür hinter sich und legte sich zum Schlafen auf die Erde.

Noch vor Sonnenaufgang war der Alte wach und lag hustend in seiner Nische. Allal sprang auf, ging ins Haus und machte Feuer im *mijmah*. Eine Minute später hörte er ihn schreien:

«Sie sind schon wieder weg! Aus dem Korb verschwunden! Bleib wo du bist, ich suche sie!»

Kurze Zeit später kam er zufrieden grunzend wieder an.

«Ich hab die Schwarze!» rief er. Allal blickte nicht auf. Er hockte in seiner Ecke vor der Feuerstelle. Der Alte kam mit der Kobra in der Hand zu ihm herüber. «Jetzt muß ich bloß noch die andere finden!»

Er verstaute die Schlange und setzte seine Suche fort. Als das Feuer prasselte, drehte Allal sich um und fragte:

«Soll ich dir beim Suchen helfen?»

«Nein, nein! Bleib wo du bist.»

Allal kochte Wasser und machte Tee. Die ganze Zeit kroch der Alte auf allen Vieren durch die Hütte, drehte Kisten um und schob Säcke beiseite. Sein Turban war ihm halb heruntergerutscht und Schweiß rann ihm übers Gesicht.

«Komm und trink deinen Tee», sagte Allal.

Zuerst schien es, als habe der alte Mann ihn gar nicht gehört. Dann stand er auf und ging hinüber zu der Nische, wo er sich den Turban neu um den Kopf wickelte. Schließlich war er fertig und setzte sich mit Allal zum Frühstück.

«Schlangen sind äußerst kluge Tiere», sagte der Alte. «Sie verstecken sich an Plätzen, die es gar nicht gibt. Ich habe jeden Winkel in diesem Haus durchsucht.»

Als sie mit dem Frühstück fertig waren, gingen sie hinaus und suchten in den dichten Palmenhainen vor Allals Haus nach der Schlange. Am Ende mußte der alte Mann sich damit abfinden, daß sie verschwunden war, und traurig ging er zurück ins Haus.

«Es war eine gute Schlange», sagte er nach einer Weile. «Aber jetzt muß ich endlich nach Taroudant aufbrechen.»

Sie verabschiedeten sich, und der Alte nahm seinen Sack und seinen Korb und machte sich auf den Weg zur Landstraße.

Den ganzen Tag über dachte Allal während der Arbeit an die Schlange, aber erst bei Sonnenuntergang konnte er hinunterlaufen zu den Felsblöcken im *oued* und das Laken herausziehen.

Als er sein Bündel zum Haus zurück schleppte, schlug ihm vor Aufregung das Herz bis zum Hals.

Ehe er das Bündel aufschnürte, füllte er wieder eine Schale mit Milch und Kifpaste und stellte sie auf die Erde. Drei Löffel Paste aß er selber, lehnte sich zurück und paßte auf, was geschah. Mit den Fingerspitzen trommelte er leicht auf die Holzplatte des niedrigen Teetischs. Alles verlief genauso, wie er gehofft hatte. Die Schlange glitt langsam aus dem Laken heraus, fand sofort die Schale und trank von der Milch. Solange sie trank, trommelte Allal weiter; doch als sie fertig war und den Kopf hob, um ihn anzuschauen, hörte er auf damit, und sie kroch zu ihrem Lager zurück. Später an diesem Abend stellte er ihr wiederum eine Schale Milch hin, und wieder trommelte er auf den Teetisch. Zuerst erschien der Kopf der Schlange, und nach einer Weile kam sie ganz hervor. Das Ritual verlief genauso wie zuvor.

In dieser und den folgenden Nächten setzte sich Allal zu der Schlange und begann mit unendlicher Geduld, Freundschaft mit ihr zu schließen. Kein einziges Mal versuchte er, sie zu berühren, aber bald hatte er sie soweit, daß er sie zu sich rufen und bei sich behalten konnte, solange er wollte. Er trommelte einfach leise auf den Tisch und schickte sie nach Belieben wieder fort. Etwa eine Woche lang machte er es mit der Kifpaste, dann versuchte er es ohne. Der Erfolg blieb der gleiche. Jetzt fütterte er sie nur noch mit Milch und Eiern.

Eines Abends, als seine Freundin träge zusammengerollt vor ihm lag, mußte er plötzlich an den alten Mann denken, und er kam auf eine Idee, die alle anderen Gedanken aus seinem Kopf verscheuchte. Seit ein paar Wochen hatte er keine Kifpaste mehr im Haus gehabt, und er beschloß, *majoun* zu machen. Am nächsten Tag besorgte er die Zutaten und nach der Abendmahlzeit machte er sich an die Zubereitung der Paste. Als sie fertig war, verrührte er eine gute Portion mit etwas Milch und stellte die Schale für seine Schlange auf die Erde. Er selber aß vier Löffel voll, die er mit Tee hinunterspülte.

Dann zog er sich hastig aus, schob den Tisch so, daß er ihn bequem erreichen konnte, und streckte sich in der Nähe der Tür nackt auf einer Matte aus. Diesmal trommelten seine Fingerspitzen immer weiter, auch als die Schlange längst die Milch ausgetrunken hatte. Sie lag ganz still und beobachtete ihn, als zweifle sie, daß das vertraute Trommeln von dem braunen Körper kam. Als er merkte, daß sie nach einer langen Zeit immer noch unbeweglich liegenblieb und ihn mit ihren starren gelben Augen fixierte, begann er, das gleiche Wort immer und immer wieder zu wiederholen: «Komm.» Er wußte, sie konnte seine Stimme nicht hören; doch hoffte er, daß sie auf die Gedankenimpulse reagierte, mit denen er sie zu sich rief. «Du kannst sie dazu bringen, zu tun was du willst, ohne ein Wort zu sagen», hatte ihm der alte Mann erzählt.

Obgleich die Schlange sich nicht vom Fleck rührte, fuhr Allal fort, seinen Befehl immer wieder von neuem zu wiederholen, denn mittlerweile war er sicher, daß sie kommen würde. Und nachdem er lange Zeit gewartet hatte, senkte sie plötzlich ihren Kopf und schlängelte sich auf ihn zu. Sie erreichte seine Hüfte und glitt an seinem Bein entlang. Dann kroch sie ihm das Bein hoch und blieb eine Zeitlang auf seiner Brust liegen. Ihr Körper war schwer und lauwarm, ihr Schuppenpanzer wunderbar glatt. Nach einer Weile rollte sie sich in der Mulde zwischen seinem Kopf und der Schulter zusammen.

Mittlerweile hatte der Kif Allals Sinne berauscht. In reinster Verzückung lag er da, spürte den Kopf der Schlange an seinem eigenen und hörte auf zu denken. Das Gefühl, mit der Schlange eins zu sein, beherrschte ihn vollkommen. Die Muster, die hinter seinen Augenlidern auftauchten und miteinander verschmolzen, schienen identisch mit denen auf dem Rücken der Schlange. Ab und zu wirbelten sie in einer rasenden, überwältigenden Bewegung empor und zersplitterten in Fragmenten, aus denen sich ein großes gelbes Auge formte, in der Mitte der schmale Schlitz einer vertikalen Pupille, die mit seinem eigenen Herzschlag pulsierte. Das Auge wich zurück hinter Schichten von Schatten und Sonnenlicht, nur die Schuppenmuster blieben, die mit erneuter Vehemenz verschmolzen und wieder auseinandertrieben. Schließlich tauchte wieder das Auge auf und war so groß, daß es sein ganzes Blickfeld beherrschte, und die Pupille dehnte und dehnte sich, bis der Spalt groß genug war, um ihn durchzulassen. Er starrte hinein in die schwarze Öffnung und spürte, wie er langsam daraufzutrieb. Er streckte die Hand aus und berührte die glatte Oberfläche des Auges zu beiden Seiten der Pupille. Im selben Moment fühlte er den Sog, der aus ihren Augen zu kommen schien. Er schlüpfte hindurch und wurde von der Dunkelheit verschluckt.

Beim Aufwachen hatte Allal das Gefühl, als sei er von weither zurückgekehrt. Er öffnete die Augen und sah, dicht vor sich, etwas, das wie die Flanke eines enormen Tieres aussah und mit rauhen, stoppeligen Haaren überzogen war. Die Luft schien in regelmäßigen Abständen zu vibrieren, wie ferner Donner, der über den Horizont des Himmels rollt. Er seufzte, oder besser, er glaubte zu seufzen, denn kein Laut kam über seine Lippen. Dann bewegte er seinen Kopf ein wenig, um zu sehen, was sich hinter der Masse von Haaren da neben ihm verbarg. Als nächstes erblickte er ein Ohr und wußte, daß er seinen eigenen Kopf vor sich hatte. Das hatte er nicht erwartet – er hatte nur gehofft, daß seine Freundin zu ihm kommen und seinen Traum mit ihm teilen würde. Trotzdem fand er es nicht befremdend; er sagte sich, daß er eben durch die Augen der Schlange sah anstatt durch seine eigenen.

Jetzt verstand er auch, weshalb die Schlange so vorsichtig war: nun würde der Junge eine monströse Kreatur sein, mit all diesen Borsten auf seinem Kopf und dem Atem, der wie ein ferner Sturm in seinem Körper bebte.

Er rollte sich auf und glitt über den Fußboden zu der Nische. In der Lehmwand gab es einen Spalt, der breit genug war, um ihn hindurchzulassen. Als er sich hinausgezwängt hatte, streckte er sich im kristallenen Mondlicht aus und starrte auf die fremdartige Landschaft, in der die Schatten keine Schatten mehr waren.

Er kroch an der Hauswand entlang, bis er zur Straße kam, die in die Stadt führte. Ein Gefühl der Freiheit erfüllte ihn, wie er es nie zuvor gekannt hatte. Seinen Körper spürte er kaum noch, fühlte sich völlig schwerelos in seiner Schuppenhaut. Wie schön war es, mit langgestrecktem Bauch über die Erde zu streichen, als er die stille Straße entlangkroch und das scharfe Aroma der

Wermutbäume in der Nase spürte. Die Stimme des Muezzin, die sich eben von der Moschee her über die Landschaft erhob, konnte er nicht hören, noch konnte er wissen, daß binnen einer Stunde ein neuer Tag heraufgedämmert war.

Als er in einiger Entfernung einen Mann erblickte, verließ er die Straße und versteckte sich hinter einem Felsen, bis die Gefahr vorbei war. Doch als er sich der Stadt näherte, tauchten immer mehr Leute auf, so daß er sich in den *seguia*, den tiefen Graben neben der Straße, verzog. Hier behinderten die Steine und vertrockneten Pflanzenreste sein Vorwärtskommen. Als der Morgen heraufdämmerte, kämpfte er sich noch immer am Grund des *seguia* voran, ringelte sich um Felsblöcke und kroch durch das Gewirr umgeknickter Grashalme.

Das erste blasse Licht des neuen Tages machte ihn verwirrt und unglücklich. Er kletterte die Böschung des *seguia* hinauf und hob den Kopf, um die Straße zu überblicken. Ein vorbeigehender Mann sah ihn, blieb wie angewurzelt stehen, drehte sich dann abrupt um und rannte davon. Allal wartete nicht lange – er wollte jetzt nur noch nach Hause, und zwar so schnell es ging.

Plötzlich spürte er, wie hinter ihm ein Stein auf dem Boden aufschlug. Sofort warf er sich über den Rand des *seguia* und rollte sich krümmend die Böschung hinunter. Er kannte das Terrain: dort, wo die Straße den *oued* kreuzte, gab es zwei Kanalrohre, die nicht weit voneinander lagen. In einiger Entfernung vor ihm stand ein Mann mit einer Schaufel in der Hand und beobachtete argwöhnisch den *seguia*. Allal beeilte sich; er wußte, daß er den ersten Kanal erreichen konnte, ehe der Mann ihn erwischen würde.

Der Boden des Tunnels, der unter der Straße hindurchführte, war übersät mit kleinen harten Wellen aus Sand. In der Luft, die durch das Rohr strich, witterte er den Geruch der Berge. Es gab hier drin ein paar Stellen, an denen er sich hätte verstecken können, aber er kroch weiter und erreichte bald das andere Ende. Er schlüpfte in den zweiten Kanal und kroch wieder unter der Straße retour, bis der Tunnel wieder in den *seguia* mündete. Hinter ihm, am Eingang zum ersten Kanal, standen ein

178

paar Männer beisammen. Einer von ihnen lag auf den Knien und war schon bis zu den Schultern in der Kanalöffnung verschwunden.

Allal schlüpfte nun über das offene Feld geradewegs auf sein Haus zu. Er orientierte sich an der Palmengruppe, die neben dem Haus emporragte. Eben ging die Sonne auf, und die Steine warfen lange bläuliche Schatten. Plötzlich tauchte hinter ein paar Bäumen in der Nähe unvermittelt ein kleiner Junge auf, sah ihn und riß vor Schreck Mund und Augen auf. Er war so nahe, daß Allal direkt auf ihn zu glitt und ihn ins Bein biß. Der Junge rannte schreiend auf die Männer zu, die noch immer im *seguia* standen.

Allal eilte auf sein Haus zu und schaute sich erst wieder um, als er das Loch zwischen den Lehmziegeln erreicht hatte. Ein paar von den Männern kamen durch die Palmen auf ihn zugerannt. Hastig glitt er durch den Mauerspalt in die Nische hinein. Noch immer lag der braune Körper neben der Tür. Aber die Zeit war knapp, und Allal brauchte eine Weile, um sich dicht neben den Kopf zu schmiegen und zu sagen «Komm», wenn er wieder hineinschlüpfen wollte.

Während er noch hinausstarrte auf den Körper im Nebenraum, klopfte es laut an die Tür. Schon beim ersten Schlag war der Junge auf den Beinen, als hätte ihn eine Feder hochgeschnellt. Verzweifelt sah Allal den Ausdruck absoluten Horrors in seinem Gesicht und diese Augen, hinter denen jeder menschliche Verstand verschwunden war. Keuchend und mit geballten Fäusten stand der Junge da. Da öffnete sich die Tür und einer der Männer lugte herein. Mit einem brüllenden Aufschrei senkte der Junge den Kopf und stürmte durch die Tür ins Freie. Einer der Männer streckte die Hand aus, wollte ihn festhalten, verlor aber das Gleichgewicht und fiel hin. Im nächsten Moment stürmten alle los und rannten durch den Palmenhain hinter der nackten Gestalt her.

Auch wenn sie ihn ab und zu aus den Augen verloren, so hörten sie doch seine Schreie, und dann sahen sie ihn wieder zwischen den Palmen, immer noch am Laufen. Schließlich stolperte er und stürzte kopfüber zu Boden. Nun schnappten sie ihn, fesselten ihn, bedeckten seine Blöße und trugen ihn fort, um ihn schließlich ins Hospital von Berrechid zu schaffen.

Am Nachmittag kam dieselbe Gruppe zurück, um die Suche vom Morgen wieder aufzunehmen. Allal lag in seiner Nische und döste. Als er zu sich kam, waren sie bereits im Haus. Er warf sich herum und kroch auf den Mauerspalt zu. Da sah er den Mann, der draußen wartete, mit einem Knüppel in der Hand.

Schon immer hatte der Zorn sein Herz erfüllt, nun brach es aus ihm heraus. Wie eine Peitsche schnellte er ins Zimmer hinein. Die Männer, die ihm am nächsten waren, krochen auf Händen und Knien auf dem Boden herum und Allal hatte noch das Vergnügen, zweien von ihnen seine Giftzähne ins Fleisch zu bohren, bevor ein dritter ihm mit seiner Axt den Kopf abschlug.

Targe
1976

DAS ATLÁJALA

Von William S. Burroughs

Paul Bowles' Prosa lebt von einer besonderen Qualität, der
undurchdringlichen, greifbaren Schwärze eines unterbelich-
teten Films, einer Struktur, die man berühren kann, einem zu-
rückhaltenden, düsteren Understatement. Am deutlichsten ist
diese Qualität in seinen beiden frühen Romanen *Himmel über
der Wüste* und *So mag er fallen.* Den Typhus-Traum im ersteren
und das Haschisch-Delirium am Ende des letzteren halte ich für
zwei der hervorragendsten Passagen der modernen Prosa. Sie
sind unverwechselbar: niemand außer ihm hätte sie schreiben
können.

In Nordafrika fand Paul Bowles das, was er als «reines lyri-
sches Glück» definiert, ein friedliches Glück, das sich aus seiner
Perspektive von vollkommener Zurückhaltung herleitet. Wenige Schriftsteller halten sich aus ihrem Werk so unbedingt heraus wie «The Paul», wie Ahmed Jacohbi ihn einmal genannt hat.
Diese Reserviertheit trägt aber zugleich auch eine gewisse Ein-
schränkung in sich. Auf dem Schriftstellermarkt hat jeder Punkt
seinen Preis und der ist hoch: mit Feilschen kommt hier keiner
durch. Deshalb gibt es auch so wenig Schriftsteller – nur sehr
wenige sind nämlich bereit zu zahlen. Wenn ein Schriftsteller
sich gänzlich in sein Werk hineinfließen läßt, kommt er irgendwann an sein eigenes Ende. Wenn er sich jedoch völlig aus seinem Werk heraushält, wird er zum Chronisten, und genau das
ist Paul passiert. Er überliefert die Erfahrungen seiner afrikani-
schen Freunde. Im Spiel des Schreibens kann man nicht gewin-

nen: «*Winner take nothing*» sagte Ernest Hemingway und endete mit einer Ladung Schrot im Kopf.

Um auf die vorliegende Sammlung zurückzukommen: *Señor Ong und Señor Ha* ist eine Story über Heroinsüchtige und Pusher in einer kleinen mexikanischen Stadt, geschrieben von einem Nicht-Süchtigen. Normalerweise erweisen sich solche Stories als ein erbärmliches Fiasko, bei denen die Ignoranz des Schriftstellers aus jedem Satz trieft – bestes Beispiel ist *Der Mann mit dem goldenen Arm* von Nelson Algren. Was immer man für Qualitäten in diesem Buch entdecken kann, eine authentische Story über die Sucht ist es jedenfalls *nicht*. Der Mißerfolg erklärt sich wohl aus dem Versuch des Schriftstellers, sich an die Stelle des Süchtigen zu setzen und zu fühlen, was der Junkie fühlt. Aber so geht es eben nicht: er war nicht da. Wogegen «The Paul» stets aus der Distanz beobachtet.

«Sie wollen Señor Ong besuchen? Er ist weggegangen.»

Aber das machte Don Anastasio auch nicht gerade fröhlicher.

«Wohin?» fragte er düster.

«Ich glaube nach Mapastenango. Vielleicht», sagte Nicho.

Er versuchte, sich möglichst vage auszudrücken, fragte sich aber gleichzeitig, ob man ihm das als Lüge anrechnen konnte.

«*Qué malo!*» grunzte Don Anastasio. «Dann kommt er ja wohl heute nicht mehr zurück.»

Eine Pause entstand.

«Kann ich irgendwas für Sie tun?» stammelte Nicho.

«Nein, nein... das heißt... ich glaube nicht – oder hat Señor Ong...?»

«Einen Augenblick... warten Sie hier.»

In diesem Augenblick schien Don Anastasio nicht die geringste Lust zu haben, irgend etwas anderes zu tun...

Dann standen sie auf der Brücke und Nicho zog einen der beiden kleinen Umschläge aus der Tasche. Gleichzeitig beobachtete er Don Anastasios Gesicht. Ja! Er hatte recht gehabt. Er sah, wie sich seine Züge erleichtert entspannten und auch einen Ausdruck von Freude und gieriger Erwartung. Aber nur für einen Moment. Als er Don Anastasio das Päckchen hinüberschob, sah das Gesicht des alten Mannes genauso aus wie immer.

Jeder Junkie wird die knappe Präzision dieser Passage wiedererkennen. Dagegen bricht *Die leichte Beute* unter dem Gewicht ihres sensationellen Inhalts zusammen und wirkt flach wie ein Zeitungsausschnitt. Wie schon Jack Kerouac über diese Story sagte: «Nichts weiter als ein aus der Luft gegriffenes Mischmasch von all den unglaublichen Sachen, die die Araber angeblich machen.»

Der Beobachter war nicht da. Die gleiche Kritik trifft auch auf *Eine ferne Episode* zu, obwohl diese Erzählung viel besser gelungen ist. Hier erforscht Paul eines seiner immer wiederkehrenden Themen, die Vernichtung der westlichen Psyche durch den Kontakt mit dem Osten. Vernichtung ist hier durchaus wörtlich zu verstehen: erst schneidet man einem Linguistik-Professor passenderweise die Zunge heraus, und dann reduziert man ihn zu einem sabbernden Idioten. Doch die Distanz des Erzählers verleiht dieser grausamen Geschichte so etwas wie platte Banalität, und der Leser erkennt, daß nichts davon dem Schreiber selbst je hätte passieren können. Für das Unbehagen, das die Story hinterläßt, riskiert er viel zu wenig.

Vieles verdankt Paul Bowles den *Oblivion Seekers* von Isabelle Eberhardt, die das weite Feld des Islam vermessen und nach allen Seiten hin abgetastet hat wie eine alte Filmkulisse. An jedem beliebigen Punkt kann der Reisende dazustoßen und so lange mitreisen, wie er will, ohne das immer gleiche, zeitlose Medium zu verlassen.[1]

Die Hyäne: ein bezaubernd unheimliches Märchen, das sich unter dem weiten, schützenden Himmel von Allahs Willen entfaltet. Die Hyäne tötet den Storch, so wie es geschrieben steht, und kehrt nach zehn Tagen zurück. Mittlerweile ist ihre Beute reif.

---

1 «Was W. S. B. hier andeutet, ist schlechterdings unmöglich, da ich bis zum Herbst 1971, als ich schon alle Romane und 90 % meiner Stories geschrieben hatte, noch keine Zeile von Miss Eberhardt kannte.» (Aus einem Brief Paul Bowles' an die Herausgeberin, 15. 2. 1983.)

Sie verschlang, was sie wollte, und ging hinaus zu einem großen flachen Felsen vor dem Eingang ihrer Höhle. Dort stand sie eine Weile im Mondlicht und erbrach sich.

Dann aß sie ein wenig davon, wälzte sich in dem, was übriggeblieben war, und rieb es sich tief ins Fell hinein. Schließlich dankte sie Allah für ihre Augen, die das Tal auch im Mondlicht sahen, und die Nase, die jedes Aas im Wind wittern konnte.

Das runde Tal ist meiner Meinung nach die beste Story in dieser Sammlung und gleichzeitig auch die, die am meisten verrät. Matthew Arnold stellte die Forderung auf, drei kritische Kriterien an jedes künstlerische Werk anzulegen: «Was versucht der Schriftsteller zu erreichen? Wieviel Erfolg hat er dabei? Enthält das Werk eine ‹hohe Bedeutung›?» Eins scheint jedenfalls festzustehen: Paul Bowles hat immer klar vor Augen, was er erreichen will; gewöhnlich hat er dabei auch großen Erfolg, innerhalb selbst gesteckter Grenzen, aber was die ‹hohe Bedeutung› angeht, so läßt sich die unglücklicherweise nicht immer finden. Es kommt vor, daß er in leutselige und eher synthetische Folklore verfällt. *Das runde Tal* jedoch drückt seine letztliche Beschränkung aus und auch die Sackgasse des unbeteiligten Erzählers:

Das Atlájala hatte schon immer im Tal gelebt...

Im Lauf der vielen Jahre hatte es Nacht für Nacht hier oben über dem Tal gehockt und war gelegentlich hinabgeschossen, um für ein paar Minuten oder Stunden zu einer Fledermaus, einem Leoparden oder auch einer Motte zu werden.

Dann kamen Mönche und bauten ein Kloster. Das Atlájala beobachtete zum erstenmal die bedeutungslosen Gesten des menschlichen Lebens. Eines Abends versetzte es sich in einen jungen Mönch:

Zum erstenmal spürte das Atlájala Widerstand, die Erregung eines Kampfes. Es war erschütternd zu spüren, wie sehr der junge Mann sich von seiner Gegenwart befreien wollte, und es war unbeschreiblich süß, trotzdem zu bleiben.

Und als es erst mal menschliches Fleisch geschmeckt hat, kann nichts anderes mehr das Atlájala befriedigen. Die Mönche gehen weg und Banditen kommen, und dann Soldaten. An die ständige Gegenwart von Gefahr gewohnt, sind sie sich seiner nicht bewußt; trotzdem erfreut es sich unermeßlich an ihnen und ist verzweifelt, als auch sie das Tal verlassen.

Der Erzähler ist ein Atlájala, ein Geist, der Körper und Seelen von anderen Männern und Frauen bewohnt. Schriftsteller sind professionelle Atlájalas. Was sonst? Wie Kerouac in *Vanity of Duluoz* sagte: «Ich bin ein Spion im Körper eines anderen.» Dieses Atlájala hier ist auf das runde Tal beschränkt, denn das Tal war sein Heim und es konnte es nicht verlassen. Und ebenso ist Paul Bowles auf Marokko beschränkt.[1]

Es würde lange dauern, bis es den Mut haben würde, je wieder in das Bewußtsein eines Wesens einzudringen. Lange, sehr lange, vielleicht nie wieder.

William S. Burroughs

Januar 1983

---

1 «Von insgesamt 51 Stories spielen 24 *nicht* in Marokko, ebenso wie zwei von insgesamt vier Romanen. Alles in allem ergibt diese Bemerkung keinen Sinn, es sei denn, W. S. B. hält Mexiko und Marokko für ein und denselben Ort.» (Aus einem Brief an die Herausgeberin, 19. 3. 83.)

Ein Mensch jagt nach Liebe
Roman (rororo 5979)

Die Jungfrau von 18 Karat
Roman (rororo 12150)

Betrüge mich gut
(rororo 12179)

Luxusweibchen
(rororo 12201)

C 2319/2

Ernest Hemingway

ro
ro
ro

C 1085/5

Ernest Hemingway

ro
ro
ro

C 1085/5 c